A.N. Onym

Acht Leichen zum Dessert

Acht Tage, acht Autoren, acht Ermittler

Hinter dem Pseudonym **A.N. Onym** verbergen sich acht der renommiertesten deutschen Krimiautorinnen und -autoren: **Jürgen Kehrer, Sabine Trinkaus, Kathrin Heinrichs, Carsten Sebastian Henn, Sandra Lüpkes, Peter Godazgar, Tatjana Kruse** und **Ralf Kramp.**

Diese acht haben sich im Sommer des Jahres 2016 in einem alten Haus in der Eifel versammelt, um in nur acht Tagen gemeinsam einen ganzen Roman zu schreiben. Ein ähnliches Experiment haben sie 2013 bereits in der Abgeschiedenheit der Uckermark durchgeführt. Dabei entstand ihr Gemeinschaftsroman »8«. Damals wie heute war die sportliche Voraussetzung, dass es keine vorhergehende Planung geben durfte. Der Roman entstand von der ersten Idee bis zur letzten Silbe innerhalb der achttägigen Schreibklausur.

Bei der Neuauflage dieses »Krimi-Camps« haben sich die acht diesmal ein noch höheres Ziel gesteckt: Im vorliegenden Roman spielen erstmals ihre acht beliebten Serienermittler gemeinsam die Hauptrolle. Ein Krimi-Experiment, das wohl im ganzen deutschsprachigen Raum einzigartig sein dürfte!

Während ihres Aufenthalts führten die Schriftsteller ein Video-Tagebuch, das man unter www.facebook.com/DasKrimiCamp und bei youtube anschauen kann.

A.N. Onym

Acht Leichen zum Dessert

Kriminalroman

KBV

Originalausgabe

www.kbv-verlag.de
E-Mail: info@kbv-verlag.de
Telefon: 0 65 93 - 998 96-0
Fax: 0 65 93 - 998 96-20
Umschlaggestaltung: Ralf Kramp
unter Verwendung von: © maia3000 - www.fotolia.de
Lektorat: Nicola Härms, Rheinbach
Druck: Buchdruck Zentrum, Landshut
Printed in Germany
ISBN 978-3-95441-321-8

Düsterscheid anno 1733

Die Holztür fiel krachend ins Schloss. Sperrte die letzte wohlige Wärme hinter sich ein. Dort drinnen, zwischen den groben Wänden aus Stein, ließ einen das Feuer im Kamin den furchtbaren Schneesturm vergessen. Hier draußen war die Comtesse ihm gnadenlos ausgesetzt.

Ein letztes Mal versuchte sie, die Eheleute umzustimmen. Sie klopfte an, flehte und bettelte, es sei doch so kalt, so furchtbar kalt, und wenn sie mit ihr schon kein Erbarmen zeigten, dann doch wenigstens mit dem Kind, um Himmels willen. Doch die Tür blieb verschlossen.

Unaufhörlich fielen die weißen Flocken, so hübsch und so leicht und doch tödlich wie Kanonenkugeln. Erst als ihre in Stroh und Lederlappen gehüllten Füße gänzlich im Schnee verschwunden waren, als der Schmerz in den Zehen allmählich in Taubheit überging, gab die Comtesse auf, zog den löchrigen Mantel enger um sich und den Leib ihres Kindes und lief in die Nacht hinaus. Der Sturm wehte heftig, ließ die kahlen Friedhofsbäume ächzen und pfiff eine schaurige Melodie, als seien die Grabsteine ringsherum ein Instrument, auf dem zu spielen er gelernt hatte. Bei diesem Getöse vernahm man nur leise die Glocke dort oben im Turm der Kapelle. Sie schlug die Mitternachtsstunde, obwohl kein Priester, kein Küster um diese Zeit am Strang zog. Der Wind mochte deren Dienst übernommen haben. Oder auch der Teufel persönlich.

Es solle nicht bange sein, sagte sie dem Kind. Sie werde es ganz nah an ihrem Herzen halten, warm und sicher. Doch die Worte waren kaum zu verstehen, so sehr zitterten ihr die Lippen. Sie gehe nur die Straße entlang und den Hügel hinauf, oben an der Biegung in der Nähe der Krüppeleiche, könne man schon die Häuser von Ringhuscheid erkennen. Dort wohnten gottesfürchtige Menschen, die ihre Türen öffneten für eine Seele in Not. Ganz bestimmt, versprach sie ihrem Kind, wir werden es schaffen. Dabei liefen ihr die Tränen über das feine Gesicht und gefroren zu Eis, noch bevor sie am Kinn angelangt waren, denn der Wind kam von vorn, schlug ihr entgegen mit einer frostigen Faust.

Vielleicht war es gut, dieses Dorf zu verlassen. Versunken lag es im Schatten des Tals, wurde versteckt von verschwiegenen Tannenwäldern, gänzlich vergessen von Sonne und Liebe und Barmherzigkeit. Manches Mal hatte sie schon gedacht, der Allmächtige wäre noch nicht bis hierhin durchgedrungen, wäre nur bis Ringhuscheid gekommen und hätte an der Krüppeleiche kehrtgemacht. Trotz der Schneeverwehungen, die ihr bis an die nackten Knie stiegen und die Haut nass und bei jedem Schritt wunder werden ließen, lief sie schneller. Nur fort von hier. Sie hatte schon einmal ein neues Leben beginnen müssen, sie würde es noch einmal wagen. Auch wenn es Winter war und sich ihr das

Schicksal gnadenlos entgegenstellte, der Tod um so vieles wahrscheinlicher war. Sie würde nicht ruhen, bis sie endlich Frieden fand und ein kleines bisschen Glück. Mehr wollte sie gar nicht für sich und das Kind.

Der Weg wurde steiler, immer wieder verlor sie den Halt und fiel auf die Knie, rutschte zurück und raffte sich doch wieder auf, was mühselig war mit einem Arm, doch im anderen trug sie schließlich das Kind. Allmählich schwanden die Kräfte, und ihr Atem ging schwer, die kalte Luft zerstach ihre Lunge, und aus ihren Füßen war jegliches Gefühl gewichen, als seien sie eben zu Stein geworden.

Nicht mehr weit, sagte sie zu ihrem Kind, da hinten ist schon die Biegung, ich erkenne an der Kuppe die Krüppeleiche im Schnee. Dort werden wir eine kurze Rast machen, bevor wir in Sicherheit sind. Vielleicht bist du hungrig, denn sonst weinst du doch jede Nacht und verlangst nach der Milch, von der ich dir leider nur so wenig geben kann. Doch gleich, bei der Biegung, wenn Düsterscheid schon beinahe hinter uns liegt, dort werd' ich dich stillen, versprach sie ihrem Kind, auch wenn du nicht schreist.

Die Hoffnung schien sie an die Hand zu nehmen, die Zuversicht bereitete ihr den Weg. Fast schien es, als leuchte ein himmlisches Licht auf genau diesen unförmigen Baum, der dem Eifeler Dorf als Grenzmarkierung diente. Bis dorthin nur muss ich kommen, dann sind wir gerettet, dann führt der Weg bergab, und Gott wird sich unserer annehmen.

Doch das Licht war verloschen, kaum dass sie an der Biegung angekommen war, und der Blick Richtung

Ringhuscheid wurde von einem undurchsichtigen Vorhang aus Schnee verwehrt. Man hätte meinen können, hier ging es nicht weiter, und auch zurück war der Weg für immer verwehrt.

Doch die Comtesse wollte sich nicht zerschlagen lassen von Verzweiflung und Pein. Ich hab' es dir doch versprochen, sagte sie zu ihrem Kind, du sollst deine Milch haben, wo du doch so lieb bist, so still und so ruhig. Schwer ließ sie sich auf die Wurzeln sinken, öffnete den Mantel ein Stück, achtete darauf, dass der Wind nicht in die raue Wolle kroch, und schob mit den Fingern ganz sacht das Tuch zur Seite, um den Mund ihres Kindes an die Brust zu legen.

Doch das kleine Gesichtchen war kühl und die Augen nur halb geschlossen.

Da wusste die junge Frau, dass sie nun allein auf der Welt war. Das Kind war ihr noch in Düsterscheid genommen worden. An diesem gottvergessenen Ort.

Und sie wünschte, auch sie dürfe nun sterben, und legte sich in den weichen, warmen Schnee.

1. Vincent hat kein Netz

Eyh Leude, ich hab' kein Netz!« Die Schreckensnachricht kam von der letzten Bank. Von Marvin, dem mit der größten Klappe in der 8d, wenngleich einem die Negativplatzierung in dieser Horrorklasse nicht besonders leichtfiel.

»Ich auch nicht!« – »Ich auch nicht!« Wie ein Lauffeuer verbreitete sich die Katastrophenmeldung durch den ganzen Bus. Pest, Bombenalarm, Reaktorunglück – für diese Vierzehnjährigen alles Peanuts gegen die Aussicht, auf der Klassenfahrt offline zu sein.

»Herr Jakobs, wussten Sie das?« Joyce hatte sich umgedreht und blitzte ihn aus zusammengekniffenen Augen an. Ihr Blick verriet, dass sie ihrem Klassenlehrer alles zutraute. Auch, dass er ihre Taschen auf Alkohol kontrollierte oder einen Museumsbesuch ausgeheckt hatte. »Wussten Sie, dass wir in diesem Düsterscheid von der Außenwelt abgeschnitten sind?«

Vincent war lange genug Lehrer, um sich durch solche Fragen nicht irritieren zu lassen. »Halb so wild, hier und da hat man durchaus Empfang. Da oben zum Beispiel«, er startete ein Ablenkungsmanöver und zeigte auf ein Kreuz, das in der Ferne neben einer Krüppeleiche in Sichtweite kam. »Wenn ich mich nicht irre, habe ich auf meiner Vorbereitungstour von dort oben mit meiner Frau telefoniert.«

»Wie jetzt?«, mischte sich Dorian vom Sitz links neben ihm ein. »Wir müssen aus dem Kaff raus und rauf zu dem Kreuz, wenn wir Netz haben wollen?«

Vincent zuckte mit den Achseln und verschwieg, dass er bei der Planung der Klassenfahrt neben dem Nichtvorhandensein einer Disco genau dies als Riesenplus eingestuft hatte: dass die Kids nicht die ganze Zeit über an ihrem Smartphone hängen konnten und dadurch vielleicht auf die Idee kamen, direkt – also quasi live – miteinander zu kommunizieren.

»Das ist übrigens ein Sühnekreuz«, erklärte er, ganz Geschichtslehrer, »gestiftet von den Dorfbewohnern, um einen Fluch abzuwenden. Eine ganz spannende Geschichte: Vor über dreihundert Jahren –«

»Ich will jetzt Netz«, fuhr ihm Dorian in die Parade, »jetzt! Nicht vor dreihundert Jahren!«

Vincent sparte sich eine Ermahnung. Zum »Fluch über Düsterscheid« würden sie beim abendlichen Gruselgeschichtenerzählen am Lagerfeuer sowieso noch kommen. Jetzt standen andere Dinge auf dem Programm. Gerade passierten sie das Ortseingangsschild des Dorfes. Grund genug für Dorian, noch mal Frust abzulassen. »Ich fass' es nicht. Lockt uns in diese gottverlassene Gegend, obwohl wir eigentlich nach Köln wollen, sorgt dafür, dass wir – zelten«, er sagte das, als käme Zelten gleich nach Brechdurchfall oder dem Schreiben einer Mathearbeit, »und dann gibt's hier nicht mal Netz.«

»Dafür gibt's hier andere tolle Dinge.« Vincent stand auf und quetschte sich nach vorn zum Busfahrer durch, vorbei an seiner Kollegin Renate Fobbe, die sich mal wieder schlafend stellte und damit sämtliche Schüleranfragen ihm überließ. Suchend blickte er aus dem Fenster und gab dem Busfahrer gerade noch rechtzeitig Bescheid. Der Bus hielt vor dem Anwesen der Familie Bernardy, der Pudding-Villa, wie man sie wohl hinter vorgehaltener Hand nannte. Pudding-Villa passte ganz gut, wenn man den puddinggelben Anstrich des Gebäudes ansah.

»Da ist ja Tante Tine«, hörte er jetzt Isabell kreischen. Sie zeigte auf die Hinweistafel, die die wichtigsten Informationen über das gigantische Pudding-Imperium verriet. Abgebildet war auch »Tante Tine«, das Gesicht des Puddings, wenn man so wollte. Eine sympathische Köchin, die in einem Topf leckeren Pudding zubereitete – eine Frau, wie man sie sich als Leibköchin wünschte und die man auf jeder Puddingpackung des Unternehmens vor dem stilisierten Familiensitz wiederentdeckte.

»Genau, Tante Tine«, bestätigte Vincent, nachdem er das Mikro aus der Halterung gezogen hatte. »Ihr solltet ja dazu recherchieren. Wer kann über diese berühmte Firma etwas erzählen?«

Ricardas Finger schoss in die Höhe. Und wie immer schoss nur Ricardas Finger in die Höhe. Sie war einer der wenigen Lichtblicke in dieser Klasse. Das machte sie natürlich einsam. Immerhin saß sie nicht allein auf ihrem Zweiersitz. Neben ihr hockte Steffen und starrte nach draußen. Der Nerd hing meist über seinem Computer. Wenn das wie hier nicht ging, starrte er ins Leere, vermutlich konfigurierte er dann imaginäre Computer.

»Ricarda«, sagte Vincent resigniert.

»Die Firma gehört Albertine Bernardy, geboren 1940 in diesem Haus. Sie besuchte als junge Frau die Hauswirtschaftsschule in Neuburg –«

»Neuerburg«, verbesserte Vincent wohlwollend, »das ist ganz hier in der Nähe.«

Ricarda ließ sich zum Glück nicht irritieren. Ein paar der gelernten Infos mussten noch raus. »Nach ihrer Ausbildung experimentierte sie mit Puddingrezepten herum und machte dabei eine bahnbrechende Entdeckung: Sie erfand den ›Pudding ohne Kochen‹ – damals eine Revolution.«

»Voll krass«, meinte Beverly gelangweilt. »Ich steh ja total auf Revolutionen.«

»Mithilfe dieses Puddingrezepts konnte Albertine Bernardy eine riesige Firma aufziehen. Heute gibt es eine Produktpalette von über fünfzig Süßspeisen, die weltweit ausgeliefert wird. Das Hauptwerk liegt sechzig Kilometer entfernt, der Originalpudding wird aber immer noch in der ersten Werksküche hier in Düsterscheid produziert.«

»Sehr gut, Ricarda, du hast dich gut informiert. Kennt jemand den Originalpudding, den Poki?«

»Ich!«, kreischte Isabell. Warum mussten Mädchen in der Pubertät eigentlich alle naselang kreischen? »Als ich wegen der Zahnspange voll das entzündete Zahnfleisch hatte, da konnte ich nur Wabbelzeug essen, und da hat meine Mutter mir immer Poki gemacht.«

»Und habt ihr eine Ahnung, warum der Pudding Poki heißt?«

Sofort schoss Ricardas Finger nach oben. Nur Ricardas Finger natürlich.

»Linus?«, meinte Vincent, weil der definitiv mit etwas anderem beschäftigt war.

»Häh?« Der Bursche schaute erschrocken hoch.

»Warum heißt der Pudding Poki?«, zischte ihm jemand zu.

In Linus' Kopf arbeitete es offensichtlich. Das musste nicht viel heißen. Dann ging jedoch plötzlich ein Leuchten über sein Gesicht. »Wegen Pokemon?«

»Ich glaube fast, Pokemon-Figuren gab es in den Sechzigerjahren noch nicht. – Ricarda?«

»Pudding ohne Kochen – die Anfangsbuchstaben – und dann noch ein i hintendran, damit es gut klingt.«

»Klasse, Ricarda, du kennst dich gut aus. Wir werden übrigens das Pudding-Museum noch besichtigen. Bestimmt dürft ihr dann alle mal Poki probieren.«

Allgemeines Stöhnen brach aus. In früheren Jahren hätte Vincent das irritiert. Inzwischen nahm er solche Reaktionen wahr wie das Rauschen des Meeres am Strand.

»Schaut euch Tante Tine mal an!«, forderte er seine Schüler jetzt auf. Tatsächlich drehten sich alle Köpfe nach rechts, na ja, fast alle. »Habt ihr eine Vorstellung, welche Bedeutung es hat, dass eine Frau es in den Sechzigern als Firmenchefin ganz nach oben geschafft hat?«

Die Ausdruckslosigkeit in den Gesichtern der Schüler bewies, dass sie es nicht wussten.

»Überlegt mal: Damals waren Frauen nur selten berufstätig. Sie machten den Haushalt und kümmerten sich um die Kinder. Diese Frau jedoch hat richtig Karriere gemacht, sie hat –«

»Boah, guckt mal – der Typ!« Es war Marvin, der da durch den Bus rief, nach draußen zeigte und damit alle Aufmerksamkeit absorbierte. Auch Vincent konnte sich nicht entziehen. Und tatsächlich, da stand jemand in Gummistiefeln und Arbeitshose auf dem Rasen der Pudding-Villa und gestikulierte wild, als spräche er mit jemandem, obwohl er doch mutterseelenallein war. Irgendwie seltsam.

»Boah, guckt mal!«, wiederholte Marvin stupide. »Ich glaub', der hat Netz.«

2. Ein neuer Job für Herbie

Komisch!« Herbie Feldmann sprach laut, um das Geräusch des vorbeifahrenden Busses zu übertönen. »Wirklich komisch!« Er ließ nachdenklich den Blick über den Vorplatz des Hauses wandern. Eine kurz geschnittene Rasenfläche, eingerahmt von mehreren Blumenrabatten mit Stockrosen, Frauenmantel und Margeriten, dahinter ein paar Sträucher, die offenbar regelmäßig in Form gehalten wurden. Gepflegter Eifeler Landhaus-Chic. Er konnte beim besten Willen nicht erkennen, was es hier für ihn zu tun geben sollte.

Der Rasen. Der alte Mann hat gesagt, du sollst dich um den Rasen kümmern. Herbies Begleiter Julius schob ebenfalls nachdenklich die Unterlippe vor.

»Der Rasen ist geschnitten, die Kanten einigermaßen ordentlich abgestochen. Was gibt es da großartig zu tun?«

Er wird gleich erkannt haben, dass du ohnehin nichts auf die Reihe kriegst, und hat sich gedacht, am Rasen kannst du nicht viel verkehrt machen.

Herbie warf dem Mann an seiner Seite einen verächtlichen Blick zu. »Wirklich unglaublich komisch, Julius. Dann weiß ich nicht, warum man mir den Job gegeben hat. Ich fahre jetzt also jeden Tag eine Dreiviertelstunde hierhin und wieder zurück, nur um nichts verkehrt zu machen? Toll.« Er machte ein paar planlose Schritte hin und her und zuckte erneut mit den Schultern. »Ich weiß nicht, was soll ich denn mit dem Rasen tun?«

»So kann er jedenfalls nicht bleiben«, sagte eine raue Stimme hinter ihm. Herbie wandte sich um. Der Alte war unbemerkt wieder aufgetaucht und trug einen vergammelten Pappkarton vor der Brust.

Unsicher schielte Herbie zu Julius hinüber, der jetzt an die Seite des Alten trat und versuchte, in den Karton hineinzulinsen. Der Alte nahm ihn gar nicht zur Kenntnis, was kein Wunder war, denn Herbie allein konnte Julius sehen und hören. Seit einem Aufenthalt in der Psychiatrie hatte er diese Pest von einem Begleiter am Hals. Von seiner Jugend an folgte ihm dieser große, fette, bärtige Kerl auf Schritt und Tritt. Er hatte eine mitunter bösartige Vorliebe für schlechte Witze und brachte Herbie stets in Situationen, in denen er anderen Menschen wie ein echter Spinner vorkommen musste.

Der Alte hatte den Karton abgesetzt und richtete sich mit einem Ächzen wieder auf. »Jaja, der Rasen«, sagte er und fummelte ein Päckchen Tabak aus der rechten Tasche seines speckigen Kittels. »Da müssen wir noch mal ran. Der ist total verdorrt. Zu viel Sonne dieses Jahr.« Aus der Verpackung fischte er eine krumme, handgedrehte Zigarette hervor, schüttelte Tabakkrümel ab, steckte sie sich in den Mund und zündete sie an.

»Wässern?«, vermutete Herbie. »Düngen?«

»Lackieren.« Der knotige Zeigefinger des Alten wies auf den Karton. »Da müsste der passende Farbton dabei sein. Das Zeug ist ohne Lösungsmittel, das tut dem

Gras nix. Ich habe im Schuppen hinterm Haus noch eine Spritzpistole und einen kleinen Kompressor, das kriegen wir schon hin.«

»Ich soll den Rasen lackieren?« Herbie konnte es nicht glauben. Er hatte diese Stelle als Hausmeistergehilfe von seiner Tante aufs Auge gedrückt bekommen, die in der beständigen Furcht lebte, ihr Neffe könne in den Genuss seines Vermögens, das sie als Vormund verwaltete, gelangen, ohne irgendeiner Arbeit nachzugehen, sei sie auch noch so entwürdigend. Jetzt sollte er also Gras lackieren.

Oh ja, das macht man hier so. Julius klatschte begeistert in die Hände. *Sie nennen es Vorgarten-Graffiti. Manchmal sprühen diese putzigen Eifeler auch ihren Himmel marineblau an oder verpassen den Birken und Eschen die neueste Modefarbe.*

»In ein paar Tagen wird das große Firmenjubiläum gefeiert. Da rückt hier die ganze Presse an und will ein schönes Postkartenmotiv vor der Linse haben. Die Chefin sagt, dass hier alles picobello sein muss. Aber allein schaffe ich das dann doch nicht mehr. Ich werde nächsten Monat sechsundsiebzig.« Er reichte Herbie die grobe Hand. »Ich bin Karl Reuschenbach. Sag ruhig Karl zu mir, so wie alle anderen auch.«

»Herbie.« Er schlug ein. Dann ging er in die Hocke und faltete den Karton auf.

»Wenn du in das Russischgrün einen ordentlichen Schuss Zinkgelb reinkippst, müsste das in etwa hinhauen«, knarzte Karl und blies milchigen Rauch in die Luft.

Er hatte ein kantiges, wettergegerbtes Gesicht und struppiges, graues Haar. Die gekräuselten, weißen Haare seiner Koteletten reichten bis zu den Wangenknochen. Trotz seines hohen Alters war er noch muskulös und schien in der unaufgeregten Verrichtung seiner täglichen Arbeit eine Art Lebenselixier gefunden zu haben. Er stieß plötzlich ein leises Grunzen aus und sagte: »Aha. Konnte ja nicht lange dauern. Da kommt ja schon die Nächste.«

Ein kleines, hellgrünes Fahrzeug mit Kölner Kennzeichen rollte fast geräuschlos durch das offene, schmiedeeiserne Tor und hielt direkt vor dem Hauseingang.

»Presse?«, fragte Herbie, der unterdessen die Farbdosen um sich herum auf dem Rasen aufgereiht hatte.

»Verwandtschaft. Die Nichte von der Chefin mit ihrem komischen neuen Hybridauto. Wirklich lustig. Was sie an Sprit einspart, verdonnert ihr Cousin an Flugbenzin, wenn er mit seinem Männerspielzeug durch die Gegend düst. Und manchmal auch ihr Bruder. Jaja, so kurz vorm Jubiläum ist hier ganz groß was im Gange.« Er winkte der kleinen, fülligen Frau zu. Sie nickte knapp zurück. Herbie schätzte sie auf Mitte vierzig. Als sie mit energischem Schritt das Auto umrundete und sich am Kofferraum zu schaffen machte, umflatterte ihr asiatisch anmutendes Leinenkostüm ihren kompakten Körper.

»Johanna«, sagte Karl. »Heißt mit Nachnamen Bernardy, so wie die Chefin, nur mit so 'nem ulkigen Bindestrichnamen dran. Hatte mal 'nen Mann aus Indien oder so ähnlich.« Er wandte Herbie das Gesicht zu, grinste und ließ die struppigen Augenbrauen nach oben tanzen. »Veganerin. Kannst du dir so was vorstellen? Kein Kotelett, keine Schlagsahne, kein Frühstücksei?«

Aber natürlich kannst du dir das vorstellen. Genauso trostlos sieht es doch seit Jahren in deinem Kühlschrank aus!

Herbie erkannte undeutlich einen Firmenschriftzug auf der Autotür.

»Ich helfe ihr beim Gepäck«, sagte er, aber Karl legte ihm eine Hand auf den Arm und hielt ihn zurück.

»Nein, nein, da gewöhnen die sich sonst am Ende noch dran.« Er betrachtete die Farbdosen und rieb sich nachdenklich das Kinn. »Hm, nix Passendes dabei, was? Komm, wir gucken mal im Schuppen nach.« Er drückte den Zigarettenstummel mit Daumen und Zeigefinger aus und setzte sich in Bewegung. Die Frau verschwand mit einem Handkoffer im Haus.

Brav trottete Herbie hinter Karl her. Julius feixte derweil ununterbrochen. Er schien an der absurden Situation großen Spaß zu haben. *Die Kieswege machen wir in Pink, ja? Und die Bruchsteinmauer da hinten knallorange!*

Das sicher uralte Haus war viel größer, als es von vorne den Anschein hatte. Es machte einen ordentlichen, soliden Eindruck, bis auf die liebevoll renovierte, gelb angestrichene Straßenfassade war es jedoch nicht besonders schmuckvoll hergerichtet. Es gab ein paar Fenster, an denen die Kunststoffrollladen herabgelassen waren, und der Putz war hie und da rissig und verwittert.

Seine Tante hatte ihm eingeschärft, er dürfe ihr auf dieser Arbeitsstelle keine Schande machen. Das tat sie eigentlich immer, und er machte es ihrer Ansicht nach eigentlich dann doch jedes Mal. In diesem Fall schien es ihr jedoch besonders wichtig zu sein. Die »Chefin«, so wie Karl sie nur nannte, war diese Pudding-Königin, die nun wirklich jeder zwischen acht und achtundachtzig kannte und auf deren Bekanntschaft sich Tante Hettie mächtig was einbildete.

Karl entriegelte die alte Holztür eines Backsteinanbaus. Das Schloss klemmte, aber Karl wusste offenbar genau, wie er die Tür beim Umdrehen des Schlüssels leicht anheben musste, damit er sie aufbekam. Während Karl durch die Öffnung griff und nach dem Lichtschalter tastete, bemerkte Herbie am Ende des leicht abfallenden Grundstücks einen bärtigen, jungen Mann in einer Lederjacke, der breitbeinig dastand, unentwegt auf und ab wippte und das Handy ans Ohr hielt. Er telefonierte laut und gestenreich.

»Auch Verwandtschaft?«, fragte Herbie, und Karl nickte. »Phillipp aus Hannover. Das ist sein Lieblingsplatz da hinten. Da hat er Handyempfang. Ein Neffe von der Chefin. Ich sag ja, hier ist schwer was los, wegen Samstag.«

Sie gingen in den Schuppen und fanden sich einem wüsten Sammelsurium von Regalen und alten Küchenschränken voller Gerätschaften aller Art gegenüber.

»Bei mir zu Hause sieht das anders aus«, erklärte Karl. »Da kenn ich keine Unordnung. Aber hier bin ich jetzt seit über dreißig Jahren das Mädchen für alles und finde nie die Zeit, mal aufzuräumen. Das stört eigentlich auch keinen, denn das Haus ist ja mehr oder weniger unbewohnt. Nur jetzt zu diesem Jubiläum fliegen sie plötzlich von überallher ein und machen ein großes Tamtam. Ich weiß nicht, ob das alles sein muss, aber mich fragt ja auch keiner.« Er deutete auf einen Stapel von alten Farbdosen. »Da suchen wir gleich was raus. Damit der Rasen wieder schön gesund aussieht.«

Herbie betrachtete die Dosen. Gleich daneben befanden sich Schachteln und kleinere Dosen mit aufgedruckten Totenkopfsymbolen.

Auf seinen fragenden Blick hin erklärte Karl: »Wir haben eine Karnickelplage. Also eigentlich ist es nur eins, aber das ist ein richtiges Biest. Frisst uns immer den Küchengarten ratzekahl leer. Irgendwann erwische ich das Vieh.« Er zog nacheinander ein paar Schubladen auf, fingerte in deren Inhalt herum und summte dabei: »Es grünt so grün …« Schließlich förderte er eine Lackierpistole zutage, deren Chromglanz fast völlig unter Staub und Farbspritzern verschwunden war. »Das Haus verliert nix!«, sagte er triumphierend. Und für einen Moment ging sein Blick ins Leere, und er murmelte: »Jaja, das Haus …«

Er atmete tief durch und bückte sich in einen Winkel des Schuppens, in den das Licht der Deckenlampe nicht hineinreichte. Beim Kramen verursachte er laut polternde Geräusche. Dann kam er wieder zum Vorschein und streifte sich ein paar Spinnweben von den Schultern. »Da hinter dem Schrank steht der Kompressor, wie ich das vermutet habe. Kannst du ja mal rausholen. Aber erst …« Er hob wichtig den krummen Zeigefinger. »Zuerst machen wir mal Pause!«

Herbie spürte erst jetzt, was für einen Hunger er hatte. »Habe ich da vorhin so etwas wie Frikadellen gerochen, als wir an dem halb offenen Fenster vorbeikamen?«, fragte er.

Karl nickte. »Hat wahrscheinlich der Küchenchef gemacht, den sie extra haben antanzen lassen. Ein Sternekoch aus dem Ahrtal, glaube ich. Julius Eichenfeld oder so.«

»Julius?«, entfuhr es Herbie.

Unverschämtheit!

»Und so eine Physiotherapeutin aus Bonn ist auch noch hier, die massiert die Chefin dreimal am Tag, damit sie am Wochenende gut in Schuss ist. Ich sag ja, hier ist richtig was los.«

Wie um seine Aussage zu bestätigen, ertönte von draußen in diesem Moment eine laute, herrische Männerstimme: »Karl! Karl, bist du da?«

Karl nickte Herbie grinsend zu. »Der Letzte im Team. Albert, der andere Neffe von der Chefin. Der Bruder von der Veganerin. Ganz anderer Typ, wirst du schon noch merken. Er leitet hier das Stammwerk der Firma.«

»Der Rasen, Karl!«, tönte es von draußen. »Wird das heute noch was? Der Pavillon muss auch noch aufgebaut werden!«

Karl klopfte Herbie auf die Schulter und sagte mit einem verschmitzten Grinsen: »Willkommen bei der Pudding-Familie Bernardy!«

3. Julius muss keinen Pudding kochen

Julius Eichendorff rührte im Vanillepudding. Er hatte sich einen Michelin-Stern erkocht, siebzehn Punkte im Gault&Millau, der Restaurantkritiker des *Trierischen Volksfreunds* hatte ihn einst als »Gottes Geschenk an alle, die Schweinefüße lieben« bezeichnet, und nun rührte er Pudding.

Tütenpudding wohlgemerkt.

Der nicht gekocht werden musste.

Das Einzige, was in dieser Küche gerade kochte, war er selbst.

Julius hatte Albertine Bernardy angefleht, etwas anderes mit dem Pudding kochen zu dürfen, ihn mit frischen Waldbeeren zu flankieren, die seinen künstlichen Geschmack überdeckten, oder ihn vielleicht in einem Strudel zu verstecken, damit man ihn noch nicht einmal sehen musste. Aber da heute die drei potenziellen Nachfolger von Albertine Bernardy eintrafen, allesamt Nichten und Neffen, wollte die Herrin des Hauses eine große Kump Pudding.

Nicht mal Eischaum durfte er drunterrühren!

Kurz hatte er überlegt, ob er für Klumpen sorgen sollte, weil diese bei einem schlechten Pudding oft das einzig Erfreuliche waren.

Aber er klumpte nicht.

Dieser Pudding stand für alles, was Julius Eichendorff, Koch und Inhaber des Restaurants *Zur Alten Eiche* in Heppingen im nahegelegenen Ahrtal, wo die Rotweinreben wuchsen und das Klima fast mediterran war, verachtete. Pudding, das war ursprünglich ein diffiziles Gericht, das in einer Form durch Erhitzen in einem kochenden Wasserbad gegart und danach gestürzt wurde. Er selbst besaß noch alte Puddingformen mit Bajonettverschluss. Manchmal kam Grießpudding mit echter Tahiti-Vanille bei ihm auf die Karte. Bei einem guten Pudding wollte man sich die Kleider vom Leibe reißen und darin suhlen.

Nach diesem hier wollte man stundenlang kochend heiß duschen. Also die Zunge.

Aber das Pudding-Imperium von »Tante Tine« basierte auf dieser Mischung, die heute kaum noch jemand kochte, da es bessere Rezepturen gab. Doch heute Abend musste es »Tante Tines Poki« geben.

Aber eigentlich war er ja nicht wegen dieses Puddings hier. Es gab schließlich einen anderen Auftrag von Albertine Bernardy, einen kulinarisch bedeutend wichtigeren. Und etwas Gutes hatte das Ganze schon jetzt: Er befand sich tatsächlich in der gelben Villa von der Puddingpackung, mit der er groß geworden war. Er fühlte sich ein wenig wie in einer Puddingtüte.

Julius beugte sich so weit über die Küchenzeile, wie es sein von einem ausgiebigen Mittagessen gefüllter Bauch zuließ, und blickte aus dem geöffneten Fenster. Unter diesem war ein kleines Kräuterbeet angelegt, das leider regelmäßig von einem großen, verfressenen Karnickel heimgesucht wurde. Die vage Hoffnung auf ein wenig Minze zur Dekoration wurde durch den Anblick des verwüsteten Beets zerstört. Karnickelzilla hatte wohl wieder zugeschlagen.

Draußen sprühte so ein armer Wicht immer noch Grashalme an. Und redete dabei die ganze Zeit mit sich selbst. Manchmal brüllte er sich auch an. Würde Julius wahrscheinlich auch tun, wenn er den ganzen Tag Grashalme anmalte. Der Rasen sah nun aus wie bei einem Tipp-Kick-Teppich.

Julius winkte ihm zu. »Eine Kump Pudding?«

Der Grashalmmaler nickte. »Gern.« Dann fügte er zur Seite gewandt hinzu: »Nein, du bekommst nix davon ab.«

Julius brachte es nicht übers Herz, dem armen, verwirrten Mann diesen Tütenpudding einfach so zu geben, deshalb raspelte er fix etwas Zartbitterschokolade darüber, schnitt eine Banane hinein, verwandelte die Erdnussbutter mit Sahne im Handumdrehen in eine Sauce und reichte ihm diese Schüssel hinaus. »Einmal Pudding Elvis Presley. Ich bin übrigens Julius.« Er reichte ihm zuerst den Pudding, dann die Hand.

»Herbie. Ich hab' einen guten Freund, der auch Julius heißt. Und ich mal nicht immer Rasen an.«

»Ganz ehrlich: Das freut mich ungemein für dich.«

Jemand stand plötzlich in der Küche, die von der Größe auch in einem Fürstenhof nicht deplatziert gewesen wäre. Es war ein Mann von Mitte dreißig, mit cognacfarbener Lederjacke und einer zerschlissenen Jeans, der man aber auf den ersten Blick ansah, dass jeder Riss vom Spitzendesigner geplant war. Die Risse in Julius' Gartenhose befanden sich nur an den Knien.

Der Mann erinnerte Julius an den amerikanischen Schauspieler Brad Pitt – mit Vollbart. Einem dieser Bärte, die nicht nach »Mann aus den Bergen«, sondern nach »Mann aus der Wellnessoase« aussahen. Holz hacken konnte dieser Bursche sicher nicht.

»Hey, ich bin der Phil, der Lieblingsneffe von Tante Tine. Und Sie müssen der Koch sein. Weil wenn Sie der Klempner sind, haben Sie sich tierisch verirrt.« Er lachte. »Hier, wenn Sie mal Werbeartikel brauchen, die produzier ich mit meiner Agentur.« Er reichte Julius eine Pflasterpackung. »Das hier ist supercool. Das ist dann zwar nicht realisiert worden, war aber eine geile Idee.«

Auf der Packung stand: ›Krankenhaus Hannover – Krank vor Glück!‹

Phil lehnte sich über den Küchentresen. »Sagen Sie bitte, bitte, bitte, dass es heute Abend nicht wieder Pudding gibt, wie immer, immer, immer!«

»Es gibt Pudding«, antwortete Julius. »Ich will da nichts beschönigen.« Er stellte das Rühren jetzt ein. Da konnte er rühren, so viel er wollte, aus diesem Pudding würde nie etwas anderes werden als gelber Kleister. Mit ohne Geschmack.

Phils Gesicht fiel in sich zusammen. »Ich hatte so auf Sie gezählt!«

»Im Kühlschrank finden sich ein paar Frikadellen und rheinischer Kartoffelsalat. Habe ich eben für das Personal vorbereitet.«

»Ich habe mich schon immer dem Personal verbunden gefühlt.« Phil stellte alles auf den Küchentresen und füllte einen Teller. »Sie sind als kulinarischer Berater von unserem Tantchen eingestellt worden, nicht wahr?«

Julius nickte. »Ich soll die von Ihnen und den anderen entwickelten Produktideen kochen und beurteilen.«

Phil zog den Reißverschluss seiner Lederjacke auf. »Tataa!«

Auf seinem T-Shirt stand: ›Pumsti – Pudding am Stiel‹. Darüber ein Stiel mit einem gelben Smiley, der die Zunge herausstreckte. »Das wird der Mega-Renner. Da braucht man keine Schale mehr für Pudding, man isst einfach vom Stiel. Alles isst besser, wenn es mit Stiel ist.«

Eine andere Stimme ertönte. »Dir würde ein bisschen mehr Stil auch guttun.«

Der eintretende Mann war eine imposante Erscheinung, gehüllt in eine klassische Lodenjacke kombiniert mit einer roten Brille, die Modernität ausdrücken sollte. Das Gesicht schien davon nichts zu wissen. Julius kannte ihn, es war Albert Bernardy, der das Werk der Pudding-Dynastie hier in Düsterscheid leitete. Als Präsident und Großsponsor des Fußballvereins »Weiß-Gelb Düsterscheid« stand er in der Hierarchie sogar weit über dem Pfarrer.

»Grüß dich, Phillipp. Pudding am Stiel. Warum ist da noch nie einer draufgekommen?« Er nahm ihn in den Arm. »Ich mach nur Spaß. Hat was, deine Idee. Neue Wege, finde ich gut.«

Phil mampfte derweil eine Frikadelle. »Die ist super, wusste nicht, dass die so gut schmecken können.«

»Frikadellen sind das fehlende Bindeglied zwischen Fleisch und Brötchen«, erwiderte Julius.

»Was ist denn deine Idee, Albertus Magnus?«, fragte Phil seinen Cousin. »Womit willst du die Pudding-Päpstin überzeugen?«

Albert zog eine Präsentationsmappe aus seiner Aktentasche und stellte sie aufgeklappt hin. »Darf ich vorstellen: Tante Tines Vulkanpudding!«

Julius starrte auf das Bild, das jemand aus dem Andalusien-Anfängerkurs ›Seidenmalen‹ volltrunken und im Dunkeln gemalt haben musste. Es sah nicht aus wie ein Vulkan mit Lava. Es sah aus wie etwas, das jemand mit Blut im Stuhl ausgeschieden hatte. Er konnte sich nicht vorstellen, wer das in den Mund nehmen würde.

»Ein kostengünstiger Weg in die Zukunft. Im Endeffekt ist es unser Traditionspudding braun gefärbt mit Götterspeise in der Mitte. Wenn man diesen kegelförmigen Fertigpudding stürzt, sieht er aus wie ein Vulkan kurz vor dem Speien.«

Speien, dachte Julius, war das richtige Wort.

»Pfiffig«, sagte jedoch Phil. »Das hat schon viel Schönes!«

»Nicht wahr?«, antwortete Albert. »Die Produktion könnten wir hier bei uns im Hauptwerk im Handumdrehen und kostengünstig angehen. Das habe ich bereits geprüft. Das ist für mich ja kein Problem, da ich ein Werk leite und die Abläufe seit Jahren ganz genau kenne. Bei uns sind alle begeistert. Vulkanisch! Das wird ein neues Symbol für die Eifel werden!«

Julius hielt das für denkbar, schließlich war die Gegend ja als der Arsch der Welt bekannt. Wenngleich als der schönste.

»Wo hast denn du die Frikadellen her?«, fragte Albert.

»Kühlschrank«, antwortete Phil. »Personalessen. Aber da Tantchen uns alle wie Personal behandelt, dürfen wir sicher auch.«

»Mich behandelt sie nicht wie Personal.« Albert nahm sich gleich zwei Frikadellen.

Das hätte er besser nicht getan, denn plötzlich stand eine kleine, pummelige Frau im Zimmer und tztztzte in seine Richtung. »Ach, Bruderherz, du willst ja nicht auf mich hören, dabei meine ich es doch nur gut mit dir. Das gilt auch für dich, lieber Cousin. Jedes Stück Fleisch verkürzt euer Leben!«

»Und noch dramatischer das der Tiere«, feixte Phil.

Die Frau umarmte ihn und Albert trotzdem herzlich, dann reichte sie Julius die Hand. »Ich bin Johanna Bernardy-Ngongo. Falls es heute Abend nichts Veganes gibt, werde ich Ihre sofortige Entlassung herbeiführen.«

»Es gibt Pudding«, erwiderte Julius. »Soweit ich das beurteilen kann, ist weder Fleisch noch sonst etwas Essbares darin.«

Die Frau schaffte es, pummelig zu sein und gleichzeitig völlig genussfeindlich zu wirken. Ihre voluminösen, naturgelockten Haare standen so steil zu Berge, dass entweder Haarlack oder Sahnesteif verwendet worden sein musste. Darum hatte sie ein farbenfrohes Leinentuch geschlungen, sodass es irgendwie afrikanisch aussah – von einem Stamm, der zu Recht ausgestorben war.

»Herr Eichendorff ist von Tine als Berater hinzugezogen worden. Für unsere Projektideen«, erklärte Albert. »Mein Vulkanpudding hat ihn bereits beeindruckt.«

Johanna nahm sich eine herrenlose Tomate aus dem Kühlschrank und schob die Frikadellen ganz nach hinten in die Ecke. »Die Zukunft gehört der ayurvedischen Medizin, die Zukunft der Speisen deshalb der ayurvedischen Ernährung. Auch ayurvedischem Pudding.

Sein Rezept habe ich von meiner letzten Indienreise mitgebracht. Man kann ihn essen, aber sich damit auch einreiben.«

Phil und Albert unterdrückten ein Lachen, während Julius sich fragte, ob er das mit dem Einreiben als Berater auch testen musste.

»Entsprechend der ayurvedischen Lehre sind alle sechs Geschmacksrichtungen in dem Pudding vereint: süß, sauer, salzig, scharf, bitter und herb, also zusammenziehend.«

»Klingt köstlich«, sagte Phil. »Ich mag es immer am liebsten, wenn mein Essen mich zusammenzieht. Das schafft unser Poki auch. Dafür muss ich nur dran denken.«

»Ihr nehmt mich wieder einmal nicht ernst und verkennt völlig den Markt. Vegetarisch und vegan boomen, ayurvedisch wird der nächste Trend. Mein Pudding ist alles drei und konkurrenzlos. Ich nenne ihn ›Vedapu‹.«

»Ich muss schon sagen«, sagte Julius, »dass Ihre Familie ein ganz besonderes Händchen für Puddingnamen hat.« Er schaffte es nur deshalb nicht laut aufzulachen, weil er mit dem rechten Fuß und seinem ganzen Gewicht auf dem linken stand. Das tat sauweh. »Es ist ein Name, den man nach einmaligem Hören schon nicht mehr vergisst.«

Johanna trat näher, ihre stahlblauen Augen zu Schlitzen verengt. »Nehmen Sie mich auf den Arm?«

»Über Ayurveda mache ich nie Scherze!«, antwortete Julius. Und vergaß zu erwähnen, dass der Grund, warum er niemals darüber scherzte, der war, dass er nie darüber sprach. »Albertine Bernardy sagte mir, ich solle Ihre Rezepte für heute Abend zubereiten. Ich wäre Ihnen sehr verbunden, wenn ich diese jetzt erhalten würde, da ich eventuell noch einiges dafür besorgen muss.« Unter anderem starke Alkoholika, um bei der Zubereitung dieses im wahrsten Sinne des Wortes gequirlten Quatsches nicht unentwegt zu lachen.

Wenn man etwas tat, das man liebte, verging die Zeit wie im Flug. Da Julius jedoch Pumsti, Vedapu und Puddivul zubereiten musste, wie er den Vulkanpudding der Einfachheit halber und ganz im Sinne der Familie getauft hatte, zog sich die Zeit. Serviert wurde der Originalpudding Poki im selben Topf, in dem die Hauswirtschaftsschülerin Albertine einst ihren revolutionären Pudding erfunden hatte. Das schäbige, verbeulte Ding stand nun auf der festlichen Tafel mit den silbernen Kerzenleuchtern. Die Stühle des schweren Eichenholztisches waren samtbespannt, die Gläser aus Kristall, das Geschirr, in dem gleich der Pudding landen würde, aus antikem Meißener Porzellan.

Julius kontrollierte die drei zubereiteten Pudding-Prototypen, die er unter vergoldeten Cloches auf drei Beistelltische gestellt hatte.

Als die Standuhr sieben Uhr schlug, erschienen wie auf ein geheimes Kommando zuerst Johanna, dann Phillipp und schließlich Albert. Der Kopf der Tafel blieb frei für Albertine. Niemand sprach, während der Duft des Familienpuddings unbarmherzig den Raum eroberte, wie die Horden Dschingis Khans das arme Nordchina.

Zackige Schritte erklangen, dann trat die Pudding-Königin von Zigarettenrauch umhüllt in den Roten Salon, dessen Fenster eine Panoramasicht auf den Friedhof boten.

Bisher hatte Julius mit Albertine Bernardy nur telefoniert; sie war sehr öffentlichkeitsscheu, und es existierten von ihr so gut wie keine Fotos. Nun wusste er warum. Es handelte sich nicht um die freundliche, pausbäckige Frau, die adrett von jeder Puddingpackung lächelte. Die Augen waren dieselben, ja, auch die grobe Form des Gesichts, doch wirkte die Frau, die sich nun ganz in einen schwarzen Hosenanzug gewandet ans Ende der Tafel setzte, als hätte sich die auf dem Logo abgebildete gute Tante der Nation in einen bösen Geist verwandelt. Hager war sie, die Haare wie zur Strafe kurz rasiert, ihre graue Haut sah deutlich mehr nach Vulkangestein aus als Alberts Pudding. Und in den Augen keine Wärme. Sie zog an ihrer Zigarette, dass die Spitze rot aufglühte.

Johanna, Albert und Phillipp erhoben sich von ihren Stühlen.

Albertine nickte wortlos zur Begrüßung, dann fassten sich alle an den Händen. Wie auf ein geheimes Zeichen begannen sie zu singen.

Pi-Pa-Poki von Tante Tine fein,
Süß und lecker, muss auf dem Teller sein!

In der Reklame klang das Lied immer, als würden Kasperle und das Krokodil es zum Besten geben, doch diese vier schafften es, das Ganze so klingen zu lassen, als sei die ganze Puppenkiste auf Lorazepam. Wie ein Choral, der auf einer Beerdigung gespielt wurde.

»Und nun lasst uns, wie es Tradition ist, den Pudding teilen.« Albertines Stimme glich der eines alten Westernhelden, der gerade eine Flasche Whiskey auf ex getrunken und auf den Boden gerotzt hatte. Sie stellte sich neben den Topf. Jeder musste ihr seinen Teller reichen, und sie füllte diesen bis zum Rand. Nur sich selbst tat sie einen kleinen Klecks darauf. Sogar während sie aß, hörte sie nicht auf zu rauchen. Der blaue Dunst ließ die Szenerie überaus unheimlich wirken.

»Wie immer köstlich«, sagte Phillipp und nahm einen großen Löffel.

»Gutes bleibt einfach immer gut«, ergänzte Albert, der seinen Teller schon auskratzte. »Wird ja auch in meinem Werk produziert.«

»Er schmeckt widerlich«, sagte Johanna und schob ihren Teller fort von sich. »Wie immer.«

Zu aller Überraschung nickte Albertine. »Das tut er. Deshalb kaufen die Leute dieses Mistzeug auch kaum noch, und deshalb braucht unsere Firma ein neues Zugpferd. Einen Pudding für das neue Jahrtausend. Da das Leben zu kurz für lange Reden ist, will ich keine Zeit verschwenden. Ich will eure Vorschläge sehen.«

Julius schob den Servierwagen nach vorne. »Ich möchte betonen, dass ich alles genau nach Rezept zubereitet habe. Ohne mögliche Verbesserungen!« Er wollte einfach nicht mit diesen Gerichten in Verbindung gebracht werden.

»Albert«, bestimmte Albertine.

Dieser trat vor und hinter seinen Teller. »Ich präsentiere den Vulkanpudding. Er ist –«

»Ich will keine Erklärungen hören. Es geht nur um die Optik«, sie hob eine Augenbraue. »Und den Geschmack.«

»Du musst Pudding und Götterspeise gleichzeitig essen«, erklärte Albert.

»Es ist schon ein Defizit, wenn man eine Gebrauchsanleitung für ein Essen braucht«, bemerkte Albertine spitz und kratzte mit einem winzigen Löffel etwas ab. Sie verzog das Gesicht, sagte aber nichts.

»Johanna«, befahl sie dann.

Albert setzte sich leicht irritiert an seinen Platz und reckte das Kinn vor.

Johanna legte die Hände auf ihre Cloche und streichelte diese. »Bevor du meinen Pudding isst, muss ich dir etwas zu Ayurveda erzählen. Es ist eine alte –«

»Will ich nicht hören!«, herrschte Albertine sie an. »Wer das Zeug kauft, der weiß es ohnehin. Und dann geht es wieder nur um den Geschmack.«

Johanna nickte lächelnd und hob die Cloche. »Vedapu, der erste ayurvedische Pudding.«

»Vedapu«, wiederholte Albertine, als sei es kein Wort, sondern ein glibberiger Frosch, der gerade in ihrem Mund laichte. »Klingt köstlich.«

Wieder nahm sie nur einen klitzekleinen Löffel, aß, griff sich eine Serviette und spuckte den Löffelinhalt hinein.

»Man muss sich an den Geschmack gewöhnen«, sagte Johanna. »Dann liebt man ihn.«

»Phillipp«, rief Albertine den Dritten im Bunde auf.

Dieser sprang vom Stuhl, riss sich die Lederjacke vom Leib und präsentierte sein T-Shirt. »Pumsti-Party!« Er trommelte mit den Fingern einen Tusch auf die Cloche, riss diese fort und pfefferte die Metallhaube in die Ecke. Da Julius mehrere Pumsti zubereitet hatte, gab er Albertine einen Pudding am Stiel und allen anderen Anwesenden auch.

»Lutscht man den oder beißt man?«

»Wie im richtigen Leben«, antwortete Phil augenzwinkernd. »Beides kann total Spaß machen!«

Albertine nibbelte nur an dem extra festen Pudding.

Dann kaute sie.

Und kaute.

Und kaute noch etwas.

Bevor sie kraftvoll schluckte.

Nachdem sie ihren Blick lange und nachdenklich über ihre Anverwandten hatte schweifen lassen, setzte sie sich wieder.

»In vier Tagen begehen wir unser fünfzigjähriges Jubiläum. Dann werde ich verkünden, wer mir an der Spitze unseres Unternehmens folgt. Es wird keine Dreiteilung geben, das führt nur zu Streit und endet in einer Teilung der Firma. Derjenige, der mich am Tag unseres Jubiläums mit seiner Idee am meisten überzeugt, erhält die ganze Firma. Ich will nicht nur ein Produkt, sondern auch eine Verpackung, ein Marketing- und Finanzkonzept sowie eine Präsentation. Ich will etwas Geniales! Herrn Eichendorff habt ihr ja bereits kennengelernt. Er ist nicht nur mein Berater, er bildet mit mir die Jury.« Sie tupfte sich die trockenen Lippen ab und stand auf. »Ihr solltet ab jetzt jede Minute nutzen. Ich wünsche eine gute Nacht allerseits!«

4. Waldo läuft über Grabsteine

»Guten Morgen!«

Markus Waldo schaute dem Mann hinterher und gleich danach unwillkürlich auf seine Uhr.

Später Nachmittag.

Keine Frage, dieser Dorenkamp war schon ein komischer Vogel.

»Morgen«, murmelte Waldo, als Dorenkamp bereits fort war. Vielleicht, überlegte er, war »Guten Morgen« ja der ganz normale Dauergruß in der Eifel – so wie man an der Küste auch zu jeder Tages- und Nachtzeit »Moin« sagte. Als Waldo am Abend zuvor nach mehr als sechsstündiger Fahrt endlich in diesem Nest angekommen war, hatte Dorenkamp ihn ebenfalls mit einem fröhlichen »Guten Morgen« begrüßt. Andererseits war der Mann jetzt doch nur mal kurz auf die Toilette gegangen. Ein Tick? Eine Art Guten-Morgen-Tourette?

Während Markus Waldo auf seinen Gastgeber wartete, schob er die zahlreichen Bücher, die auf dem Wohnzimmertisch lagen, zunächst planlos hin und her und fing dann an, sie nach Größe zu stapeln, wobei er penibel darauf achtete, die Buchrücken und die Buchunterseite möglichst bündig zu legen. Wirklich zufrieden war er mit seinem Werk aber nicht.

Dutzende Bücher lagen vor ihm – und alle hatten nur ein Thema: die Eifel. Heimatkalender, Volksmärchen und Schwänke, Historienschinken, wahre Kriminalfälle, Eifeler Sagen und Anekdoten, aber auch abseitigere Themen. Hans-Peter Dorenkamp war im Laufe ihres Gesprächs immer wieder aufgesprungen, um aus einem der Regale ein weiteres Buch zu ziehen.

Waldo griff ein Buch mit dem Titel *Dörfliche Heiler,* in dem es um die ›Magie des Alltags‹ ging, um Eifelaner, die offenbar einige erstaunliche Erfolge auf dem Gebiet des ›Gesundbetens‹ erzielt hatten.

Kopfschüttelnd legte Waldo den Band zurück auf den Stapel. Im nächsten Moment erklang hinter ihm ein gewaltiges Scheppern. Waldo erschrak, nicht allzu sehr, aber doch stark genug, dass ein Zucken durch seine Hand ging, ein Zucken, das den obersten Buchrücken um einige Millimeter verschob.

Waldo drehte sich um. In der Tür zu Dorenkamps Wohnzimmer stand Elfriede Zingel, die gerade Anstalten machte, sich zu bücken, um die beiden Tassen und Untertassen aufzuheben, die ihr vom Tablett gerutscht waren. Waldo sprang auf und eilte Elfriede Zingel zu Hilfe, denn sie war alt, sehr alt.

»Ich mach schon«, rief er und nahm überrascht zur Kenntnis, dass kein einziges Porzellanteil zu Bruch gegangen war. Wieder mal, denn sowohl beim gestrigen Abendessen als auch vor einigen Stunden beim Frühstück hatte Elfriede Zingel mehrere Gegenstände fallen gelassen, unter anderem ein sehr dünnwandiges Weinglas. Toll, dachte Waldo, da können die Eifeler gleich ihre nächste Sage draus stricken: *Die alte Frau, die immer alles fallen ließ, bei der aber nie etwas kaputtging.* Könnte auch der Titel eines Bestsellers aus Skandinavien sein.

»Dankeschön«, krächzte Elfriede Zingel. Sie ging Dorenkamp zur Hand, seit dessen Frau vor fünfzehn Jahren gestorben war. Elfriede Zingel war mindestens hundertzwanzig, schätzte Waldo, und offenkundig vollkommen überfordert mit allem, was sie tat.

Waldo hatte die Tassen gerade zum Tisch getragen, als Dorenkamp wieder auftauchte. »Guten Morgen«, sagte er und setzte sich.

»Morgen«, sagte Waldo neutral.

»Ist was passiert? Ich habe ein … Geräusch gehört.«

Waldo schüttelte den Kopf: »Alles noch mal gut gegangen.« Er hätte es schön gefunden, wenn Dorenkamp jetzt doch mal langsam zum eigentlichen Thema gekommen wäre. Seine ausladenden Erzählungen über alte Sagen – über Karfreitagspredigten, über gefährliche schwarze Schnecken, über Schnudelpittchen und irgendwelche Kohlenbrenner – waren ja gut und schön. Waldo war aber aus einem anderen Grund von Halle an der Saale in die Eifel gereist. Er wollte etwas über Flüche erfahren, über Menschen, die andere verfluchten, über Flüche, die über Jahrhunderte fortbestanden, und über die Frage, was einem das alles heute noch zu sagen hatte und warum das Thema die Menschen in diesen rundum aufgeklärten Zeiten offenbar immer noch faszinierte. Bei einer Internetrecherche war er schnell auf Dorenkamp gestoßen, Hans-Peter Dorenkamp, Jahrgang 1943, Heimatforscher, Buchautor, wohnhaft in Düsterscheid/Eifel. Auf Dorenkamps Homepage – eng beschrieben, giftgrüner Hintergrund, Schriften in vielen bunten Farben – war Waldo auch auf das Schicksal der düsteren Comtesse gestoßen.

»Sie können bei mir übernachten, gar kein Problem, ich hab' doch genügend Platz«, hatte Dorenkamp am Telefon gesagt, und Waldo hatte nach einigem Zögern eingewilligt. Er hätte sonst eine Pension nehmen müssen, aber die hätte er der Psychologie-Zeitschrift, für die er den Artikel verfasste, nicht in Rechnung stellen können. Die Redaktion zahlte gerade mal die Fahrtkosten. Und das Honorar selbst war bestenfalls mäßig – aber bestenfalls mäßig waren lange Jahre auch die Honorare gewesen, die Waldo hatte einstreichen können, als er noch hauptberuflich als Detektiv arbeitete – böse Zungen behaupteten auch: dilettierte.

»Herr Dorenkamp«, setzte Waldo an, »weshalb ich ja eigentlich hergekommen bin, ist diese Fluch-Geschichte –«

»Jahaaa!«, unterbrach ihn der Heimatforscher. »Da kommen wir gleich drauf.« Er hob den linken Zeigefinger. »Das ist ja quasi der Höhepunkt, nicht wahr?« Er lachte. »Aber erst noch …« Dorenkamp pflückte Waldos akkuraten Bücherstapel auseinander und fächerte die Bände wieder wild auf dem Tisch aus, was Waldo mit Unbehagen verfolgte. Wie ferngesteuert wanderte seine Hand zum *Heimatkalender 1977* und schob ihn auf den *Heimatkalender 2004*. Beide Bücher hatten exakt dasselbe Format, was Waldo sehr befriedigte.

Derweil fand Dorenkamp offenbar nicht, was er suchte, denn er sprang auf, trat an sein riesiges Regal heran und griff ein weiteres Buch. Als er es vor Waldo auf den Tisch legte, erklang aus Richtung Küche ein lang gezogenes Knirschen, gefolgt von einem merkwürdig in die Länge gezogenen, nachhallenden Ton, der entfernt an den Gong aus einem buddhistischen Kloster erinnerte. Dorenkamp schien Waldos irritierten Blick zu bemerken, denn er machte eine beschwichtigende Geste. »Nix kaputtgegangen. War nur ein Topf … oder so … Bestimmt.«

Waldo starrte auf den Buchtitel: *Unbekannte fliegende Objekte am Himmel über der Eifel* stand fett auf dem Cover, und kleiner darunter: *Neueste beglaubigte Sichtungen*. Ganz oben stand der Autorenname: Hans-Peter Dorenkamp.

Ich muss hier weg, dachte Waldo.

Fassungslos betrachte er die Fotos, die Dorenkamp ihm präsentierte. Schwarz-Weiß-Aufnahmen von Bäumen, Straßen und Häusern, die eine Sache gemeinsam hatten: In jedes Foto war von Hand ein Ufo hineingemalt worden. Die Ufo-Zeichnungen freilich hätten von Waldos vierjährigem Sohn stammen können: Dreiecke mit Kreisen darin, eine Pinselei erinnerte entfernt an einen Fliegenpilz. Waldo musste sich sehr zusammenreißen, als Dorenkamp ihm ein Bildchen präsentierte, das aussah wie die Unterseite eines Bügeleisens.

Dorenkamp blätterte und zeigte, zeigte und blätterte, und plapperte unaufhörlich, und er hörte auch nicht auf, als Elfriede Zingel ins Zimmer geschlurft kam, in der einen Hand eine Kaffeekanne, in der anderen einen großen Teller mit einem aufgeschnittenen Gugelhupf balancierend. Waldo sprang auf, hastete ihr entgegen und kam gerade noch rechtzeitig, bevor der Kuchen herunterrutschte.

»So«, sagte Dorenkamp, als Waldo den Kuchen auf dem Tisch abgestellt hatte und Elfriede Zingel wieder verschwunden war. »Und damit sind wir quasi auch gleich bei dem Hauptthema, für das Sie sich interessieren. Ich habe in mein Ufo-Buch nämlich auch ein Kapitel aufgenommen über weiße Frauen und Madonnen …«, er blätterte, fand die gesuchte Stelle und hielt sie Waldo triumphierend entgegen. »Das ist ein hochinteressanter Fall.« Auf der aufgeschlagenen Seite war das Foto eines, tja, eines Knetmännchens abgebildet, die Bildzeile lautete: »So sah ein sechsjähriges Mädchen aus Faulenpuhl im Oktober 1988 eine weiße Frau (Modell aus Knetmasse).«

»Aha«, sagte Waldo und wollte sich ein Stück vom Kuchen nehmen, aber Dorenkamp hielt ihn davon ab.

»Den nicht«, flüsterte er. »Wir gehen gleich rüber.«

Ich muss nicht alles verstehen, dachte Waldo und seufzte. Er sah zu, wie Dorenkamp fünf Kuchenstücke in zwei Servietten wickelte und die Päckchen in den großen Taschen seiner Strickjacke verschwinden ließ. Dann brach er ein kleines Stück Kuchen ab und krümelte es auf die beiden Teller.

Schließlich zeigte er wieder auf das Knetmännchen. »Es deutet alles darauf hin, dass dies die düstere Comtesse ist.«

Wie auf Bestellung ertönte ein lautes Rasseln aus der Küche; Waldo hätte sich nicht gewundert, wenn auch noch Lichtblitze durchs Wohnzimmer gezuckt wären.

»Düstere Comtesse«, sagte er tonlos.

»Düstere Comtesse«, echote Dorenkamp. »Wie gut kennen Sie sich in Geschichte aus?«

»So lala.«

»Kein Problem«, sagte Dorenkamp. »Dann hole ich etwas weiter aus.«

Ich bin so ein Idiot, dachte Waldo.

Dorenkamp holte Luft. »Also, Herr Waldo, wir gehen zurück ins späte siebzehnte, frühe achtzehnte Jahrhundert. In Bayern regiert seit 1679 Kurfürst Maximilian II. Emanuel, mit vollem Namen übrigens Ludwig Maria Joseph Kajetan Anton Nikolaus Franz Ignaz … ähm, Felix. Die Osmanen nennen ihn den Blauen König.«

»Ja!«, rief Waldo. »Der Max! Jau, da kenn ich mich ziemlich gut aus. Max, ach, das war ein verrücktes Huhn … Blauer König, ja. Immer besoffen.«

Dorenkamp sah Waldo irritiert an. »Nee, wegen seiner blauen Uniform.«

Sie starrten sich drei Sekunden in die Augen.

»Die auch«, sagte Waldo und nahm den obersten Knopf von Dorenkamps Strickjacke fest in den Blick.

Dorenkamp räusperte sich: »Maximilian hatte natürlich jede Menge Kinder – und zwar nicht nur von seinen beiden Ehefrauen, sondern auch von diversen Mätressen.«

»Nein!« Waldo hielt sich die Hand vor den Mund.

»Jawohl, drei Kinder von Mätressen sind eindeutig belegt, darunter auch ein gewisser Emmanuel-François-Joseph, Comte de Bavière, Marquis de Villacerf, geboren 1695, gestorben 1748.«

Waldo nickte.

»1747!«, rief Dorenkamp. »Gestorben 1747!«

Waldo nickte.

Dorenkamp legte die Stirn in Falten. »Nee, 1748.«

Waldo nickte.

»Falsch! 1747!«

Waldo nickte.

Der Heimatforscher schüttelte den Kopf. »Ich weiß es nicht genau. Ist ja auch nicht kriegsentscheidend.« Er zögerte. »Doch, ich meine 1747.«

Waldo presste den linken Zeigefinger auf ein paar Kuchenkrümel und leckte sie ab. Er schmeckte rein gar nichts.

»Also, egal jetzt. Der Comte de Bavière war also ein uneheliches Kind des Kurfürsten. Ein Bastard.«

»Wie Jon Schnee«, sagte Waldo.

»Schnee? Wo?«

»Vergessen Sie's.«

»Jedenfalls, der Comte wurde Offizier unter Ludwig XV. und starb irgendwann in einer Schlacht.«

»1747«, sagte Waldo.

»Genau … Oder 1748 … egal jetzt. Auch der Comte hatte natürlich jede Menge Liebschaften, wie sich das so gehörte, und eine seiner Mätressen gebar ihm 1715 eine Tochter.« Dorenkamp machte eine dramatische Pause. »Unsere düstere Comtesse!«

Dem Himmel sei Dank, dachte Waldo.

Dorenkamp schaute auf die Uhr. »So, und den Rest erzähle ich Ihnen drüben im Café bei einem Stück des besten Mohnkuchens, den Sie je gegessen haben.«

Erneut bemerkte Dorenkamp Waldos Blick. »Die Elfriede macht das gern, wirklich. Kuchenbacken ist eine richtige Leidenschaft von ihr, aber das Ergebnis ist schlicht und ergreifend nicht essbar. Da müssen Sie kein schlechtes Gewissen haben.«

Er stemmte sich aus dem Stuhl. Waldo erhob sich ebenfalls. In der Küche trafen sie auf Elfriede. Dorenkamp wandte sich an seine Haushälterin: »Elfriede!«, brüllte er. »Wir drehen mal eine Runde! Wir müssen uns die Beine vertreten! Außerdem will ich dem Herrn Waldo die Grabsteine der Besitzer des Fluchhauses zeigen!«

»Der Fluch!«, rief Elfriede Zingel. »Der Fluch. Die düstere Comtesse kommt bald wieder. Ich habe ihr Kind wieder wimmern hören.« Sie wandte sich ab. »Das arme Kind«, murmelte sie.

»Kommen Sie, wir gehen hinten raus.« Auf der Terrasse nahm Dorenkamp den Faden wieder auf. Große Steinplatten beschrieben einen Weg in den weitläufigen Garten. Dorenkamp bewegte sich im Zeitlupentempo. Ein Schritt, dann blieb er stehen und plauderte, ein weiterer Schritt, Stopp, Schritt, Pause. Waldo fühlte sich an die nervtötenden Spaziergänge erinnert, bei denen sein Knirps dauernd stehen blieb, weil er sich ganz mächtig für eine Pfütze, einen Grashalm oder einen Hundehaufen interessierte. »Spazieren stehen« nannte seine Frau Yvonne dieses Ritual immer.

Dorenkamp dozierte: »1715 wird unsere düstere Comtesse also geboren, 1732 wird sie ebenfalls schwanger. Sie ist aber nicht verheiratet.« Er hob beide Hände in die Höhe. »Große Katastrophe, natürlich. Das arme Ding wird verstoßen und muss quasi fliehen. Und wohin flieht die Frau?« Er schaute Waldo erwartungsvoll an.

»Berlin?«

Dorenkamp runzelte die Stirn. »Nein! Hierhin natürlich! In die Eifel. Nach Düsterscheid.«

Nein! Doch! Oh!, dachte Waldo.

»Sie kommt bei einem kinderlosen Ehepaar unter, alles ist schön, bis dann irgendwann ihr Bauch zu sehen ist. Sie gesteht, dass sie schwanger ist, sie bekommt das Kind, aber dann bekommt das Ehepaar mit, dass sie aus adligem Haus stammt, und will Geld von ihr. Die Frau hat aber nix, also fliegt sie aus dem Haus. Mit ihrem Neugeborenen! Mitten im Winter!«

Sie standen inzwischen auf einer der Steinplatten mitten auf der Wiese.

»Die Comtesse irrt durch die Nacht, ihr Kind stirbt, sie lässt es an der alten Krüppeleiche liegen und schleppt sich selbst weiter. Und sie ward nie mehr gesehen!«

Waldo sah sich im Garten um, der äußerst gepflegt wirkte; der Heimatforscher schien nicht nur mit Extraterrestrischen auf Du und Du zu stehen, sondern auch einen grünen Daumen zu besitzen. Waldos Blick ging zum Haus, und er erschrak. Elfriede Zingel stand hinter einem der Fenster und starrte ihn feindselig an. Waldo nickte freundlich, aber Elfriede drehte sich weg. Ihr Mund bewegte sich unablässig.

Dorenkamp hatte nichts davon mitbekommen. »Aber bevor sie starb, hat die Comtesse jenes Ehepaar verflucht, das sie so herzlos in die Kälte geschickt hat …«

»Geschah ihnen recht.«

Dorenkamp überhörte Waldos Bemerkung. »… aber nicht nur das Ehepaar, sondern alle, die künftig in dem Haus wohnen würden. Und seitdem irrt sie durch die Gegend.« Dorenkamp sprach nun, als lese er eine Gespenstergeschichte vor. »Und manchmal hört man sie rufen. Und manchmal hört man ihr Kind wimmern.

Und manchmal wird die Comtesse gesehen, als düsterer Schatten.«

Oder als weißes Knetmännchen, dachte Waldo.

»Und jetzt, Herr Waldo.« Dorenkamp flüsterte nun. »Schauen Sie mal nach unten.«

Waldo blickte zu Boden. Er stand auf einem der großen Steine.

»Sehen Sie genau hin.«

Waldo ging in die Hocke. Erst jetzt erkannte er, dass der Stein zerkratzt war. Nein, das waren keine Kratzer, das waren Schriftzeichen, stark verwitterte Schriftzeichen, die kaum zu entziffern waren. Waldo konnte es kaum fassen. Er stand … auf einem Grabstein! Er war die ganze Zeit über Grabsteine gelaufen!

»Herr Waldo, Sie stehen auf dem alten Grabstein von Fürchtegott und Alwine Junkers, zum Herrn gerufen in der Nacht auf den 12. Dezember des Jahres 1732.«

»Lassen Sie mich raten: Fürchtegott und Alwine Junkers sind das Ehepaar, das die Comtesse in den Tod geschickt hat?«

»Erraten.«

»Aha.« Waldo starrte auf den Grabstein. »Sie sind also wenig später tatsächlich gestorben?«

»Genau.«

»Durch den Fluch.«

Dorenkamp strahlte und hob die Hände zu einer Geste, die besagte: Wer kann das schon mit Sicherheit sagen? »Man fand sie in ihrem Haus. Vollkommen unverletzt.«

»Wie das?«

Erneut machte Dorenkamp seine ›Wer-will-das-mit-Sicherheit-sagen-Geste‹.

Waldo wurde ungeduldig. »Was denn nun?«

Dorenkamp sprach wieder mit normaler Stimme: »Vermutlich sind sie erstickt.«

»Erstickt?«

»Erstickt im verfluchten Haus.«

»Und wieso erstickt?«

Dorenkamp zuckte mit den Schultern. »Die sachliche Antwort lautet: Wahrscheinlich war irgendwas mit dem Kamin.« Er setzte sich in Bewegung. »Verstopft. Oder so.«

»Und dann wurde das Haus abgerissen, weil niemand mehr drin wohnen wollte«, riet Waldo.

»Falsch! Es steht immer noch.«

»Ach!«

»Ja, Sie sind dran vorbeigekommen.«

»So?« Waldo machte ein fragendes Gesicht.

»Die Pudding-Villa!«

»Ui!«, machte Waldo. Und dachte: Das wird ja doch noch 'ne richtig dolle Geschichte.

Dorenkamp grinste: »Na? Hab' ich zu viel versprochen?« Er setzte sich langsam in Bewegung, Waldo folgte ihm, den Blick auf die Grabsteine geheftet.

»Und die Leute hier glauben wirklich an den Fluch? Ich meine, sie benutzen Smartphones und steigen in Flugzeuge, aber sie glauben an einen dreihundert Jahre alten Fluch?«

Dorenkamp wedelte mit den Händen: »Ich natürlich nicht!«

Nee, dachte Waldo, du glaubst nur an Ufos.

»Aber meine Elfriede … na, Sie haben ja selbst gesehen, wie sie sofort nervös wurde.«

Sie wanderten die Straße entlang.

»Das ist jetzt vielleicht 'ne blöde Frage, Herr Dorenkamp, aber: Woher haben Sie eigentlich die ganzen Grabsteine? Gab's die im Baumarkt als Sonderangebot?«

Dorenkamp lachte gnädig. »Der Friedhof war am Ortsrand, gleich daneben war früher mal eine Kapelle, die ist aber schon lange weg. Der Friedhof wurde vor fünfundzwanzig Jahren aufgegeben, wurde ja schon seit Jahrzehnten niemand mehr dort beerdigt. Wir haben ja den Friedhof neben der Dorfkirche. Da hab ich mir natürlich die Grabsteine gesichert.«

Sie waren vor dem *Café Pustekuchen* angekommen. Der Heimatforscher klatschte in die Hände: »So, und jetzt: Mohnkuchen!«

5. Wilsberg steht im Wald

Das *Café Pustekuchen* war ein Lichtblick. Einer der wenigen in Düsterscheid. Der Latte macchiato erreichte Großstadtqualität, der Mohnkuchen gehörte zu den besseren, und die Wirtin wirkte weitaus weniger knarzig als die meisten Gestalten, die diese abgelegene Eifelgegend nahe der Luxemburger Grenze bevölkerten.

Fast überflüssig zu erwähnen, dass ich nicht zu meinem Vergnügen hergekommen war. Mein Grund hieß Phil Klotz, eigentlich Phillipp Klotz, ein Mann, der unfassbar erfolgreich aussah, unfassbar viel über seinen unfassbaren Erfolg redete und nur deshalb bei seinen diversen geschäftlichen Flops noch nicht in den sozialen Abgrund gerutscht war, weil seine Tante vor Urzeiten in diesem Kaff einen Pudding zusammengerührt hatte. Sobald Phil mal wieder am Boden lag, half ihm Tante Tine mit einer Geldspritze auf die Beine. Jedenfalls, wenn man dem Internet glauben durfte, das diese und ähnliche Geschichten über Phil verbreitete.

Das Übrige, was ich über den Chef einer Werbefirma in Hannover wusste, stammte von seiner Frau, die mich engagiert hatte, und den Gesprächsfetzen, die ich bei seiner Beschattung aufgeschnappt hatte. Seit zwei

Tagen klebte ich jetzt an Phil dran, mit gerade so viel Abstand, dass ich nicht sein Misstrauen kitzelte, und doch nah genug, um saubere Fotos schießen zu können, falls er sich mit einer Frau traf und mit mehr als nur seinem grenzenlosen Selbstvertrauen in sie eindringen wollte. Denn das war mein Auftrag: herausfinden, ob Phil eine Affäre hatte. Ann-Sophie, Phils Frau, verfügte, wie sie mir versichert hatte, in dieser Hinsicht über eine Erfahrung zu viel, ihre Geduld sei am Ende, noch eine Geliebte, und sie werde die Scheidung einreichen. Wie zur Bestätigung hatten die Haarspitzen ihrer perfekt gestylten Frisur bei diesen Worten energisch gewippt.

Ann-Sophie war früher mal ein gut gebuchtes Model gewesen, auch wenn es nicht für die internationalen Laufstege, sondern lediglich für die Wäschekataloge großer Versandfirmen gereicht hatte. Die langen Beine besaß sie immer noch, so spindeldürr wie auf den alten Aufnahmen sah sie allerdings nicht mehr aus. Deshalb trat sie heute nur noch gelegentlich vor die Fotokameras, die übrige Zeit managte sie eine Modelagentur mit Models, die jedes Gramm Fett wie einen hartnäckigen Feind bekämpften. Zog man die Geldspritzen von Tante Tine ab, war Ann-Sophie erfolgreicher als ihr Mann, zumindest auf eine ehrlichere Weise.

Doch natürlich wollte Ann-Sophie im Fall einer Scheidung nicht auf Phils Geld verzichten. Warum auch? In der Ehe der beiden hatte Geld immer eine größere Rolle gespielt als gegenseitige Rücksichtnahme. Jetzt, da es kriselte, verspürte Ann-Sophie keinen Drang, ihren Mann zu schonen. Sie wollte ihn schröpfen. Und da Tante Tine als strenge Patriarchin und alte Jungfer niemals einen Nachfolger eingesetzt hätte, dessen Lebensweise das saubere Image der Firma beschmutzen könnte, wäre ein Beweis für Phils Untreue ein fetter Trumpf in Ann-Sophies Blusenärmel gewesen. *Entweder du rückst die Kohle raus oder ich verpetze dich bei deiner Tante* – so in etwa sah Ann-Sophies Plan aus.

Was Ann-Sophie, abgesehen von ihren schlechten Erfahrungen, bislang in der Hand hatte, war ein unscharfes Foto, das Phil zusammen mit einer Blondine in einem Park zeigte. Die Blondine sah aus wie eine jüngere und blondere Ausgabe von Ann-Sophie, ein Beweis, dass Phil seinen Geschmack im Laufe der Jahre nicht wesentlich verändert hatte.

An dieser Stelle kam ich, Georg Wilsberg, ins Spiel, denn das Foto war Ann-Sophie anonym und kommentarlos zugeschickt worden. Ann-Sophie entschied sich für professionellen Beistand – aus ihrer alten Heimat Münster, da Phil in Hannover, wo das Ehepaar lebte, zu viele Leute kannte, die sich bei ihm einschleimen wollten, schließlich galt er als der kommende Mann des Pudding-Imperiums.

Ich hatte Ann-Sophie in Münster getroffen, einen satten Vorschuss kassiert und ihr nicht verraten, dass mich Aufträge wie ihrer anödeten. Einen möglicherweise fremdgehenden Ehemann zu beschatten, war der klassischste aller Privatdetektivjobs und so spannend wie Schildkrötensex im Zoo. Aber Phil, Ann-Sophie und mich verband, dass wir alle Geld brauchten; am Ende der Nahrungskette waren Tante Tines Almosen bei mir am besten aufgehoben.

Vom *Café Pustekuchen* aus hätte ich mich nach fünf Minuten Fußmarsch persönlich bei Albertine Bernardy bedanken können, ihre Pudding-Villa lag wenige Hundert Meter entfernt. Phil war dort gestern eingetroffen, Tante Tine habe ihre Nichte und Neffen anlässlich des Firmenjubiläums eingeladen, um eine Art Schaulaufen der künftigen Führungsgeneration zu veranstalten, hatte mir Ann-Sophie erzählt.

Weder in Düsterscheid noch während der zwei Tage in Hannover, in denen ich Phil beschattet hatte, war die Fotoblondine in mein Blickfeld geraten, der Pudding-Spross blieb brav. Was mich nicht weiter störte, schließlich zahlte Ann-Sophie Tageshonorare plus Spesen. Notfalls würde ich es mir in Düsterscheid so bequem machen, wie es der Dorfgasthof mit seinen nicht vorhandenen Sternen auf jeglichen Bewertungsskalen zuließ.

Ich signalisierte der Wirtin, dass ich zahlen wollte. Genau genommen war sie, neben ihrem liebevoll eingerichteten Café, der zweite Lichtblick in Düsterscheid. Eine gut aussehende Frau von Mitte fünfzig mit einem offenen, freundlichen Lächeln, das sie mir inzwischen schon mehrere Male geschenkt hatte. Nicht, dass ich mir darauf etwas einbildete, es wirkte nur weniger gekünstelt als die an- und ausknipsbaren Verkäuferinnenlächeleien, mit denen man in teureren Läden abgespeist wurde.

Dass ich das Lächeln der Wirtin nicht zu persönlich nehmen durfte, erlebte ich in diesem Moment, als die Tür aufging und ein nach verkauztem, pensioniertem Gymnasiallehrer aussehender Typ hereinkam und sie trotz der fortgeschrittenen Tageszeit mit einem fröhlichen »Guten Morgen, Claire« begrüßte. Hinter dem Mann mit der Tageszeitschwäche trat ein zweiter Mann in den Strahlenkegel von Claires Lächeln. Obwohl das kaum möglich schien, schaffte es der zweite Mann, einen noch verwirrteren und lebensuntauglicheren Eindruck zu machen als sein Begleiter.

»Wir hätten gern jeder ein Stück von deinem wundervollen Mohnkuchen«, dröhnte der Pensionär mit seiner Lehrerstimme.

»Tut mir leid, das letzte Stück habe ich gerade verkauft.«

Ich bildete mir ein, dass ihr Bedauern nur geheuchelt war. Wie zur Bestätigung drehte sich Claire mit einem spöttischen Lächeln zu mir um. Ich lächelte zurück und entschloss mich, an die Arbeit zu gehen.

Phil war mit seinem eigenen Flugzeug von Hannover nach Dahlem in der Eifel geflogen. Da ich rechtzeitig von seinen Plänen erfahren hatte, war ich vorausgefahren, um ihn von Dahlem aus zu verfolgen. Eine Routineaufgabe, die in der Pudding-Villa seiner Tante endete. Im Nachhinein musste ich mir allerdings eingestehen, dass ich damit bereits den spannenderen Teil der Observation erlebt hatte. Den Rest des Tages und die halbe Nacht verbrachte ich hinter dichtem Gebüsch am Waldrand oberhalb der Villa und sah durch ein Fernglas zu, wie Phil mit einer alten Dame, vermutlich seine Tante, und zwei weiteren Gästen, eine Frau und ein Mann, speiste und plauderte. Ihren gleichförmig stumpfen Gesichtern nach zu urteilen, handelte es bei den Letzteren um Geschwister, also vermutlich Phils Cousine und Cousin. Alle, die in der Familie Bernardy eine Rolle spielten, waren damit versammelt. Außerdem entdeckte ich noch einen dicken Koch, der sich ständig Frikadellen in den Mund schob, einen uralten Hausmeister, eine drahtige Frau in Sportkleidung, die im Garten auf einer Matte Yogaübungen machte, sowie einen Mann, der den Rasen grün anstrich.

Das war gestern gewesen, heute nahm ich mir vor, einen Schritt weiter zu gehen. Und sei es nur, um nicht vor Langeweile zu sterben und erst in einem Jahr von einem Pilzsucher als Skelett am Waldrand gefunden zu werden. Sobald die Dunkelheit es zuließ, schlich ich näher an die Villa heran. Das Personal vom Vortag hatte sich wieder eingefunden, die vier von der Herrschaft ebenso wie der dicke Koch, die Yogasportlerin, der uralte Hausmeister und der Rasenanstreicher.

Ich hörte die Terrassentür und Phils näselnde, in Arroganz eingelegte Stimme: »Pudding, immer nur Pudding. Ich halte es nicht mehr aus.«

»Das macht sie, um uns quälen«, stimmte eine Frau zu. »Sie weiß, wie sehr ich mich überwinden muss, tierische Produkte zu essen.«

»Davon war gestern Abend nichts zu merken, als du die Frikadelle verschlungen hast«, höhnte eine zweite Männerstimme.

»Das ist nicht wahr«, protestierte die Frau.

»Ich hab's doch mit eigenen Augen gesehen.«

Ich schob mich näher an die Hausecke und riskierte einen Blick auf die Terrasse. Wie ich vermutet hatte, stand Phil zusammen mit seinem Cousin und seiner Cousine auf den Steinplatten.

Phil spielte den Friedensstifter: »Hört auf damit. Das will Albertine doch nur, dass wir bei diesem Battle …«

»Dem Wettkampf«, unterbrach der Cousin.

»… übereinander herfallen. Versteht ihr nicht, wir müssen zusammenhalten, dann kann uns nichts passieren.«

»Wie meinst du das?«, fragte die Cousine.

»Wenn keiner von uns gewinnt – was ist dann?«

»Dann teilen wir durch drei?«

»Richtig«, lobte Phil, »jeder bekommt einen Bereich, wir leiten das Unternehmen gleichberechtigt.«

»Das setzt voraus, dass wir einen Pakt schließen und versprechen, eventuelle Angebote von Albertine abzulehnen«, mischte sich der Cousin ein.

»Du hast es erfasst, Albert.« Phil hob die Hand. »Kommt, schlagt ein.«

Die beiden anderen zögerten einen Moment, dann klatschten sich alle drei ab, so lasch und halbherzig wie Fußballer nach einer Blutgrätsche des Gegenspielers.

»Sorry, Leute, ich muss mal mit Ann-Sophie telefonieren.« Phil verschwand im Hausinneren.

Ein paar Sekunden lang herrschte Schweigen auf der Terrasse. Dann sagte die Frau: »Vertraust du ihm?«

Albert stieß ein fieses Lachen aus. »Phillipp ist ein gottverdammter Versager. Dieser bescheuerte Pakt ist sein letzter Versuch, etwas zu retten. Sieh es mal realistisch, Schwesterchen: Der Beste wird gewinnen.«

»Und das bist du?«

»Ich habe mein Leben lang für die Firma gearbeitet.«

»Als eine Art Museumsleiter. Glaubst du wirklich, dass jemand deinen braunen Kackhaufenpudding gut findet?« Die Frau ging ins Haus. »Träum weiter, Albert.«

Albert steckte eine Zigarette an und sog heftig. »Ayurvedischer Pudding. Dass ich nicht lache.«

Weit entfernt hörte ich Phils Stimme. Offenbar stand er ganz am Rand des Grundstücks. Ich bewegte mich ein Stück in seine Richtung.

»Albert und Johanna sind Idioten. Ich habe ihnen einen Pakt aufgeschwatzt, der sie zum Stillhalten verpflichtet. Wäre eigentlich nicht nötig gewesen, weil ich sowieso Tines Lieblingsneffe bin. Aber so ist es absolut sicher, dass sie die Loser sind. Schnallst du's, Ann-Sophie, du telefonierst gerade mit dem zukünftigen Chef von *Bernardy*.«

Phil beendete das Gespräch und drückte kurz darauf das Handy erneut ans Ohr. »Hallo Schatz. Hast du morgen Zeit?« Er lachte. »Super. Ich freu mich auf dich. Und der da unten auch.«

6. Britta sieht Gespenster

»Erbärmlich.« Albertine Bernardy schnaubte verächtlich. »Gott, sie sind alle so erbärmlich.«

Britta Brandner, die gerade die Hände in den verhärteten Musculus trapezius der knochigen Schultern grub und vorsichtig zu kneten begann, konnte fühlen, wie sich ihre Klientin verkrampfte. »Locker«, mahnte sie. »Sie müssen sich entspannen. Positiv denken.«

Ihre Mahnung hatte leider nicht den gewünschten Effekt. Ganz im Gegenteil. »Wie bitte?« Albertines Kopf ruckte nach oben. »Herrgott, Sie klingen ja schon wie Johanna. Wollen Sie mich ins Grab bringen?« Sie ließ den Kopf wieder sinken und hustete trocken.

»Nein, aber nein! Warum sollte ich? Das werden schon andere erledigen …« Sie sah hinüber zu der Schachtel Zigaretten und dem Aschenbecher, die auf dem Nachttisch neben dem dunkelbraunen, wuchtigen Himmelbett bereitlagen. Es hatte sie Mühe gekostet, ihre Arbeitgeberin zu dem Zugeständnis zu bewegen, wenigstens während der physiotherapeutischen Behandlungen das Rauchen einzustellen. Albertine war keine, die ihren Gegnern etwas schenkte. Umso stolzer war Britta auf diesen Sieg, zumal sich Albertine zusätzlich auch noch bereit erklärt hatte, für die

Massagen die zweifarbige Kette, die sie ansonsten fast ständig trug, abzulegen.

»Blablabla …«, murmelte es nun von unten. »Machen Sie lieber hinne. Ich brauche dringend eine Zigarette!«

Britta lächelte. Sie mochte Albertine. Und sie bereute es nicht, hierhergekommen zu sein.

Als man ihr angeboten hatte, sich hier in Düsterscheid eine Weile als private Physiotherapeutin zu verdingen, hatte sie nicht lange gezögert. Der Zeitpunkt war perfekt gewesen. Wörner, ihr Lebensabschnittsbegleiter, seines Zeichens Kriminalhauptkommissar, hatte eben einen neuen Fall übernommen. Und leider wusste Britta genau, worauf das hinauslaufen würde. Es schien eine Art Naturgesetz zu sein, dass sie auf die ein oder andere Art ständig in diese Ermittlungen hineingezogen wurde. Dabei hasste sie Ermitteln genauso sehr wie Mord und Totschlag.

Zwei Wochen in der Eifel, um diesem Schicksal ein Schnippchen zu schlagen, kamen ihr daher gerade recht. Zwei Wochen Ruhe und Frieden. Dazu ein Honorar, das nur ein Vollidiot oder eine außerordentlich gut situierte Physiotherapeutin hätten ablehnen können. Und Britta war weder das eine noch gar das andere.

»Sie hätten das erleben sollen!« Albertine räkelte sich zurecht. »Phillipp jetzt, unser schöner Phil. Wenn es nicht so traurig wäre, man könnte sich totlachen. Wie der sich gespreizt hat und rangewanzt! Es hätte mich nicht gewundert, wenn er die Hose runtergelassen hätte, um mir zu zeigen, dass er sich diesen albernen Pumsti nicht nur aufs T-Shirt gedruckt, sondern auch auf den Hintern hat tätowieren lassen!«

»Frau Bernardy!« Britta bemühte sich, pikiert zu klingen, konnte sich allerdings ein Lachen nicht verkneifen.

»Ja, Sie lachen! Aber ich schwöre bei allem, was mir heilig ist – es wäre nicht das erste Mal!«

»Dass Phillipp seine Hose …?«

Nun ließ Albertine ihr heiseres Lachen hören. »Das auch, oh ja. Der Gute hat ja eher Schwierigkeiten, das Ding mal anzubehalten. Aber gut – das liegt vermutlich in der Natur der Sache. Dass der Junge einen ansehnlichen Arsch in der Hose hat, entgeht nicht mal einem alten Reptil wie mir. Da könnte Albert-Knallbert sich mal eine Scheibe von abschneiden, wenn Sie das schiefe Bild verzeihen wollen.« Abermals kicherte sie. »Wissen Sie, was mir aufgefallen ist heute? Der Langeweiler ist seit mindestens zwanzig Jahren verheiratet, und ich könnte Ihnen beim besten Willen nicht sagen, wie seine Frau aussieht. Ich habe sie schon gesehen, da bin ich sicher, aber sie ist quasi durchsichtig. Nicht, dass ich mich danach sehne, mehr mit Alberts Gemahlin zu tun zu haben. Allein dass sie ihn geheiratet hat, spricht eindeutig gegen sie.« Sie hustete wieder. »Egal, was ich sagen wollte, das mit der Tätowierung, das ist mein heiliger Ernst. Er hat das wirklich mal gemacht. Eine seiner absolut todsicheren Super-Knaller-Geschäftsideen, die ganz große Nummer mal wieder. Zack – auf den Oberarm. Dass die Sache vor die Wand gefahren ist, bevor die Tinte trocken war, muss ich wohl nicht extra erwähnen. Aber er hat kein Geld, um das weglasern zu lassen. Darum klebt er ein Pflaster drüber. Ist das zu fassen?«

Britta grinste. Nein, sie bereute es wirklich nicht, nach Düsterscheid gekommen zu sein. Und das zu tun, was sie konnte, das, was ihr Befriedigung verschaffte, daher ihr Beruf war. Sie sorgte dafür, dass es Menschen gut ging. Das tat sie gern. Ganz besonders gern hier, mit dieser knochigen alten Dame, deren Musculus rectus capitis lateralis sie gerade bearbeitete. Denn Albertine war für Britta weit mehr als eine normale Klientin. Weit mehr auch als eine alternde Konzernchefin, die nicht zu Unrecht den Ruf hatte, im Umgang nicht ganz einfach zu sein. Für Britta gehörten die Muskeln, die sie bearbeitete, keiner Geringeren als Tante Tine.

Britta liebte Tante Tine, solange sie denken konnte. Eine rotwangige Frau mit weißer Schürze und Kochlöffel in der Hand, die sie ein Leben lang süß und verheißungsvoll von Puddingtüten angelächelt hatte. Britta musste das Bild nur ansehen, um den tröstlich cremigen Geschmack auf der Zunge zu schmecken. Tante Tine, Schöpferin des Poki, Tante Tine, die in der Küche der Pudding-Villa stand und kräftig rührte. Tante Tine, die immer für Britta da gewesen war …

Dass die reale Albertine mit der Werbeikone, der sie einst ihr Gesicht geliehen hatte, in etwa so viel gemein hatte wie Poki mit Salmiakpastillen extra-scharf, änderte nichts an diesem warmen Gefühl.

Albertine hatte sich zudem als vorbildliche Patientin erwiesen, die willig und klaglos das Programm, das Britta für sie ausgearbeitet hatte, absolvierte. Ein bisschen Arbeit an den maroden Schultern, Rückenübungen, dann die Massage unter besonderer Berücksichtigung des Serratus posterior superior, der Albertine zu schaffen machte. Die alte Dame tat alles, um fit zu sein für den Tag des Firmenjubiläums, den *großen Tag*.

»Womit habe ich das nur alles verdient?«, klagte sie nun. »Was soll ich nur anfangen mit dieser blöden Brut?«

Britta hätte gern ein paar aufmunternde Worte gesagt. Leider fiel ihr nichts ein. Nach einem Tag mit Albert, Phil und Johanna, den drei potenziellen Firmenerben, musste sie leider zugeben, dass Albertines Pessimismus durchaus berechtigt war. Trotzdem musste sie die alte Dame trösten. Das gehörte zum Job, fand sie, es musste sein.

»Geben Sie ihnen eine Chance«, sagte sie also, während sich ihre Hände langsam in Richtung Musculus rectus capitis anterior vorarbeiteten.

»Das tue ich doch!«, erregte sich Albertine. »Verdammt, ich gebe ihnen die Chance ihres Lebens. Und was bringen sie mir? Pudding am Stiel! Ayurvedische Pampe, die man sich auch auf die Cellulite schmieren kann. Und die wahrlich innovative Idee, die alte Pampe mit anderer alter Pampe zu füllen. Pumsti, Vedapu und Puddivul. Das müssen Sie sich mal auf der Zunge zergehen lassen. Oder eben besser nicht!«

»Alles wird gut.« Britta war selbst klar, wie blöde das klang.

Glücklicherweise schien Albertine ihr gar nicht zuzuhören. »Vedapu …«, murmelte sie dumpf. »Ich fasse es nicht. Was ist nur schiefgegangen bei Johanna? Sie war doch mal auf einem guten Weg. Sie ist die Einzige, die mich nie um Geld angeschnorrt hat. Und hat immerhin genug Stolz, um so zu tun, als liefe ihre lächerliche Ernährungsberatung. Und sie ist die Einzige, die tatsächlich für etwas kämpft. Warum müssen ihre Ziele so idiotisch sein? Warum suhlt sie sich derart im Gutmenschentum?«

»Es gibt Schlimmeres, als ein guter Mensch sein zu wollen«, wandte Britta ein.

»Darum geht es doch gar nicht. Es ist diese Art, die mich wahnsinnig macht. Vorhin hat sie mir einen Vortrag über Ernährung gehalten, und ich schwöre, ich konnte mich kaum zurückhalten. Ich hatte ein unbändiges Bedürfnis, in die Küche zu rennen, dem Eichendorff einen seiner Schweinefüße aus dem Kühlschrank zu stehlen und ihn vor ihren Augen roh zu verschlingen. Vegan, wenn ich das schon höre … vegan!« Aus ihrem Mund klang es, als handele es sich um eine ebenso seltene wie widerwärtige sexuelle Perversion.

»Aber vegan ist Trend.« Britta war mittlerweile in der Mitte des Rückens angelangt. »Vegan ist die Zukunft. Es ist gesund, es ist politisch korrekt und nachhaltig … jetzt bitte den rechten Arm nach vorne, mit der linken Hand festhalten …«

Albertine setzte sich auf, tat, wie ihr geheißen, und stöhnte wohlig, als Britta sich ihres Serratus posterior superior annahm. »Das mag ja alles sein«, sagte sie. »Und es ist mir völlig egal, was die Leute so essen. Solange mein Name auf der Packung steht, ist alles gut.« Sie stieß ein meckerndes Lachen aus. »Aber wenn Vedapu der Geschmack der Zukunft ist, dann kann ich allen nur raten, so schnell wie möglich zu sterben.« Sie seufzte. »Im Übrigen lügt sie«, erklärte sie dann bestimmt. »Das sieht jeder. Wenn die wirklich nur Gras und Körner fressen würde, dann wäre die doch nicht so fett. Es ist ein offenes Geheimnis, dass sie süchtig nach Fleisch ist. Sie klaut es sich aus dem Kühlschrank und versteckt es irgendwo.«

»Nicht wirklich!«

»Wenn ich es doch sage!«

Britta dachte an den letzten Abend. Nachdem das sonderbare Pudding-Ritual endlich vorbei gewesen war, hatte sie ein später Hunger angeflogen. Leider hatte sie im Kühlschrank keine Spur mehr von den restlichen Frikadellen gefunden, die Julius Eichendorff zubereitet hatte. Sie hatte ihren Appetit mit den Poki-Resten aus der verbeulten Schüssel gestillt. Was grundsätzlich kein Problem war, Britta konnte immer Poki essen. Trotzdem hatte sie sich irgendwie schlecht behandelt gefühlt, zumal ihr so gewesen war, als sei Johanna kurz zuvor kauend und irgendwie schuldbewusst an ihr vorbei über den Flur gehuscht.

Es schien ihr allerdings nicht klug, das zu erwähnen und noch Wasser auf Albertines Mühlen zu gießen, die ja auch ohne Ermutigung vortrefflich mahlten.

»Aber da ist doch immer noch Albert«, sagte sie stattdessen. »Er mag ja als Mensch nicht so interessant sein, aber er arbeitet doch schon so lange für Sie. Er kennt sich aus, er ist solide, er sollte der Verantwortung doch gewachsen sein.«

»Dass ich nicht lache!« Albertine lachte. »Der weiß doch nicht mal, was Verantwortung ist. Da hab ich ihn aus guten Gründen nie in die Nähe gelassen. Er ist im Grunde nichts weiter als ein überbezahlter Museumswärter, auch wenn er sich hier im Ort aufspielt, als wäre er Krupp persönlich. Ich lasse ihm den Job, weil ich ein Herz habe. Ein hartes Herz, aber immerhin. Ich hätte ihn längst rausgeschmissen, wenn er nicht mein Neffe wäre. Ich hätte ihn längst rausschmeißen müssen – immerhin bestiehlt er mich.«

»Was?« Diese Information schockierte Britta tatsächlich ein bisschen.

»Ja, unser Albert. Flache Wasser sind still. Hockt jeden Sonntag in der Kirche, tut, als habe er die Moral gepachtet, bringt seiner Schattenfrau regelmäßig ein paar Geranien mit. Aber er hat kein Problem damit, seine wöchentlichen Ausflüge in den Puff als Dienstfahrten über die Firmenkasse abzurechnen. Und denkt tatsächlich, ich wäre zu blöd, das zu merken. So ist Albert. Ha! Und jetzt kommen Sie!«

»Ich bin …« Britta versuchte, diese neue, durchaus verstörende Information zu verarbeiten. »Ich bin schockiert!«

»Ich nicht«, erklärte Albertine. »Eher überrascht. Ich hätte im Leben nicht gedacht, dass der noch einen hochkriegt.« Sie seufzte. »Es ist der Genpool! Falsch verteilt. Im Grunde ist alles da, was es braucht. Phil ist ein Spinner, aber kreativ und innovativ. Albert hat immerhin Traditionsbewusstsein. Und wenn Johannas Ziele nicht gar so idiotisch wären … Hätte die Natur ein bisschen anders gemischt, ich hätte einen perfekten Erben und zwei Flachpfeifen, die ich nebenher versorgen könnte.«

»Ja, aber dann wäre es doch sinnvoll, wenn sie alle drei zusammen …«

»Wenn Schweine fliegen!« Albertine war nun zu erregt, um Britta ausreden zu lassen. »Gucken Sie sich die doch an. Sie hassen sich. Sie sehen immer alle nur sich und ihren Vorteil. Nie im Leben wären sie imstande, das hinter das große Ganze zu stellen. Mein Lebenswerk!« Albertine schüttelte heftig ihr graues Haupt.

»Locker«, mahnte Britta und drückte auf den harten Muskelstrang. »Schultern schön entspannen …«

Albertine entkrampfte sich tatsächlich ein wenig. »Es ist weiß Gott nicht so, dass ich viel erwartet hätte. Aber Sie müssen zugeben, dass es keinen Anlass für übertriebenen Optimismus gibt.«

»Jetzt warten Sie einfach mal ab«, sagte Britta. »Sie haben ja noch ein paar Tage. Vielleicht überraschen sie Sie.« Sie strich noch einmal Albertines Schultern aus. »Das war es für heute«, meinte sie und zog den Bademantel über Albertines runzligen Rücken.

»Danke«, sagte die und lächelte. »Ich kann ohne zu lügen behaupten, dass das eben die angenehmsten Minuten meines beschissenen Tages waren.« Sie griff nach den Zigaretten.

Während sie glücklich inhalierte, holte Britta das Herzmedikament. Am ersten Tag hatte sie den Versuch unternommen, Albertine den möglichen Zusammenhang der beiden offenkundig widersprüchlichen Aktionen zu erläutern. Die hatte allerdings sehr klar gemacht, dass sie keinesfalls den Wunsch hatte, das mit einer hergelaufenen Physiotherapeutin zu diskutieren. Auch heute ignorierte sie Brittas tadelnden Blick, als die ihr Wasserglas und Tabletten reichte. »Fünfzig Jahre«, murmelte sie, steckte die Tabletten in den Mund und spülte sie hinunter. »Fünfzig Jahre habe ich geschuftet. Und jetzt das. Bei Gott, ich wünsche mir wirklich, dass Sie recht haben mit Ihrem albernen Alles-wird-gut. Es gibt immerhin zwei Menschen, die mich tatsächlich noch überraschen könnten, mich davon überzeugen, dass sie der Sache gewachsen sind.«

»Drei …«, korrigierte Britta unwillkürlich und nahm Albertine das leere Wasserglas aus der Hand.

Die schüttelte den Kopf. »Zwei«, wiederholte sie. »Das habe ich immerhin schon hinter mich gebracht. Wie gesagt – mein Herz mag hart und kalt sein, aber ich habe eins. Und darum lasse ich niemanden schuften und schwitzen und für mich das Äffchen spielen, der sowieso raus ist.« Sie drückte die Zigarette aus. Sie schwang die dürren Beine aufs Bett. »Ich kann ja nur abwarten und gegen jedes bessere Wissen hoffen.« Sie seufzte. »Ich muss dieses Testament machen. Meine Notare drehen langsam durch. Und sie haben ja recht. Ich habe das immer vor mir hergeschoben. Natürlich muss das Unternehmen in der Familie bleiben. Auch wenn die aus einem Haufen Schwachköpfe besteht. Ich muss diese Entscheidung jetzt treffen.« Sie hustete. »Zumal sie mich vielleicht wirklich bald umbringen, die Dinger. Und es wäre weiß Gott wünschenswert, wenn ich noch ein paar Jahre weitermache. Sonst hat es sich mit Bernardy und Tante Tine, Schluss mit Poki.«

Bevor Britta sich dagegen wehren konnte, war da dieses Bild. Tante Tine mit bleichen Wangen in einem Sarg, der Kochlöffel quer über dem toten Leib. Schluss mit Poki! Zu ihrem Entsetzen merkte sie, dass ihre Kehle eng wurde. Sie räusperte sich. »Sie leben noch hundert Jahre«, sagte sie, um das alberne Gefühl loszuwerden. Und wenngleich das natürlich ein winziges bisschen übertrieben war, war sie doch froh, dass es vermutlich mindestens noch zehn sein würden.

Als sie in ihrem Zimmer ankam, war das blöde Gefühl fast verschwunden. Sie war müde. Sie überlegte, ob sie Wörner noch anrufen sollte. Dafür hätte sie allerdings das Haus verlassen und zur alten Bruchsteinmauer am Rand des Grundstücks gehen müssen. Und vermutlich würde er sowieso nicht drangehen. Wenn er in einer Ermittlung steckte, war es schwer, ihn zu erreichen. Entweder er hatte zu tun oder er schlief. Sie würde es morgen versuchen, beschloss sie, gleich nach dem Frühstück. Sie legte sich ins Bett. Griff nach ihrem Buch. *Von weißen Frauen und wilden Vampiren – die schönsten Schauergeschichten aus der Eifel.* Schon auf der zweiten Seite fielen ihr die Augen zu.

Es war stockfinster, als sie aus dem Schlaf schreckte. Da war etwas gewesen. Ein Geräusch.

Sie tastete nach ihrem Handy, um nach der Uhrzeit zu sehen. Halb drei.

Da war es wieder. Ein Wimmern, kläglich, aber irgendwie … böse. Sie rief sich zur Ordnung. Verfluchte das blöde Buch.

Wieder wimmerte es.

Britta konnte nicht sagen, ob das Geräusch von draußen kam oder aus dem Haus. Was sie allerdings mit Sicherheit sagen konnte, war, dass es ein sehr unheimliches Geräusch war.

Sie schlug die Bettdecke zurück, stand auf. Es war kalt im Zimmer. Sie ging zum Fenster, schob die graue Gardine zur Seite und sah hinaus in den Garten.

Schaffte es gerade so, einen schrillen Schrei zu unterdrücken.

Obwohl da nichts war. Jetzt nicht mehr, denn die Gestalt, die sie da eben gesehen hatte, war im Schatten verschwunden. Eine sonderbare Gestalt. Ein Tier, versuchte sie zu denken, sie befand sich mitten in der Eifel, umgeben von Wald, das war ein Reh gewesen, ein Fuchs vielleicht. Leider wusste sie genau, dass das nicht stimmte. Das war kein Tier gewesen. Und auch kein Mensch. Obwohl es einem Menschen ähnelte. Diese … Gestalt.

Jetzt war ihr eiskalt. Zurück ins Bett, dachte sie, ich muss sofort zurück ins Bett. Aber das ging nicht. Denn da war ein anderer Gedanke, ein neuer, der sich in ihrem Kopf ausbreitete, immer drängender wurde, so ein Gedanke, der keinem vernünftigen Argument zugänglich schien.

Ich muss nach ihr sehen. Ich muss sofort nachschauen, ob bei Albertine alles in Ordnung ist.

Sie griff nach ihrem Bademantel und eilte hinaus auf den Flur.

7. Herbie fischt im Trüben

Die Pausen schienen dem alten Hausmeister unglaublich wichtig zu sein. Immer wieder erstarb plötzlich das Gehämmere und Geschraube im Schuppen, und er tauchte neben Herbie auf und unterbrach ihn bei seiner Tätigkeit.

»Tasse Kaffee, Junge?«

»Kleines Schnäpschen?«

»Noch was Kaffee?«

Herbie hatte diesen Rhythmus durchaus genossen, aber irgendwann gegen Abend hatte er das Gefühl, rote und weiße Blutkörperchen seien aus seiner Blutbahn verdrängt und durch Koffeinmoleküle ersetzt worden, die jetzt in seinem Körper einen nicht enden wollenden Macarena tanzten. Der Kaffee war so stark gewesen, dass man ihn mit etwas gutem Willen hätte kauen können.

Jetzt saß Herbie mit zitternden Fingern am Steuer seines klapprigen kleinen Peugeot und versuchte, ihn im Zwielicht der Straßenlaternen rückwärts in eine Parklücke zu lenken. Was ihm einfach nicht gelingen wollte. Er stand total unter Strom, obwohl ihn die zurückliegende Arbeit eigentlich hätte hundemüde machen müssen.

Julius saß auf dem Rücksitz und gab Kommandos. *Jaaa, noch ein bisschen. Mehr einschlagen! Da ist noch Platz.*

Darauf fiel Herbie schon lange nicht mehr herein. Julius hatte viel zu viel Spaß daran, wenn es ordentlich krachte. »Der Kaffee, dieser verfluchte Kaffee!«, fluchte er und kurbelte das Lenkrad hin und her. »Der war so unglaublich stark!«

Wahrscheinlich war es auch nur aufgebrühter Lack. Dieser alte Knacker scheint da ja jede Menge von im Angebot zu haben.

»Meine Güte, Julius, wenn die morgen sehen, was passiert ist, dann bin ich den Job auch schon wieder los!«

Und sie werden sehen, was passiert ist! Selbst im Halbdunkel konnte Herbie das zufriedene Grinsen seines bärtigen Freundes erkennen.

Natürlich hatte der erste Arbeitstag an der neuen Stelle mit einer Katastrophe geendet. Mit ein paar Frikadellen im Bauch, die ihm der freundliche Koch zugesteckt hatte, und mit einer nie leer werdenden Kaffeetasse an der Seite hatte Herbie dem gesamten Rasen vor dem Haus ein sattes Grasgrün auf die ausgemergelten Stoppeln gezaubert. Es war ihm wirklich gut von der Hand gegangen. Eine einfache, befriedigende Tätigkeit, fast so wie Rasenmähen. In der Nähe der Blumenrabatte hatte er unter Zugabe von ein wenig Altweiß mehr in Pastell gearbeitet, im Schatten einer mächtigen Birke hatte er einen zarten, metallicfarbenen Glanz ins Spiel gebracht. Am Ende war noch ein sattes Kilo Farbe übrig gewesen, und so war er ums Haus herum gewandert, hatte ein weiteres Verlängerungskabel in die Stromverbindung eingebaut, noch eine Kabeltrommel und noch drei Mehrfachstecker, und so hatte er sich mit dem Kompressor Meter für Meter bis zu einem kleinen Teich vorgearbeitet, der am Rande des Grundstücks unweit der Bruchsteinmauer ein freudloses Dasein fristete.

Immerhin gab es ein paar Fische, die munter im letzten Licht der Abendsonne auf dem Boden hin und her wimmelten.

Als er den Teich erreichte, war der Lack nahezu aufgebraucht. Das reichte jetzt. Herbie legte die Spritzpistole beiseite, stemmte die Hände in die Seiten und sagte zufrieden: »So, Julius. Das war ein hartes Stück Arbeit, aber es ist geschafft!«

Und jetzt machst du ein Lagerfeuerchen und grillst dir einen von diesen freundlichen Burschen da unten, stimmt's?

»Falsch geraten, mein Freund. Ich werde mein Werkzeug reinigen, alles aufräumen und nach Hause fahren. Und da gibt es Chips und Gürkchen und eine schöne Quizshow.«

Julius seufzte grabestief. *Du bist wirklich beklagenswert simpel gestrickt.*

Herbie schöpfte mit den koffeinisiert zitternden Händen ein wenig Wasser aus dem Teich und ließ es in den Füllbecher des Lackiergeräts tröpfeln.

Karl hatte ihm, bevor er sich vor einer knappen Stunde mit einem fröhlichen »Dann bis morgen früh, mein Junge!« verabschiedet hatte, eingeschärft, dass er unbedingt die Pistole und die Düsen säubern musste, damit nichts verstopfte.

Und dann nahm die Katastrophe ihren Lauf. Er hatte das metallene Gefäß gerade mühsam halb mit Wasser gefüllt, als die Pistole seinen zittrigen Fingern entglitt. Er versuchte noch, sie aufzufangen, aber sie beschrieb eine beinahe elliptische Flugbahn, wobei dank der Fliehkraft sogleich die grünliche Brühe herausspritzte, und alles zusammen in den Teich klatschte. Als Herbie panisch mit dem Arm ins Wasser fuhr, um das Schlimmste zu verhindern, riss er die noch nicht ganz leere Farbdose mit, die ebenfalls gluckernd unterging, wobei sich augenblicklich eine grüne Wolke im Wasser verwirbelte.

Herbie zerrte panisch an dem Luftschlauch, aber die Pistole schien sich irgendwo verhakt zu haben. Im nächsten Moment peitschte er wie eine wildgewordene Gummischlange durch das farbige Wasser. Es spritzte und toste, und mehrere kleine Fische wurden durch die Luft gewirbelt und verschwanden zappelnd in der Botanik ringsum.

Die restlichen Teichbewohner tauchten erst wenige Sekunden später auf, als Herbie den Stecker gezogen hatte und die Wasseroberfläche sich langsam wieder glättete. Sie zeigten ihre blassen Fischbäuche und wirkten nicht mal mehr halb so munter wie noch wenige Minuten zuvor. Eigentlich waren sie sogar tot.

Julius klatschte am Rand des Teiches begeistert in die großen Hände. *Fantastisch! Wirklich ganz fantastisch, mein Lieber! Kann man dich mit der Nummer buchen?*

Als es Herbie jetzt endlich unter enormem Zittern gelungen war, die Haustür aufzuschließen, stapfte er die Holzstufen zu seiner Wohnung hoch. Die Alditüte mit dem etwa ein Dutzend toter Fische baumelte dabei an seiner Seite.

Julius hatte ihm während der ganzen Heimfahrt die absurdesten Ideen unterbreitet, mit deren Hilfe er diesen Unfall würde vertuschen können.

Erzähl ihnen, das Monsterkarnickel sei vor lauter Verfressenheit von Möhrchen auf Fisch umgestiegen und habe sich einen kleinen Lunch genehmigt.

»Das ist Quatsch, Julius. Ich werde jetzt versuchen zu schlafen. Wenn ich schön warm dusche und zwei Liter heiße Milch mit Honig in mich hineinkippe, könnte das vielleicht klappen. Vielleicht finde ich auch noch irgendwo ein paar Tabletten. Oder ich schlage mich einfach selber mit dem Nudelholz bewusstlos. Hauptsache, ich komme irgendwie zur Ruhe. Und morgen früh werde ich Karl dann alles beichten.«

Als Erstes kippte er die toten, kalten Körper ins Klo und blieb eine Minute andächtig und am ganzen Körper zitternd davor stehen, bevor er abzog und den Deckel wieder hinunterklappte. Dann zog er sich aus und drehte den Wasserhahn in der Dusche auf.

Und plötzlich sah er die Lösung direkt vor sich. Er sah bildschöne Fische gesund, aber bewegungslos im glasklaren Wasser stehen. Von der Sonne beglänzt. Unter ihnen saubere Kieselsteine und ein paar zierlich gefiederte Wasserpflanzen. Als er den bunt bedruckten Duschvorhang mit den Händen ausbreitete, konnte er sein Glück kaum fassen! Das war es!

»Julius!«, rief er schrill. Sein Freund pflegte ihn gottlob in den intimsten Situationen des Lebens schamhaft alleine zu lassen und war auch jetzt nirgendwo zu sehen. »Julius, ich hab's!«

Etwa eine Stunde später schlich er durch den finsteren Garten des Bernardy-Hauses und versuchte, sich von den Bewegungsmeldern fernzuhalten, die an strategisch günstigen Stellen der Hausfassade angebracht waren und im Bedarfsfall hilfreiches Laternenlicht aufleuchten ließen. Er hatte sie gesehen, als Karl ihm alles gezeigt hatte.

Immer wieder verhedderte er sich mit den Beinen in dem Duschvorhang, den er über die linke Schulter geworfen hatte. Auch wenn er sich ganz langsam bewegte und sich vorantastete wie ein Blinder, raschelte der Kunststoff so laut, dass er glaubte, man müsse ihn im ganzen Haus hören.

Willst du es mir bittebitte noch mal erklären? Julius hatte offenbar überhaupt keine Angst zu stolpern, denn er bummelte gut gelaunt um Herbie herum. *Es klingt so schön bekloppt, dass ich es wieder und wieder hören könnte.*

»Werd ich nicht«, zischte Herbie.

Er wusste ganz genau, was er jetzt tun würde. Ganz leise und im Schutze der Nacht. Mithilfe von ein paar schweren Steinen würde er den Duschvorhang auf dem Boden des Teichs ausbreiten. Das jetzt trübe Wasser würde ihm bei seinem Betrug helfen. Nur so lange, bis er in der Mittagspause nach Prüm flitzen und im Zoogeschäft ein paar ansehnliche Ersatzfische besorgt hatte. Frisches Wasser rein, Fische rein, fertig.

Plötzlich hielt er mitten auf dem Rasen inne. Das Knistern des Duschvorhangs erstarb. Herbie hielt den Atem an und lauschte in die Stille. »Pssst. Da war doch was, Julius!«

Der laue Wind schob träge ein paar Wolkenfetzen durch den Nachthimmel. Das Mondlicht verschwand für ein paar Sekunden völlig, bevor es im nächsten Moment wieder einen silbernen Glimmer über dem Garten ausstreute. Herbie sah, dass Julius mit gespielt dramatischer Geste die Hand hinters Ohr legte und lauschte.

Uiuiui, was war denn da? Ein Geräusch? Ein Gespenst? Ist es am Ende das ewige Wehklagen der armen, heimgegangenen Fischlein?

Gerade als Herbie ihm über den Mund fahren wollte, hörte er den Laut erneut.

Ein Wimmern, ein leises Greinen. Dünn, hoch, anschwellend. Es kam aus der Schwärze des angrenzenden Brachlands, wurde lauter und schriller, wie das Weinen eines Kindes, und Herbie kroch augenblicklich eine Gänsehaut den Rücken hinauf.

Und dann erkannte er plötzlich schemenhaft zwei Katzen, die aufeinander zusprangen, laut kreischten und schließlich im wilden Galopp hintereinander durch die Nacht davonpreschten.

Herbie atmete laut hörbar aus. »Meine Güte, Julius, ich habe das Gefühl, mir stehen die Nerven wie Drähte aus dem Kopf. Ich werde nie wieder im Leben Kaffee trinken!« Er holte gerade aus, um zu sagen: »Los, komm, wir ziehen das jetzt durch«, als eine der Gartenlaternen aufflammte. Eine Gestalt bewegte sich um die Hausecke auf die alte Kellertür zu. Herbie traute sich nicht, auch nur ein einziges Körperteil zu bewegen. Der Duschvorhang würde ihn sofort verraten. Er hörte Schlüsselgeklimper und eine knarrende Tür. Dann leuchtete am Fuße der kleinen Treppe, die in den Keller hinunterführte, kurz ein schwaches Licht auf und verlosch wieder. Nur wenige Momente später tauchte die Gestalt, von der Herbie in seiner Position nicht erkennen konnte, ob es sich um Mann oder Frau handelte, wieder auf und verschwand auf dem Weg, den sie gekommen war.

Herbie zwang sich, weiterzugehen. Es war nicht mehr weit bis zu diesem vermaledeiten Teich. Keiner würde ihn nunmehr stören, alles schlief jetzt tief und fest.

Im ersten Stock ging ein Licht an.

Das Nachtleben von Düsterscheid. Julius kicherte leise. *Um es mal volkstümlich auszudrücken: Hier ist richtig was gebacken.*

Ein weiteres Fenster wurde erhellt. Das von den Holzsprossen sechsgeteilte Licht fiel dicht vor Herbie auf den frischen, grünen Rasen.

Partytime!

Herbie flüchtete mit wehendem Duschvorhang zum Haus und presste sich an die rissige Wand. Natürlich löste er dabei den Bewegungsmelder aus, und eine Lampe flammte auf. Herbie atmete keuchend. Er stand jetzt genau da, wo vorhin die Gestalt durch die Nacht geschlichen war.

Zu seinen Füßen entdeckte er ein glänzendes, gelbes Stück Plastikfolie, wie von einer Verpackung. Er wollte sich gerade danach bücken, als mit einem Mal über ihm hinter einem der Fenster ein lauter, gellender Frauenschrei ertönte. Es war ein Schrei voller Panik und Hysterie. Etwas Schreckliches musste passiert sein.

Dann brach im Anwesen der Familie Bernardy die Hölle los.

Herbie hatte das Gefühl, das Herz schlüge ihm im Hals.

8. Seifferheld wird zum Homo eifeliensis

Willkommen, stand auf der herzförmigen Tafel an der Tür.

Siegfried »Siggi« Seifferheld glaubte natürlich genau zu wissen, was er zu erwarten hatte: eine verratzte Dorfkneipe, die Wände noch in den aparten Brauntönen jahrzehntelangen Einwirkens von Tabakqualm und wuchtige Tische mit den Bierflecken von Generationen, an denen knorrige Kerle saßen, die sich mit arthritischen Händen an halb leeren Humpen festhielten …

Ex-Kommissar Seifferheld – seit einer bei einem Banküberfall eingefangenen Kugel in der Hüfte im unruhigen Vorruhestand – kam nicht oft aus seiner Heimatstadt Schwäbisch Hall heraus, und wenn, dann schon gar nicht in den hintersten Winkel der Eifel, quasi fußläufig nach Luxemburg und Belgien. Wo sich, seiner bescheidenen, vorurteilsbelasteten Meinung nach, Fuchs und Hase gute Nacht sagten, und das vermutlich in einem unverständlichen, frankophonen Dialekt.

Aber ein Schwabe schaut einem geschenkten Gaul – beziehungsweise einem gewonnenen Preisausschreiben – nicht ins Maul. Wenn er dank einer korrekten Kreuzworträtsellösung, an die er sich, weil er so viele ausfüllte, gar nicht mehr erinnern konnte, kostenlos eine Woche bei Vollpension in einer der schönsten Ecken Deutschlands regenerieren durfte, dann tat er das auch.

Und so stand er nun hier, mitten in einem der wenigen Sackgassendörfer Deutschlands, in einem kleinen Eifeltal, das ihn an die Täler seiner Hohenloher Heimat erinnerte, nur etwas düsterer, fast gottverlassen. Hieß ja passenderweise auch Düsterscheid.

Seifferheld öffnete den Kofferraum des Kombi. Zwei große, braune Augen sahen ihm entgegen.

»Wir sind da«, sagte Siggi.

Hovawart Aeonis vom Entenfall, liebevoll Onis abgekürzt, fuhr seine Hundezunge aus und schleckte seinem Herrchen einmal quer über das stoppelbärtige Gesicht. Seifferheld, der in seiner noch jungen Ehe gerade in einer Sinnkrise steckte, sah genau darin den Unterschied zwischen einer Ehefrau und einem Hund. Letzteren konnte man im Morgengrauen in einen Kofferraum sperren, sechs Stunden lang über Autobahnen und Landstraßen und Umleitungen fahren, und er war kein bisschen angenervt.

Seifferheld ließ Onis einmal vor dem *Düsterscheider Hof* hin und her laufen und an der Linde neben dem Gasthaus das Bein heben, dann nahm er ihn an die Flexleine und schulterte seine Reisetasche.

»Also schön, dann wollen wir mal.«

Seifferheld hatte ein Vierteljahrhundert als Kommissar gearbeitet, und im Dienst konnte er mit jedem und fand sich überall zurecht. Aber so als Privatmensch war er eher schüchtern. Nichts fand er schlimmer, als in einen Raum zu kommen, in dem bei seinem Eintreten schlagartig alle Gespräche verstummten und die Blicke aller Anwesenden zu ihm wanderten. Was in Dorfkneipen aber nun mal der Fall war, ob in einer schwäbischen Provinzbeize, einer nepalesischen Hochgebirgshütte oder eben hier, einem Eifeler Dorfgasthaus mit Fremdenzimmern. Der Trick bestand darin, sich völlig unauffällig zu integrieren. Eins zu werden mit der Umgebung und den Umgebenden.

Urige Atmosphäre mit deftiger Hausmannskost, war ihm in der brieflichen Gewinnbenachrichtigung versprochen worden. Genau sein Ding! Dafür konnte man durchaus einen kurzen Moment der Blickkontrolle durch die Eingeborenen aushalten.

Er holte tief Luft und stieß mit seiner Gehhilfe die Holztür auf. Wappne dich, Siggi, mahnte er sich innerlich.

»Grüß Gott!«, rief er bei seinem Eintreten leutselig.

Schlagartig verstummten alle Gespräche, alle Blicke wanderten zu ihm. So viel zum Einswerden mit der Umgebung …

Seifferheld schluckte schwer.

»Willkommen«, rief eine ältere Frau mit Dauerwelle hinter der Theke.

Onis, der keinerlei Berührungsängste kannte, lief schwanzwedelnd zu ihr und schnupperte ihr im Schritt.

Seifferheld humpelte zur Theke und stellte seine Reisetasche ab. »Für mich ist reserviert worden«, sagte er und schob der Dauerwelligen seine Gewinnbenachrichtigung entgegen.

»Ach, Sie sind gar nicht von der Presse.« Die Frau wirkte erleichtert.

Seifferheld hob eine Augenbraue.

Abrupt verlor die Handvoll Männer in der Gaststube das Interesse an ihm. Sie unterhielten sich aufgeregt flüsternd weiter. Er verstand nur einige wenige Wortfetzen. Irgendwas von einem Fluch, der sich erfüllt habe, und ob wohl einer die düstere Comtesse gesehen habe …

»Presse?«, fragte Seifferheld.

Vertraulich beugte sich die Frau vor, verschränkte die Arme auf der Theke und flüsterte: »Tante Tine ist tot!« Dann nickte sie gewichtig.

Seifferheld schürzte die Lippen. Da, wo er herkam, pflegte man Verluste in der Familie keinen Fremden mitzuteilen, die man just getroffen hatte, aber hier in der Eifel mochte das anders sein.

»Mein tiefes Mitgefühl«, sagte er mit dem Gesicht, das er früher immer aufgesetzt hatte, wenn er Hinterbliebene über das unverhoffte Ableben eines Angehörigen informieren musste.

Die Dauerwelle lächelte. »Ach Gottchen, Sie tun ja gerade so, als wär jemand aus der Familie gestorben.«

Seifferheld stutzte. »Sagten Sie nicht gerade, Ihre Tante Tine sei gestorben?«

»Doch nicht meine Tante Tine, *die* Tante Tine!«

Seifferheld verstand nur Bahnhof.

»Sie kennen Tante Tine nicht?«

Wieder verstummten alle Gespräche im Schankraum. Seifferheld spürte fassungslose Blicke im Rücken.

»Albertine Bernardy, die Pudding-Königin!«, rief einer der Einheimischen, ein Schütterhaariger.

»Ach die!« Eine Glühbirne alter Fasson leuchtete über Seifferhelds Kopf auf.

Die Puddingtüten mit dem Konterfei einer drallen, rotwangigen, jungen Frau vor einem prachtvollen, gelben Landhaus kannte er durchaus – sie hatten ihm, der er (trotz Männerkochkursgruppe) nicht kochen konnte und das auch niemals lernen würde, schon oft nachgerade das Leben gerettet. Eine Tüte aufreißen, den Inhalt in eine Schale schütten, Milch darübergießen und umrühren – das konnte sogar er. Poki, der Pudding ohne Kochen, war in der Tat ein Traum. Sogar klumpenfrei! Aber er hatte wirklich immer gedacht, Gesicht und Name seien nur ein Einfall der Puddingpulvermarketingabteilung. Dass dahinter eine reale Person steckte, diese Idee war ihm nie gekommen.

»Die Bernardys sind hier aus dem Ort«, setzte ihn die Frau hinter der Theke ins Bild. Es schwang etwas Stolz in ihrer Stimme mit.

Seifferheld wusste, was von ihm erwartet wurde. Folglich schaute er beeindruckt.

»Das Haus auf den Puddingtüten steht am Ortsrand, an der Kirche vorbei und immer geradeaus«, warf ein Glatzkopf hilfreich ein.

Seifferheld nickte. »Was Sie nicht sagen!«

»Doch!«, bekräftigte der Glatzkopf, um auch ja jeden Zweifel auszuschalten, er könne Seifferheld angeschwindelt haben. »Am Ortsrand. Hinter unserer Kirche.«

Seifferheld hatte keine Ahnung, wie alt die Verstorbene war, aber jung konnte sie nicht sein. An die Puddingtüten erinnerte er sich noch aus der Zeit seiner Ausbildung zum höheren Dienst. Darum ging er kein großes Risiko ein, als er sagte: »Manche gehen einfach zu früh von uns, auch wenn sie schon etwas älter sind.«

Die Männer an dem Stammtisch nickten zustimmend wie Wackeldackel.

»Ihr Zimmer ist leider noch nicht fertig. Wollen Sie ein Bier, während Sie warten? Geht aufs Haus«, sagte die Dauerwelle.

Siggi trank ja sonst nur Apfelmost, aber wenn schon wieder ein geschenkter Gaul vorbeitrabte, sprang er gern auf. »Sehr freundlich.«

Die Dauerwelle kam um die Theke herum und ging vor ihm in die Knie. »Wie heißt denn Ihr kleiner Freund?«

Seifferheld war nur kurz irritiert. »Onis«, sagte er.

»Willst du ein Wässerchen, Onis?«, gurrte die Dauerwelle und verpasste dem Hovawart eine geübte Zweihandmassage.

Seifferheld nahm den Hund von der Leine – der kam hier allein klar – und humpelte zum Stammtisch. »Darf ich den Herren eine Runde ausgeben?«

Die drei sahen so aus, als wären sie mit den Holzstühlen siamesisch verwachsen. Denen würde er hier den Rest der Woche öfter begegnen. Da konnte es nicht schaden, sie von Anfang an gewogen zu stimmen, auch wenn seine schwäbische Geldbörse dabei leise weinte.

Und natürlich ließen sich die Männer nicht lange bitten.

»Noch drei Bier, bitte«, rief Siggi und wollte sich gerade vorstellen, als die Tür zum Gasthof aufgerissen wurde und ein schmächtiger, älterer Herr mit Arzttasche hereinkam. »Einen Klaren, Doris!«

Seifferheld war schlagartig vergessen.

Die drei am Stammtisch starrten den Neuankömmling so gierig an wie eine Venusfalle eine Stubenfliege.

»Mensch, Doktor Thönnes, da hatten Sie ja heute Morgen einen echten Kracher, was?«, rief der Schütterhaarige.

Der Neuankömmling wischte sich mit einem Stofftaschentuch über die Stirn. »Ich kann euch sagen …«, fing er an, aber beim Anblick von Seifferheld schnitt er sich abrupt das Wort ab. Ob er etwas Süffisantes zu erzählen hatte und nun glaubte, wie es Tresenfrau Doris im ersten Moment getan hatte, es bei Seifferheld mit einem Sensationsjournalisten zu tun zu haben? Interessierte sich der Sensationsjournalismus überhaupt für eine tote Pudding-Tante?

»Sind Sie vom *Trierischen Volksfreund*?«, fragte der Neue und zog die Stirn zusammen, bis sich aus seinen beiden, buschigen Waigel-Brauen eine einzige, haarige Frida-Kahlo-Brauen-Raupe gebildet hatte.

»Seifferheld«, stellte Seifferheld sich vor, »Ex-Polizist aus dem Süden. Mein Hund und ich verbringen hier eine Woche Urlaub.«

Doktor Thönnes musterte ihn und schien's zufrieden. Wenn es jemanden gab, der einem Sensationsreporter so gar nicht ähnelte, dann Siggi Seifferheld. Zudem war ein Mann mit Hund immer erst mal unverdächtig.

Ein Hund, der im Übrigen immer noch von Händen massiert wurde, die längst einen Klaren hätten einschenken sollen. Wie Thönnes offenbar fand. »Doris!«

»Jaja, ich mach ja schon. Eine alte Frau ist keine Dampflok.«

Seifferheld und Thönnes setzten sich zu den drei Männern am Stammtisch. Doris brachte ein Tablett mit sechs Gläsern und einer Flasche Doppelkorn, schenkte rundum ein und setzte sich ebenfalls.

»Und?«, fragte sie. »Wie ist sie gestorben?«

Selbst Seifferheld, der bis gerade eben noch geglaubt hatte, Tante Tine sei nichts weiter als ein Bleistiftkopf auf einer Puddingtüte, beugte sich neugierig vor.

»Ihr wisst doch, dass ich nichts sagen darf«, erklärte Thönnes.

Sie kippten ihren Korn.

Man hörte Onis an der Wasserschüssel schlürfen.

Draußen ritten zwei Mädchen auf Pferden vorbei.

Die Stille zog sich.

Doris schenkte erneut reihum ein.

Als alter Ermittlerhase wusste Seifferheld natürlich, dass nichts einen Zeugen schneller zum Reden brachte als ausgedehntes Schweigen. Doris und die drei vom Stammtisch machten instinktiv alles richtig.

Nach dem zweiten Korn platzte es auch prompt aus Thönnes heraus. »So wollen wir alle einmal abtreten. Friedlich im Baldachinbett einschlafen und nicht mehr aufwachen. Ein guter Tod.« Er schüttelte mit Trauermiene den Kopf. »Dennoch … ausgerechnet jetzt, so kurz vor dem großen Firmenjubiläum, wo hier schon der Vorbereitungsbär tobt, mit Medienbrimborium und allem – das ist natürlich ein Schlag für die Familie.«

»Die sind ja gerade auch alle da«, meldete sich der Schütterhaarige zu Wort. »Ich hab' beim Herlaufen die Autos vor dem Haus gesehen.«

Thönnes nickte. »Alle drei.« Er schob Doris sein leeres Glas hin. »Gott sei Dank hat die Physiotherapeutin sie gefunden und konnte sie einigermaßen schonend vorbereiten.«

»Pft!«, machte der Glatzkopf. »Ich wette, die Alte war keine zwei Minuten tot, da haben die sich schon darum gestritten, wer jetzt die Nachfolge antritt.«

»Benno, lass gut sein«, sagte Doris.

Aber der glatzköpfige Benno ließ es nicht gut sein. Er wandte sich an Seifferheld. »Ich hab' hier im Stammhaus vierzig Jahre lang gearbeitet. Ich weiß Bescheid.«

Seine Stammtischbrüder stierten in ihre Korngläser. Sie hatten das, was jetzt gleich kommen würde, vermutlich schon Dutzende Male gehört. Niedrig geschätzt.

»Den Rücken hab' ich mir für die kaputtgearbeitet. Vierzig Jahre lang! Und was war der Dank? Was war der Dank?«

Eine rhetorische Frage, er redete auch gleich weiter. Das würde offenbar dauern. Onis legte sich schon mal auf dem Holzboden ab.

»Der Albert Bernardy, der ja das Stammhaus führt, der hat mir zum Abschied nicht mal die Hand geschüttelt! Ich hab' ja keine goldene Uhr erwartet, aber nicht mal die Hand!« Die Empörung brach sich aus dem Glatzkopf Bahn. »Kein Wunder wird der Albert von den anderen nur Knallbert genannt. Ich sag' euch, wenn der die Firma übernehmen sollte, der setzt sie in den Sand. Aber so was von.« Verbittert schaute er in die Runde. Seine Unterlippe zitterte leicht.

Wenn man ihn jetzt, beim Luftholen, nicht unterbrach, würde es endlos dauern. Seifferheld wandte sich rasch an den Mediziner. »War Tante Tine denn krank gewesen?« Er hätte jetzt auch einen Einwurf zum Wetter machen können, das großartig war, fast tropisch, aber in ihm schlummerte eben immer noch die alte Ermittlernase. Nur wegen so einer Vervorruhestandung fuhr man ja nicht gleich von hundert auf null.

Thönnes genoss sein Herrschaftswissen. »Seit Langem herzkrank. Und trotzdem geraucht. Es war damit zu rechnen …«

»Wie alt war sie denn?«

»Sechsundsiebzig. Ja gut, das ist jetzt noch kein wirklich gesegnetes Alter, aber sie hat sich ja all die Jahre für ihre Firma aufgerieben, hat körperlich Raubbau getrieben, da darf man sich nicht wundern, wenn der Körper irgendwann seinen Tribut fordert.« Thönnes tupfte sich mit dem Stofftaschentuch den Mund ab. »Jedenfalls wird das Wellen schlagen und –«

»Haben Sie eine Obduktion angeordnet?«, unterbrach ihn Seifferheld.

Der Mediziner senkte den Kopf und sah Siggi über den Rand seiner Brille oberlehrerhaft an. »Natürlich nicht. Ich mache doch nicht ohne Not ein Fass auf! Als langjähriger Hausarzt der Familie Bernardy kann ich Ihnen versichern, dass Frau Bernardy eines ganz natürlichen Todes gestorben ist.«

»Haben Sie sie denn auf Anzeichen für eine mögliche andere Todesursache untersucht? Beispielsweise auf Petechien in den Augen?«, bohrte Seifferheld nach, der alles konnte, nur nicht die Wade loslassen, in die er sich verbissen hatte. In dieser Hinsicht war er ganz Pitbull.

»Auf Petechien?« Thönnes schien überrascht, dass ein strunznormaler Kneipengast mit medizinischem Fachwissen aufwartete.

»Ja, genau.« Seifferheld nickte. »Diese kleinen Blutergüsse in den Augen erlauben Rückschlüsse auf die Todesursache und – «

Man merkte Doktor Thönnes die zunehmende Genervtheit an. Ein exzellenter Pokerspieler war nicht an ihm verloren gegangen. »Seien Sie doch nicht albern!«, fauchte er, Seifferheld schnöde unterbrechend. »Wo sind wir denn hier? Frau Bernardy ist an Herzversagen gestorben!«

Seifferheld wertete das als ein Nein. Thönnes hatte bei der Toten ohne weitere Untersuchung einfach den Totenschein unterschrieben.

Die Stimmung war nachhaltig gekippt. Die Stammtischbrüder hätten sichtlich gern mehr erfahren, Doktor Thönnes würde aber nichts mehr sagen, solange dieser Fremde – will heißen: Siggi – sich mit unqualifizierten Einwürfen in seine brandheiße, exklusive Eilmeldung vom Promi-Tod mischte.

Doris stand auf. »Ich mach dann mal eben schnell Ihr Zimmer fertig.«

Auch Seifferheld stand auf. »Ich glaube, der Hund will raus.«

Der Hund wollte nicht raus. Der Hund chillaxte unter dem Stammtisch.

»Onis!«, befahl Seifferheld.

Natürlich gehorchte Onis aufs Wort. Ungefähr jedes zehnte oder fünfzehnte Mal. Jetzt aber nicht.

Seifferheld musste sich bücken und ihn an die Leine legen und unter dem Tisch hervorziehen. Alles unter den Blicken des Doktors und der Stammtischmänner.

Draußen vor der Tür des *Düsterscheider Hofes* brannte unerbittlich die Sommersonne.

Onis schaute sein Herrchen vorwurfsvoll hechelnd an.

Auf der Hauptstraße fuhr ein Leichenwagen vorbei in Richtung Dorfrand. Seifferheld ging davon aus, dass Tante Tine abgeholt werden sollte.

Lass es, misch dich ja nicht ein, dachte er bei sich. Das ist nicht dein Zirkus, das sind nicht deine Affen. Und bestimmt hat der Arzt mit seiner Einschätzung recht. Du vergaloppierst dich da in was.

»Entschuldigung.«

Ein Finger tippte Seifferheld urplötzlich wie aus dem Nichts auf die Schulter. Siggi zuckte zusammen und fuhr herum. Onis, der mit Hechelschwitzen vollauf beschäftigt war, ließ die Schockpanik seines Herrchens kalt.

»Haben Sie mich jetzt aber erschreckt!« Seifferheld schnaufte. Es klang wie ein Vorwurf und sollte auch einer sein.

»Ich komme gerade aus meinem Zimmer und habe zufällig gehört, dass Sie sich nach Petechien erkundigt haben. Darf ich Sie fragen, wieso?«

Der Mann, der vor Seifferheld stand, war sichtlich eben erst aus dem Bett gestiegen, obwohl es bereits auf zwölf Uhr ging. Er wirkte ein wenig schlurfig, wie ein Künstlertyp, aber die Art, wie er fragte, ließ Seifferheld vermuten, dass er es – im weitesten Sinne – mit einem Kollegen zu tun haben musste. Jemand, für den Schnüffeln zum Handwerk gehörte.

»Darf ich meinerseits erst mal fragen, wer Sie sind?«, erkundigte sich Seifferheld.

Sein Gegenüber lächelte.

»Mein Name ist Wilsberg.«

9. Julius und die Kondome

Julius Eichendorff stand neben dem dunkelbraunen Himmelbett, in dem die tote Albertine Bernardy aufgebahrt war. Es war so massiv, dass es Erdbeben, Stürme und sogar Cindy von Marzahn überleben würde. Die schlanke Albertine wirkte darin mit ihrer aschfahlen Haut wie ein zerbrechliches Porzellanpüppchen.

Im Stillen sprach Julius ein Gebet für die Frau, deren Augen geschlossen worden waren und deren Hände sittsam gefaltet auf ihrem Schoß lagen. Ihre Nichte Johanna hatte es übernommen, der Verstorbenen die viel zu große Schürze anzuziehen, welche die jüngere Albertine auf dem Firmenlogo trug.

Hoffentlich kam sie nicht auch noch auf die Idee, ihr eine Packung Poki zwischen die Finger zu stecken.

Lange blickte Julius in das Gesicht der Toten, deren Züge nicht entspannt und friedlich wirkten, sondern hart und unnachgiebig. Kein Wunder, nach Jahrzehnten der Führung eines großen Familienunternehmens – und einer derart unterbelichteten Familie. Ein arbeitsreiches Leben, gefolgt von einem zu frühen Tod.

Offiziell war Julius hier, um Abschied zu nehmen, doch der wahre Grund war ein anderer. Eine reiche Firmenbesitzerin starb zwei Tage, nachdem sie ihren Erben verkündet hatte, nur einer von ihnen würde erben, statt alle drei zu gleichen Teilen, wie es das Erbrecht vorsah? Eine agile, vitale Firmenbesitzerin noch dazu?

Julius hatte zu viele Mordserien aufgeklärt, um da nicht stutzig zu werden. Mit Tante Tines Tod stimmte etwas nicht. Oder wie ihre Nichten und Neffen sagen würden: mit dem TaTiTo.

Er rückte den großen Strauß Lilien zurecht, den er aus Geruchsgründen im Garten geschnitten und in einer Vase neben das Bett gestellt hatte, und verließ das Zimmer.

Die Trauergäste waren im großen Salon versammelt, und da es nun kurz nach Mittag war, würde Julius den Leichenschmaus servieren.

»Ah, da sind Sie ja endlich wieder«, fing ihn Albert Bernardy auf dem Weg zur Küche ab. »Alle warten schon auf das Essen. Das muss jetzt wirklich schnell gehen. Was haben Sie denn vorgesehen?«

»Das Beste, um nach einem Todesfall wieder zu Kräften zu kommen.«

»Mettbrötchen?«, fragte Albert.

»Mit tüchtig Zwiebeln«, antwortete Julius. »Ich habe das Mett eben schon in Form gebracht. Es sieht jetzt aus wie die Villa.«

»Das hätte ihr gefallen«, antwortete Albert und klopfte Julius jovial auf die Schulter. »Gibt es denn auch etwas Süßes?«

»Birrebunnes.«

Der Hefeteigkuchen aus getrockneten Birnen war auch als Schwatze Taat bekannt, weil er so schwarz wie die Nacht war, deshalb gab es ihn in der Eifel häufig zu Beerdigungen.

»Und Pudding?« fragte Albert. »Poki?«

Julius nickte. Hatte er natürlich nicht zubereitet. Aber wenn etwas einen Toten aufwecken konnte, dann dieser Pudding. In der Küche rührte er deshalb eine große Schüssel an und mischte, da er es einfach nicht anders aushielt, echtes Vanillemark darunter.

Und geschlagene Sahne.

Sowie einen kleinen Spritzer Vanillelikör.

Beim Leichenschmaus durfte man nicht leichtfertig sein, vielleicht gab es keine wichtigere Speise, die ein Koch zubereiten konnte. Erst das Essen riss eine Trauergemeinde zurück aus ihrer betrübten Stimmung, jeder Bissen bejahte das Leben, sagte: Es geht weiter. Und über den Genuss erhellten sich die Mienen, Wohligkeit breitete sich aus, und die Zungen wurden gelöst, dann redete man über die kleinen Anekdoten, die einen mit dem Toten verbanden, und auch über die komischen Momente. Man lachte gemeinsam – und all das schaffte ein frisch gebackenes Brötchen mit ordentlich Mett und tüchtig Zwiebeln. Manna konnte auch nicht effektiver sein.

Als er den mit allen Speisen beladenen Wagen in den Salon fuhr, stand Albert Bernardy gerade im Raum und hielt eine Rede. Anwesend waren bestimmt gut zwanzig Personen, die alle spontan vorbeigekommen waren, um zu kondolieren und von Albert ins Haus gebeten worden waren, darunter der Pfarrer der Gemeinde, der Ortsbürgermeister und ein Mann, der sich ihm nach einem »Guten Morgen« als Heimatforscher vorgestellt hatte.

»Die Trauer um Albertine, unsere Tante Tine, hat uns heute hier vereint«, sprach Albert mit weihevoller Intonation und hielt dabei die Hand seiner Frau fest, die neben ihm saß. »Wir stehen fassungslos vor ihrem Tod und unserem großen Verlust. Durch ihr Dahinscheiden klafft eine Lücke in unserem Leben, die sich niemals wird schließen lassen.« Er senkte kurz den Kopf, atmete schwer, blickte dann wieder auf, ein mutmachendes Lächeln auf seinen Lippen. »Aber jedes Ende ist auch ein Neubeginn. Und Albertine hätte gewollt, dass wir in ihrem Sinne vorangehen, deshalb habe ich auch beschlossen, unsere Jubiläumsfeierlichkeiten am Samstag nicht abzusagen, sondern in deutlich stilvollerem Rahmen durchzuführen.«

»Warum hast du das denn zu entscheiden?«, fragte Johanna Bernardy-Ngongo, deren Wangen vom vielen Weinen gerötet waren. »Woher willst du wissen, was Albertine wollte? Vielleicht hätte sie sich gewünscht, dass wir in Ruhe um sie trauern können!«

»Liebe Johanna, glaube mir, ich kannte sie gut. Schließlich bin ich nicht nur der Älteste von uns dreien«, er wies mit einer Hand auf seine Schwester, mit der anderen auf seinen Cousin, »sondern auch Leiter unseres wichtigsten Werkes, des Stammhauses hier in Düsterscheid. Deshalb obliegt es mir nun, in dieser schweren Zeit, die Zügel in die Hand zu nehmen.«

Johanna stand auf. »Du leitest ein Museum, Albert. Sie hat dich aufs Abstellgleis verfrachtet. Ich habe sie viel öfter gesehen, bin mit ihr ins Theater und in Museen, keiner stand ihr so nah wie ich! Phil, sag doch auch mal was.«

Phillipp Klotz wirkte nach Julius' Meinung erstaunlich gelassen. Trauer war keine in seinem Gesicht zu sehen, stattdessen eine Art stiller Genugtuung. »Solange wir Samstag die Pudding-Hüpfburg aufbauen, ist für mich alles okay.«

»Das ist so pietätlos!«, sagte Johanna.

»Die gibt es auf keinen Fall«, sagte Albert. »Was sollen die Leute im Dorf von uns denken?«

»Denk noch mal drüber nach«, sagte Phillipp mit süffisantem, und wie Julius fand, völlig unangemessenem Lächeln. »Die kommt extra aus Schweden. Ist auch schon auf dem Weg! Und die Puddingballons, die ich in Weißrussland extra hab' produzieren lassen, sind schon eingetroffen. Gut, da steht statt *Poki* jetzt *Loki* drauf. Aber dafür haben wir sie billiger bekommen!«

Wunderbar, dachte Julius, am Samstag würde Düsterscheid zur Eifeler Walhalla mutieren.

»Komm, Albert«, setzte Phillipp nach. »Das hätte unser Tantchen sicher gewollt. Sie liebte doch die Kinder so sehr.«

Albert kratzte sich am Nacken. »Ich denk noch mal drüber nach.«

»Das hast du nicht allein zu entscheiden!«, echauffierte sich Johanna. »Jetzt ist die Zeit zum Trauern da. Lasst uns alle hoch zu Albertine gehen und das Poki-Lied singen, das hat sie immer so geliebt.«

»Das ist jetzt nicht dein Ernst?«, fragte Phillipp. »Ich bin echt froh, wenn ich das nie wieder hören muss. Da werde ich ganz fix was Neues komponieren lassen.« Er wandte sich wieder an Albert. »Ich werde am Samstag übrigens auch unsere Kondome mit Puddinggeschmack vorstellen. Tantchen hat immer nach vorne geblickt, und mehr nach vorne als die geht gar nicht.

Wisst ihr, wie ich sie nenne? Na?« Keiner sagte etwas. »Pudome!«

Offene Münder.

Grabesstille.

»Das Buffet ist eröffnet«, sagte Julius. »Ist auch von allem noch da.«

Außer Feldsalat, den hatte sich nämlich das große, weiße, und wie er nun in Gedanken hinzusetzte, zutiefst bösartige und gefräßige Kaninchen einverleibt.

Dankbar für die Unterbrechung erhoben sich fast alle zeitgleich. Julius erkannte nun auf einen Blick, warum die Stimmung so miserabel war: Es fehlte an Alkohol. Die Villa hatte einen Weinkeller, und da musste noch eine Magnum-Champagnerflasche *Roederer Cristal* liegen. Der war zwar eigentlich viel zu schade für die puddinggegerbten Gaumen der Anwesenden, aber ihm würde ein Schluck jetzt verdammt guttun.

Vielleicht bekam er dann das Bild von Pudomen aus dem Kopf.

10. Kein Schampus für Herbie

Herbie spähte um die Hausecke. Der fast zur Gänze zugeparkte Vorplatz lag in mittäglichem Frieden. An das Schild neben dem Eingangstor hatte jemand eine schwarze Trauerbinde drapiert. Jenseits des Gitterzauns waren bereits die ersten Blumensträuße zu erkennen, die auf dem Bürgersteig abgelegt worden waren. Die Nachricht vom Tod der alten Dame hatte sich wie ein Lauffeuer verbreitet. Herbie hatte es selbst kaum glauben können, als er es im Autoradio hörte. Hatte ihr womöglich das Verschwinden der geliebten Goldfische einen finalen Herzkasper beschert?

»So, die Luft ist rein«, flüsterte er. »Alle sind im Haus beschäftigt. Das ist jetzt der beste Zeitpunkt!«

Denkst du noch an die Fischlein?

»Ja, ich denke auch noch an die Fischlein, aber das, was heute Nacht passiert ist, hat nun wirklich erst mal Vorrang, Julius!« Herbie huschte mit weit ausholenden Schritten an der Hauswand entlang in Richtung Kellertreppe. »Ich meine, du hast es doch selbst mitgekriegt. Die steinreiche Pudding-Tante gibt den Löffel ab, und zur gleichen Zeit schleicht da einer durch die Nacht …«

Oh ja, einer mit einem Duschvorhang!

»Nicht ich! Da war noch jemand! Jetzt behaupte du nicht auch noch, ich sehe Leute, die nicht da sind! Du bist nun wirklich der Letzte, von dem ich mir so was anhören werde!« Herbie zog einen metallenen Haken aus der Hosentasche. Als Karl vor etwa einer halben Stunde nach Neuerburg gefahren war, um in der Gärtnerei ein paar Buchsbäume zu besorgen, die man anlässlich des plötzlichen Trauerfalls als pietätvolle Dekoration rechts und links der Eingangstür aufreihen wollte, hatte Herbie seine Arbeit an den bemoosten Pflasterfugen des Vorplatzes unterbrochen, sich in den Schuppen geschlichen und mithilfe des Werkzeugs ein passendes Stück Metall zu einer Art Dietrich zurechtgebogen. Damit machte er sich jetzt an dem Schloss der alten Holztür zu schaffen, nicht ohne fortwährend nach rechts und links zu gucken.

Julius lehnte sich an die Hauswand, schlug lässig ein Bein über das andere und verfolgte mit verschränkten Armen, was Herbie tat.

Und was hoffst du, dahinter zu entdecken, du Panzerknacker?

»Weiß ich nicht.« Herbie stocherte mit zusammengebissenen Zähnen in dem Schloss herum. Das musste doch irgendwie klappen. Andere konnten so was doch auch!

Einen Folterkeller? Ein Munitionsdepot? Einen Geheimgang nach Luxemburg?

Herbie funkelte ihn an. »Einen Hinweis auf eine Mordwaffe vielleicht!«

Mord? Julius rümpfte die Nase. *Wieso Mord?*

Auf solche Diskussionen ließ sich Herbie gar nicht erst ein. Er hatte, was das anging, schon oft genug den richtigen Riecher gehabt. Im nächsten Moment warf er Julius einen triumphierenden Blick zu und stieß die Tür auf.

Pah, Anfängerglück. Mit verächtlich gesenkten Augenlidern stieg Julius die wenigen Stufen hinunter und folgte ihm in das Halbdunkel.

Was sie dort vorfanden, war ernüchternd. Oder vielmehr war es genau das Gegenteil von ernüchternd. Der Raum war kühl und mit Bruchsteinmauern eingefasst, die offenbar zum Fundament des Hauses gehörten. Der Boden war in Form von buckligem Pflaster in den festgestampften Lehm gelegt worden.

Das Einzige, was sich in dem Raum befand, waren ein paar altersschwache Holzregale, in denen etwa siebzig oder achtzig Weinflaschen vor sich hin gammelten. Nur eines der Regale war von Spinnweben befreit, und die Flaschen, die darin lagerten, ließen die dicke Staubschicht vermissen, die all die anderen bedeckte.

»Wein?«, sagte Herbie enttäuscht.

Mordwaffe, soso. Julius bummelte an den Regalen entlang. *Ich wüsste nicht, dass die alte Dame mit einer Alkoholvergiftung ins Jenseits geschickt worden wäre. Und man hätte wohl auch kaum übersehen, wenn man ihr mit einem Fläschchen Kröver Nacktarsch den Schädel eingeschlagen hätte. Hat der Hausmeister nicht gesagt, es sei ein letzter Lungenzug zu viel gewesen? Ein letztes Zigarettenwölkchen, mit dem die liebe Seele in den Himmel aufgestiegen ist?*

Nachdenklich griff sich Herbie eine der sauberen Flaschen und studierte ihr Etikett. *Recher Herrenberg 2000, Weingut Jean Stodden.*

In diesem Moment vernahm er hinter sich ein übertriebenes Räuspern.

Der Koch stand im Türrahmen und stemmte die Hände in die Seiten. »Was machen wir denn da?«

Oh ja, eine wirklich gute Frage! Julius rieb sich vergnügt die Hände.

Wie konnte sich nur jemand derart am Ungemach anderer delektieren?

»Ich warte!«

Herbie befand sich von einem Moment auf den anderen in einem Zustand der maximalen Verwirrung. Zwei Juliusse auf einmal waren mindestens einer zu viel. »Ich wollte … ich hatte nur …«

Julius Eichendorff kam mit bedächtigem Schritt auf ihn zu und nahm ihm die Flasche aus der Hand. »Pass mal gut auf, mein Freund und Rasenmaler.« Er deutete auf das Regal, vor dem Herbie stand. »Die da sind tabu. Das sind ein paar exquisite, alte Tropfen, die nur für die feine Gesellschaft über unseren Köpfen bestimmt sind.«

Herzlich willkommen auf Downton Abbey!

Eichendorff wies auf die anderen Regale. »Das da ist zwar auch alt, aber das hätte eigentlich gar nicht alt zu werden brauchen. Das war schon keine Attraktion, als es noch im Weinberg stand. Auch nicht, als es in den Keller kam. Und jetzt erst recht nicht. Das gammelt hier schon Jahrzehnte vor sich hin. Da kann man auch gleich Korken lutschen und Salatsauce schlürfen.«

Er tippte auf die Flasche in seiner Hand. »Hier der, der würde dir die Freudentränen in die Augen treiben, wenn du …« Sein Blick fiel an Herbie vorbei auf das Regal. Er machte einen schnellen Schritt nach vorne. »Ich fasse es nicht! Wer zum Teufel …« Dann richtete er seinen kräftigen, gerundeten Körper zu seiner vollen Größe auf, wobei er fast an die niedrige Kellerdecke stieß. »Nun mal raus mit der Sprache«, sagte er streng. »Wo ist der *Cristal* von Roederer?«

Wer soll das denn sein? Die Namen von diesen Adligen klingen immer ein bisschen plemplem.

»Wie bitte?«, fragte Herbie. »Was meinst du?«

»Du hast mich schon richtig verstanden. Du hast mir den teuersten Champagner gemopst!«

Herbie begann zu begreifen. Er sah in diesem Moment wieder die nächtliche Szene vor sich. Die Gestalt, die sich mithilfe eines Schlüssels Zutritt zum Keller verschafft hatte und schon wenige Momente später wieder herausgekommen war.

»Ich weiß, wer das war!«, rief er eifrig. »Also vielmehr, ich weiß es nicht, denn ich habe ihn nicht erkennen können. Oder sie.«

Er sah kurz zu Julius hinüber, der in einer Ecke des Kellers stand und sie beobachtete. Dann nahm er Eichendorff beim Arm und schob ihn sanft zum Tageslicht, das durch die Kellertür hereinfiel. Er fühlte instinktiv, dass er diesem Mann vertrauen konnte. Irgendetwas war da in dem abgeklärten Gesicht des fülligen Sternekochs, das ihm signalisierte, dass ein Geheimnis gut bei ihm aufgehoben sein könnte.

Er zog die gelbe Plastikfolie aus der Hosentasche, die der nächtliche Schampusdieb verloren zu haben schien.

»Das ist die Folie von dem *Cristal*!« Julius Eichendorff runzelte die Stirn. »Also hast du dir doch eine Flasche …«

»Nein, nein! Da war diese Gestalt, die heute Nacht …«

»Heute Nacht?«

Herbie druckste herum. »Ja, ich bin heute Nacht noch mal hierher zurückgekommen.«

»Wieso das denn?«

»Ach, da war so eine dringende Sache mit dem Teich.«

Julius lachte laut auf. »Ach, du warst das! Karl, der Hausmeister, hat heute Morgen gefragt, ob einer wüsste, wo die Fische aus dem Teich hin sind, und ob einer erklären kann, wie ein zusammengeknüllter bunter Duschvorhang in die Biotonne kommt.«

Herbie druckste herum. »Na ja, es war ein Unfall.« Dann riss er die Augen weit auf. »Aber mit dem Champagner habe ich nichts zu tun! Ich habe aber jemanden gesehen, der durch die Nacht schlich.«

Es herrschte einen Moment lang Stille. Schließlich sog Julius Eichendorff tief die Luft ein und fragte: »Spielst du hier etwa Detektiv, oder was?«

»Äh, nein«, sagte Herbie zögernd. »Wieso?«

»Du schnüffelst hinter der Familie her?«

Herbie schwieg einen Moment, bevor er die Gegenfrage stellte: »Gäbe es da denn was zu schnüffeln?«

Wortlos griff Julius Eichendorff unter seine Schürze und fischte ein Kellnermesser aus der Hosentasche. Er ließ sich mit einem Schnaufen auf die Kellertreppe sinken, entkorkte die Rotweinflasche mit geübten Handgriffen, führte die Öffnung zur Nase, sog das Aroma ein und lächelte. Dann nahm er einen Schluck. »Man hat mir erzählt, du wärst … na … ein bisschen seltsam. Aber weißt du was? Ich habe irgendwie den Eindruck, dass du eigentlich ein ganz helles Köpfchen bist.«

Julius prustete ungehemmt los, und Herbies Kopf ruckte für einen kurzen Moment zu ihm herum.

Julius Eichendorff folgte seinem Blick. »Du hast einen neben dir gehen, habe ich gehört.«

Herbie nickte mit zusammengepressten Lippen.

Na, nun mach aber mal einen Punkt, mein Guter. Für mich muss man sich doch nun wirklich nicht schämen. Julius tat empört.

»Wie heißt er?«

»Ach, egal. Würdest du mir doch nicht glauben.«

Julius Eichendorff hielt Herbie die Flasche hin. »Komm, setz dich her, und wir überlegen mal gemeinsam, warum wir beide das Gefühl haben, dass mit dieser Familie etwas nicht stimmt.«

11. Britta trocknet Tränen

Toll, ganz toll, das lief ja wieder mal super!

Britta stampfte über den Rasen und sah sich nach etwas um, gegen das sie treten konnte. Denn das Schicksal, die Macht, der ihr Zorn galt, stand ja leider dafür nicht zur Verfügung.

Womit zum Teufel hatte sie das nur verdient? Sie gab sich Mühe, sie war ein freundlicher, nützlicher Mensch. Und sie erwartete weiß Gott nichts Großes vom Leben. Lediglich zwei Wochen, zwei Wochen Ruhe und Frieden. Stattdessen bekam sie wieder Mord und Totschlag. Danke, Schicksal, herzlichen Dank auch!

Sie atmete durch. Versuchte, sich zu beruhigen. Kein Mord, erinnerte sie sich. Kein Totschlag. Eine Leiche, gut, eine Leiche war blöd. Aber Leiche war nicht gleich Leiche. Und Albertine war eine gute Leiche – wenn es so etwas denn gab. Eine alte, herzkranke, kettenrauchende Frau, die offenbar friedlich im Schlaf gestorben war. Ein guter Tod.

Sie dachte an die Minuten nach dem Schrei, den sie sich in der Nacht angesichts der toten Albertine nicht hatte verkneifen können. Sie hatte vor dem Bett gestanden, sie angesehen und sich tatsächlich eingebildet, in den toten Augen Petechien zu erkennen.

Allein dass sie das Wort kannte! Sie war eindeutig völlig überreizt, nachgerade besessen von Mord und Totschlag. Das erklärte auch, warum sie das unbehagliche Gefühl nicht losgeworden war, nicht einmal, nachdem der Arzt endlich gekommen war und eine natürliche Todesursache attestiert hatte.

Egal, dachte sie. Es spielte keine Rolle, was sie dachte oder fühlte. Sie würde ihre Sachen packen und abreisen. Eine kleine Weile um Albertine Bernardy trauern. Eine Frau, die sie letztlich kaum gekannt hatte. Sie würde sich vorsichtshalber einen großen Vorrat Poki zulegen und Tante Tines Andenken auf diese Weise ehren. Sie würde nach Hause fahren zu Wörner, der seinen Fall sicher mittlerweile abgeschlossen hatte. Der möglicherweise sogar Lust hatte, sie abzuholen. Weil er ein wundervoller Mann war und sie sehr, sehr liebte. Weil er wusste, dass sie jeder Leichenfund – Mord oder nicht – ein bisschen mitnahm.

Sie umklammerte ihr Handy fester, schritt entschlossen in Richtung der Bruchsteinmauer.

Sah die Gestalt erst, als sie es schon hörte.

Ein Wimmern.

Sie zuckte zusammen, das Handy glitt ihr aus der Hand. Nicht schon wieder!

Nach zwei Sekunden bekam sie wieder Luft. Sie bückte sich, hob das Handy auf. Hoffte, dass niemand sie beobachtet hatte. Peinlich war das. Beziehungsweise Johanna – Johanna war das. Sie saß auf einem der verwitterten Stühle neben dem ungepflegten Gartenteich am Rand des Grundstücks.

Und etwas stimmte nicht. Johanna wiegte den Oberkörper hektisch vor und zurück, stieß dabei erstickte Laute aus. Sie hatte sich verschluckt, verdammt, die Frau erstickte vor ihren Augen. Fuck you, Schicksal, dachte Britta und rannte los. Sie versuchte, sich daran zu erinnern, wie genau das Heimlich-Manöver funktionierte. Eine Mühe, die sie sich hätte sparen können.

Johanna erstickte nämlich nicht. Sie weinte. Verzweifelt, fast hysterisch, die Frau war völlig außer sich.

»Na, na …« Britta klopfte ihr ungelenk auf die Schulter. »Atmen«, sagte sie dann, denn es war offenbar nötig, Johanna daran zu erinnern. »Sie müssen atmen. Ganz ruhig. Ein – aus. Ein – aus …«

Es funktionierte. Johanna schien sich ein wenig zu beruhigen, der Luftstrom stabilisierte sich. Sie sah Britta aus mascaraverschmierten Augen an, lächelte wacklig und dankbar.

»Das wird schon wieder.« Britta setzte sich auf einen freien Stuhl und hoffte, dass in einer solchen Situation derlei Plattheiten verzeihlich waren.

Johanna hob den Arm, deutete auf den veralgten Teich. »Die Fische!« Abermals schluchzte sie auf.

»Was ist mit den Fischen?« Britta verbarg ihre Irritation. Ihr war bekannt, dass Trauer zuweilen sonderbare Formen annahm.

»Tot!«, heulte Johanna auf. »Immer waren da Fische. Und jetzt sind sie alle weg!«

Britta brauchte einen Moment, um sich zu fassen. Natürlich war Johanna zweifelsohne eine etwas eigenwillige Persönlichkeit, die eine tiefe Beziehung zu dem hatte, was da kreuchte und fleuchte. Dass sie aber wenige Stunden nach dem Tod ihrer Tante hier saß und um ein paar tote Fische weinte, schien Britta doch ein bisschen befremdlich.

»Es ist dieses Haus!« Johanna zog die Nase hoch. »Es ist dieses verfluchte Haus. Alles stirbt!« Sie stöhnte auf. »Sie fühlen das auch, oder?«

»Was genau?«, erkundigte sich Britta.

»Diese Energie. Böse und negative Energie.«

Britta atmete durch. Nein, hätte sie sagen müssen. Obwohl ich Yoga mag, fühle ich Energien nur dann, wenn ich mit den Fingern in die Steckdose greife. Ich kenne mich nicht aus mit Chakren, ich halte nichts von Reiki, und ich plaudere nicht mit Engeln. Natürlich sagte sie nichts dergleichen. Sie war immerhin gut erzogen. Und außerdem gerade mit einem Bild befasst, das der Gedanke an Engel in ihren Kopf zauberte und das ihr eigentlich ganz gut gefiel. Tante Tine mit Flügeln, rotwangig, weißbeschürzt, den Kochlöffel in der Hand, Tante Tine, die glücklich von Puddingwolke zu Puddingwolke hüpfte.

Johanna kramte in einer ihrer Taschen, zog ein Taschentuch heraus und schnäuzte sich ausgiebig und undamenhaft. »Es ist so furchtbar«, sagte sie dann. »Wie Albert sich aufgeführt hat, eben. Das kann er doch nicht machen. Das war … grauenhaft!«

Britta, dankbar über den Themenwechsel, konnte nicht widersprechen. Albert und Phil, so fand sie, hätten sich wenigstens ein bisschen Mühe geben können, um so etwas wie Trauer vorzutäuschen.

»Sie vermissen sie auch, nicht wahr?« Johanna lächelte sie müde an.

»Ich habe sie ja nicht besonders gut gekannt«, murmelte Britta. »Aber ja, doch. Ich vermisse sie. Ich mochte sie.«

Johanna nickte bedächtig, als müsse sie diese Information erst verarbeiten. Dann hob sie eine Hand, drückte hektisch an eine Seite ihres Halses und stöhnte leise. »Ich bin völlig verspannt. Verdammt, ich kriege Migräne, wenn ich mich so verspanne, und das ist jetzt wirklich das Letzte, was ich noch brauche.«

»Das kriegen wir hin.« Britta stand auf, dankbar, etwas tun zu können. Etwas Naheliegendes, Einfaches. Sie trat hinter Johanna und hob die Hände.

»Oh Gott, danke, ja, oh, das tut gut …«, seufzte die dankbar, als Britta zu massieren begann. Johanna schwieg einen Moment. »Ich habe sie geliebt«, sagte sie dann. »Ich habe Albertine immer bewundert. Sie war mein Vorbild, ich wollte sein wie sie. Eine starke, wunderbare Frau! Ich weiß, dass sie gern erlebt hätte, wie ich ihr Lebenswerk übernehme, es zu neuer Blüte führe. Und ich wünschte wirklich, sie hätte diesen Schmerz, der sie in die Sprachlosigkeit geführt hat, irgendwann durchbrochen. Ich weiß doch, dass sie stolz auf mich war. Ich hätte mir so sehr gewünscht, dass sie mir irgendwann sagt, was sie wirklich empfindet für mich.«

Ein roher Schweinefuß stampfte durch Brittas Kopf. Es war ein verdammt großes Glück für Johanna, dass sich nicht alle Wünsche erfüllten.

Johanna starrte wieder zum Teich. »Verfluchtes, böses Haus«, murmelte sie. »Es ist der Fluch, dieser verdammte Fluch. Er hat ihr Bäbbi genommen. Hätte sie Bäbbi nicht verloren, dann wäre alles anders gekommen.«

»Wer ist Bäbbi?« Britta fragte nicht aus Interesse, sondern aus Not. Es war kein guter Moment, um über Flüche zu reden.

»Sie war ihre Freundin. Ihre beste Freundin. Sie waren zusammen auf der Hauswirtschaftsschule. Ich glaube, Bäbbi war der einzige Mensch, der ihr je wirklich nahe war. Aber dann ist sie gestorben. Da …« Sie deutete zum Teich. »Da ist sie ertrunken.«

Britta starrte zu dem kleinen Tümpel. Er sah nicht so aus, als könne man darin ertrinken. Sie dachte an die vergangene Nacht, an die Gestalt, dann dachte sie daran, dass sie daran nicht denken wollte, auf keinen Fall. »Gut so?«, fragte sie daher und verstärkte den Druck ihrer Finger ein bisschen.

»Wunderbar«, seufzte Johanna. »Das ist so nett von Ihnen, wirklich …« Sie schwieg einen Moment. »Ich habe sie wirklich geliebt. Aber sie hat es einem nicht immer leicht gemacht.«

Britta beendete ihre Massage. Sie setzte sich wieder hin. »Mit wem ist es schon immer leicht?«

Johanna lachte leise. »Ja, sicher, aber … Sie konnte wirklich gemein sein. Grausam. Allein das hier – wie sie Phil und Albert und mich gegeneinander ausspielen wollte, uns aufgehetzt hat …« Ihr Gesicht verzog sich erneut, sie schlug die Hände vors Gesicht. »Gott, ich … ich halte das alles nicht aus«, drang es aus den hohlen Händen hervor, die sie dann sinken ließ, um Britta mit einem derart verzweifelten Blick anzusehen, dass die erschrak. »Ich …«, krächzte sie. »Gott, ich … habe etwas Furchtbares getan!«

Britta wich unwillkürlich zurück, und ihr Rücken versteifte sich.

»Es ist dieses Haus, es ist all das hier, es holt das Böse aus den Menschen, aus mir, ich … ich hätte das nicht tun dürfen. Aber ich bin so wütend auf sie gewesen. Weil sie so war, weil sie dachte, dass sie immer davonkommt, ohne Strafe. Das ist nicht fair. Irgendwann bezahlt man für seine Taten. Auch, wenn man Albertine Bernardy ist!« Ihr Blick flackerte. »Ich hätte das nicht tun dürfen, mein Gott, ich … ich hätte nie … aber sie hat mich dazu getrieben. Es ist einfach geschehen …«

Britta starrte sie an und hoffte, dass sie den hektischen Redefluss missverstand. Sie wollte das nicht hören. Das, was alles an die Oberfläche holte. Das blöde Gefühl, Mord und Totschlag, sie war überreizt, sie war überspannt … verdammt. »Was …?«, setzte sie an, musste sich räuspern. »Was ist einfach geschehen, Frau Bernardy?«

Johanna schluchzte erneut auf. »Ich … Gott, ich habe etwas Grauenhaftes getan.«

Britta hätte am liebsten geschrien. »Was?«, wiederholte sie. »Was haben Sie getan?«

»Die Schürze …«, ächzte Johanna.

»Bitte?« Britta war nicht sicher, ob sie richtig verstanden hatte.

»Ich habe … als sie im Bett lag … die Schürze lag im Schrank. Und der Löffel auch. Und ich … ich habe ihr das angezogen. Ich habe Tante Tine aufgebahrt. Obwohl ich weiß, dass sie Tante Tine gehasst hat. Aber ich … ich wollte sie bestrafen. Ich wollte sie ärgern, wirklich ärgern, ein erstes und ein letztes Mal, meine tote Tante. Was bin ich nur für ein abscheulicher Mensch?«

Es dauerte eine Sekunde, bis Britta begriff, dass das laute und hysterische Gelächter, das auf einmal zu hören war, aus ihrem Mund kam. Ihr war klar, dass das womöglich ein bisschen unpassend war, aber sie konnte nicht anders. Sie keuchte und prustete, lachte, bis auch ihr die Tränen über die Wangen liefen. Hörte irgendwann, dass auch Johanna lachte – ähnlich hysterisch wie sie selbst. »Ich bin ein furchtbarer Mensch«, keuchte Johanna, als sie sich einigermaßen beruhigt hatte.

Britta griff nach ihrer Hand. »Das sind Sie nicht«, sagte sie. »Ganz sicher nicht. Und wissen Sie was – ich glaube, das hätte ihr gefallen. Nicht die Schürze, nicht der Löffel. Aber dass Sie das getan haben. Ich glaube, Albertine hätte sich köstlich darüber amüsiert.«

»Meinen Sie wirklich?«

Britta nickte. Sie ließ Johannas Hand los und sah auf die Uhr. »Es tut mir leid, aber ich muss jetzt wirklich. Ich muss telefonieren und packen …« Sie stand auf.

»Was?« Johanna starrte sie an. »Aber das geht doch nicht. Sie haben doch gehört, was Albert gesagt hat. Wir ziehen das durch. Alle zusammen.«

»Ja, aber das gilt doch nicht für mich. Was soll ich denn noch hier, jetzt, wo Frau Bernardy …«, Britta zögerte, »… mich nicht mehr braucht.«

Johannas Hand schnellte vor und umklammerte ihren Unterarm. »Nein, das geht nicht. Das kommt überhaupt nicht infrage. Sie müssen bleiben. Sie dürfen doch den großen Tag nicht verpassen. Albertine hätte ganz sicher gewollt, dass Sie mit uns feiern.«

»Das ist furchtbar nett, aber das wäre doch unsinnig. Es gibt ja wirklich nichts mehr zu tun für mich …«

»Bitte«, sagte Johanna. »Bitte, lassen Sie mich nicht allein, ich …« Sie zögerte und schien nachzudenken. »Wir finden schon etwas. Zu tun, meine ich.« Sie deutete auf ihren Hals. »Sie sehen ja selbst.« Langsam aber sicher wich die Wärme aus ihrer Stimme. »Ihr Vertrag läuft doch bis nächsten Montag, richtig?« Jetzt klang sie fast scharf. »Und wenn ich das richtig sehe, dann hat man Sie auch bis dahin bezahlt.«

Scheiße, dachte Britta und wollte kurz weinen. Das hatte nur an Rande damit zu tun, dass der Griff um ihren Unterarm nun einer Schraubzwinge glich. Eher damit, dass ihr gerade die Erkenntnis kam, dass Johanna ihrer verblichenen Tante möglicherweise tatsächlich ähnlicher war, als sie oder irgendjemand sonst geahnt hatte.

12. Wilsheld-Seifferberg

Herrgottsackvermaledeitaberauch!«, fluchte Siggi Seifferheld, der sonst nie fluchte.

Ein windschnittiges, knallrotes BMW-Cabrio kam nämlich wie aus dem Nichts seitlich auf die Straße geschossen und schnitt ihm den Weg ab. Beinahe hätte er das Steuer verrissen. »Saubande!«, brüllte er dem Cabrio hinterher.

Hinten im Kofferraum schnaufte es. The dog was not amused.

Seifferheld hatte sich auf den Weg gemacht, um einen Supermarkt zu suchen, der das Lieblingsfressen von Onis führte. Und wo er schon unterwegs war – natürlich mit dem Auto, weil hier in der Eifel zu Fuß nichts ging –, konnte er auch gleich noch schnell, bevor ganze Busladungen voller Eifeltouristen auf Sightseeingtour für ihre Fünf-Minuten-Knips-Pause die Sicht darauf versperrten, das gelbe Landhaus von der Puddingtüte anschauen, in dem die berühmte Firmengründerin gestorben war. Die ersten Blumensträuße lagen ja schon vor dem Zaun.

Im Rückspiegel sah er dem Cabrio nach. Typisch. Ein junger Kerl saß am Steuer. Also, aus *seiner* Sicht ein junger Kerl, aber zugegebenermaßen kam ihm seit einiger Zeit alles babyhaft infantil vor, was noch nicht das schwäbische Erwachsenenalter erreicht hatte, also das vierzigste Lebensjahr.

Urplötzlich wurde die Beifahrertür aufgerissen.

»Schnell. Ihm nach.«

Jemand sprang in den Wagen.

Seifferheld wäre beinahe infarktet. Ein Adrenalinschock am Tag ging ja noch, zwei waren kritisch, wenn jetzt noch einer kam, würde seine Marianne womöglich noch vor dem ersten Hochzeitstag zur Witwe. »Was soll denn – ?«, fing er an, aber sein uneingeladener Beifahrer unterbrach ihn rüde. »Dem Cabrio nach! Bitte.«

Zwei Dinge geschahen daraufhin im Bruchteil einer Sekunde.

Zum einen erkannte Seifferheld in dem Eindringling seinen Fremdenzimmernachbarn Wilsberg, mit dem er am Mittag sein Unbehagen über den Dorfarzt und dessen Weigerung, eine Obduktion an der toten Tine durchführen zu lassen, ausgetauscht hatte. Es war allerdings ein sehr kurzer Plausch gewesen – nur ein rasches staunendes Naserümpfen von Schnüffler zu Schnüffler, dann musste Wilsberg los, um seiner Zielperson nachzuspüren, und Onis musste in den Schatten gebracht werden, bevor er mittagssonnenbedingt einem Hitzschlag erlag.

Im Bruchteil einer Sekunde ereignete sich zudem noch etwas anderes. In Seifferhelds Ermittlergehirn legte sich ein Schalter um. Der Schalter für Spaß. Eine flotte Verfolgungsjagd im Auto hatte er sich schon lange nicht mehr geliefert.

»Mann, drücken Sie mal auf die Tube!«, verlangte Wilsberg mit dem Handy in der Hand. »Der entwischt uns ja.«

»Innerorts nur fünfzig«, hörte Seifferheld sich sagen. Wie albern war das denn? Der Ruhestand war ihm offenbar aufs Hirn geschlagen.

Das Dorf lag in der brütenden Nachmittagshitze wie verlassen da. Kein Mensch weit und breit, kein Kind, kein Huhn. Auf der Hauptstraße, die sich aus dem Dorf den Hang hinauf nach Ringhuscheid zog, sah man das rote Cabrio, das eine Staubspur hinter sich herzog. Wie im Wilden Westen. Der John Wayne in Seifferheld erwachte. Siggi trat beherzt aufs Gas.

»Wen verfolgen wir denn da?« Nicht, dass es wichtig wäre.

»Meine Zielperson. Untreuer Ehemann, das Übliche«, erklärte Wilsberg lapidar. »Ist übrigens der Neffe der nicht obduzierten Pudding-Tante«, legte er noch nach.

»Interessant. Dahinter verbirgt sich doch sicher eine Geschichte.« Seifferheld ging mit einem Affenzahn in die Kurven, von denen es reichlich gab.

»Riecht's hier nach Hund?«, erkundigte sich Wilsberg themawechselnd und holte schniefend Luft.

»Ja klar, das ist Onis. Sie erinnern sich an meinen Hund?«

Nein, Wilsberg erinnerte sich nicht. Für so was gab er keine Gehirnzelle her.

»Onis, sag mal Hallo«, forderte Seifferheld, ganz stolzer Hundepapa, den Hovawart auf. Der Hund im Kofferraum gab ein schnaufendes Geräusch von sich. Man hörte ein dumpfes Plopp, als hätte ein Hundeschwanz einmal kurz gegen die Wagenwand geschlagen. Mehr Bewegung gab es hinten nicht. Onis erachtete das bei diesen Temperaturen als überflüssig.

Wilsberg musste niesen.

»Problem?«, fragte Seifferheld.

»Nein«, sagte Wilsberg, in ein neuerliches Niesen hinein.

Sie bretterten mittlerweile durch Ringhuscheid. An der Bushaltestelle in der Ortsmitte wackelten die Klappstühle, auf denen drei betagte Ringhuscheider saßen und das Leben an sich vorüberfahren ließen.

Das rote Cabrio mit dem jungen Mann aus der Pudding-Dynastie verschwand kurz außer Sicht, aber schon nach der nächsten Kurve war es wieder zu sehen.

Schweigend – von gelegentlichen Niesern Wilsbergs abgesehen – donnerten sie daraufhin ein paar Kilometer dem Cabrio hinterher, an Krautscheid, an Heuballen, einem riesigen Kuhstall und diversen Windrädern vorbei, in Richtung Faulenpuhl.

»Die Familie ist übrigens nicht ohne«, sagte Wilsberg, dem mittlerweile die Augen tränten. »Ich habe da einiges an Streitereien mitbekommen. Ganz ehrlich, da sollte jemand aktiv werden. Die reiche Erbtante stirbt, und der Arzt unterschreibt einfach sang- und klanglos den Totenschein? Mein Bauch sagt, die Sache ist nicht koscher.«

Seifferheld riskierte einen Blick aus den Augenwinkeln. Eigentlich konnte dieser Wilsberg nicht viel jünger sein als er selbst. Aber irgendwie gewann er den Eindruck, er selbst sei der vernarbte, altgediente Silberrücken, dem gerade ein viriler, junger Gorillamann erklärte, wo's langging.

Kurz sträubte sich alles in ihm gegen die Konkurrenz, aber dann siegte doch die Neugier.

»Sollten wir uns ...« Mit den Kollegen vor Ort in Verbindung setzen, hatte er sagen wollen, aber dieser Wilsberg war ja Privatdetektiv und mithin kein Polizeibeamter. »Sollten wir unseren Anfangsverdacht weiterleiten?«, fragte er stattdessen.

»Links«, rief Wilsberg da und nieste erneut. »Der biegt nach Arzfeld ab!«

Seifferheld setzte den linken Blinker, war aber nicht schnell genug, um noch vor der herannahenden Kolonne an Kraftfahrzeugen auf die Hauptstraße zu biegen. Da hatte wohl die Umleitungsampel in Lichtenborn gerade auf Grün geschaltet.

»Scheiße!«, fluchte Wilsberg.

Das rote Cabrio war längst in Arzfeld verschwunden, als sie endlich weiterfahren konnten.

»Keine Sorge, den kriegen wir.« Seifferheld gab den Abgeklärten.

Wilsberg nieste. Seine Augen tränten. Siggi konnte das nicht länger ignorieren. »Sind Sie Allergiker?«, wollte er wissen.

Wilsberg sah ihn nur mit einem langen, *sehr* langen Blick an. *Du warst doch mal Bulle, rechne es dir selbst aus,* stand in diesem Blick zu lesen.

Seifferheld verstand ja, dass man gegen Katzen allergisch sein konnte, aber gegen Hunde? Gegen seinen Onis?

»DA!«, brüllte Wilsberg plötzlich in ein erneutes Niesen hinein. Mit der Linken hielt er sich die Hand vor Mund und Nase – zu spät, die Windschutzscheibe zierte bereits ein abstraktes Muster aus Sprühschleim –, mit der Rechten zeigte er auf ein Einfamilienhaus neben der Industriestraße.

Seifferheld bremste abrupt und konnte von Glück sagen, dass hinter ihm keiner mehr kam. Onis im Kofferraum rutschte breitseitig gegen die Rückbank. Er gab zwischen zwei Schwitzhechlern einen beleidigten Brummton von sich.

Das rote Cabrio stand in dem überdachten Carport eines unscheinbaren, weißen Einfamilienhauses. Der Wagen war leer.

Seifferheld parkte hälftig auf dem Gehweg.

Die Vorderfront des Einfamilienhauses bestand aus einem großen Schaufenster, in das man allerdings wegen einer Sichtblende nicht hineinsehen konnte, und einer pinkfarbenen Tür, über der ein Schild hing. *Silke's Nagel- und Kosmetikstudio* stand zwischen zwei kleinen, goldenen Krönchen. Mit Deppen-Apostroph.

»Er lässt sich die Nägel machen?« Seifferheld staunte. Diese Jugend von heute. Das war nicht mehr seine Welt.

»Der nagelt wohl eher die Kosmetikerin«, hielt Wilsberg schniefend dagegen und stieg aus.

Seifferheld schälte sich mühsam vom Fahrersitz – wenn seine Hüfte so schmerzte wie heute, konnte man davon ausgehen, dass es bald ein Gewitter gab – und ließ Onis heraus, weil es im parkenden Wagen natürlich viel zu heiß für den Hund war.

Die beiden Männer und der Hund bauten sich vor dem Nagelstudio auf.

»Da ist geschlossen«, rief eine vollbusige Frau mittleren Alters, die im Garten gegenüber Blumen goss.

Wilsberg und Seifferheld sahen sich an. Sie kannten sich – alles in allem – gerade mal seit einer halben Stunde, aber sie tickten auf gleicher Wellenlänge.

Der Blick von Wilsberg sagte, dass er ums Haus gehen würde, um seine Zielperson in flagranti zu ertappen und abzulichten.

Der Blick von Seifferheld versprach, sich mit der Nachbarin zu unterhalten, die sich ja offenbar gern einmischte. Folglich musste sie Blockwartqualitäten besitzen, die von informationstechnischem Nutzen sein konnten.

Die beiden Männer nickten sich zu.

Während Wilsberg zwischen Parkplatz und Nagelstudio hinter das Haus lief, humpelte Seifferheld über die Straße.

»Guten Tag«, rief er mit seiner jovialsten Stimme. Er wusste um seine Wirkung auf Frauen fortgeschrittenen Alters, auch wenn er alt, gehbehindert und silberrückig war. »Ist Silke heute nicht da?«

Das war der Vorteil, wenn der Name von Leuten, für die man sich interessierte, die man aber nicht kannte, in großen, pinken Lettern direkt über der Tür stand.

Die Vollbusige hörte auf zu gießen und fing an zu strahlen. »Haben Sie und Ihr Lebensgefährte einen Termin bei ihr ausgemacht?«

»Mein … wer?« Seifferhelds Augenbrauen wurden eins mit seinem Haaransatz. Onis stützte sich mit den Vorderpfoten auf der Gartenmauer auf.

»Och, ist der süß!«, zwitscherte die Blumengießerin, stellte die Gießkanne ab und fing an, Onis zu streicheln. Männer würden so viel mehr spontanen Körperkontakt bekommen, wenn sie Hunde wären, dachte Seifferheld.

In ihm ratterte es. Sollte er das Missverständnis aufklären oder es sich zunutze machen?

Der Zweck heiligte die Mittel. Also rein in die Rolle und los.

»Äh … nein, wir sind einfach spontan ohne Termin vorbeigekommen.« Früher hätte er sich jetzt womöglich in Pose gestellt und sich effeminiert mit der Hand durch die Frisur gestrichen, aber seit sich neulich sein Kochkurskumpel Arndt – ein Macho-Klempner, wie er im Buche stand – geoutet hatte, wusste er nicht nur theoretisch, sondern auch ganz praktisch, dass man einem gestandenen Kerl seine sexuelle Ausrichtung nicht zwangsweise ansehen musste. Also gab er sich wie immer.

»Wir wollten uns eine Maniküre gönnen.«

»Ach?«, sagte sie, und ihr *Ach* klang enttäuscht.

»Genau. Wir haben Silke kennengelernt, als sie neulich … in Köln war.« Das war eine sichere Nummer, Köln besuchte jeder Eifeler zweifelsohne mehrmals jährlich. »Und weil wir gerade in der Gegend sind, wollten wir einfach mal vorbeischauen. Zudem dachten wir, dass ein Bekannter von uns mit ihr verabredet wäre und heute hier bei ihr sein könnte.« Er nickte in Richtung des roten Cabrios.

»Ach, Sie kennen den?« Die Frau schien nicht begeistert. »Etwa ein Freund von Ihnen?«

»Aber nein«, wehrte Seifferheld ab. »Nur jemand, den wir etwas fragen wollen.«

»Soso.« Die Frau lächelte süffisant.

Weil Onis nicht mehr so lange wie in jungen Jahren auf den Hinterläufen stehen konnte, musste er sich ihren Streichelhänden nun notgedrungen entziehen. Die Frau verschränkte die Arme vor dem Vorbau, genauer gesagt – angesichts des Vorbauvolumens – nicht direkt davor, sondern mehr so darunter.

»Nichts gegen Silke, Silke ist eine ganz Wunderbare, aber … und da will ich nichts gesagt haben, wirklich nicht … aber sie hat ja schon hin und wieder Herrenbesuch.« Sie legte den Kopf schräg und sah Seifferheld von schräg unten bedeutsam an. Dieses *Hin und wieder* wertete Seifferheld als beschönigenden Euphemismus für *Diese Schlampe ruiniert den Ruf der ganzen Straße, und wenn das so weitergeht, kann man gleich eine rote Laterne und einen Nummerngeber vor ihrem Haus aufstellen.*

»Kommt denn unser … äh … Bekannter nicht regelmäßig zu ihr?«

»Na, im ersten Moment habe ich den Wagen gar nicht erkannt, als er vorhin in den Carport bog. Ein rotes Cabrio habe ich noch nie gesehen, aber Ihren Bekannten, ja, den kenne ich. Der kommt jetzt nicht wirklich oft. Ein-, zweimal im Jahr. Er …« Plötzlich stockte sie und musterte Seifferheld mit schlüpfrigem Interesse. »Ach, hat etwa Ihr Bekannter Ihnen die Silke empfohlen? Wollen Sie und Ihr Freund mit der Silke …«

Der Holzweg, auf den sie vorhin eingebogen war, schlug eine völlig neue Richtung ein. Und das Tolle an so einem Holzweg war ja, dass man sich jederzeit ein neues Brett für den Kopf mitnehmen konnte. Jetzt spukte ihr also ein flotter Dreier mit ihm, Wilsberg und der Nagel-Silke durch den Kopf.

Seifferheld fand, dass er genug in Erfahrung gebracht hatte. Phil hatte also eindeutig keine Zweitfrau hier in Arzfeld, nur eine Gelegenheits-Geliebte. Und selbst die offenbar neugierigste Nachbarin der Straße wusste nicht, dass es sich bei dem Gelegenheits-Besteiger um einen Tütenpudding-Erben handelte.

»Ja, ich muss dann auch weiter«, sagte Seifferheld. »Noch einen schönen Tag. Sie haben übrigens einen herrlichen Garten.«

Das stimmte wirklich. Auch wenn er das deutliche Gefühl hatte, dass der Garten nur Tarnung für ihre nachbarschaftliche Spionagetätigkeit war.

»Komm, Onis.« Seifferheld humpelte über die Straße zurück. Onis trottete hinterher.

Da Wilsberg noch nicht wieder aufgetaucht war, hatte er zweifelsohne etwas entdeckt. Vielleicht schoss er mit seinem Handy gerade die schönsten Beischlafmomente von Silke und Phil. Oder auch nur die Dokumentar-Diashow einer Fußreflexzonenmassage.

Seifferheld öffnete den Kofferraum und ließ Onis hineinspringen. Was man so springen nannte. Onis stützte sich mit seinen Vorderpfoten am Wagen ab, und Seifferheld musste den Hintern seines Hundes nach oben wuchten. Das brachte ihn bei dieser Hitze ganz schön ins Schwitzen. Es konnte nicht mehr lange dauern, bis der historische Moment nahte, an dem Siegfried Seifferheld zum ersten Mal in seinem Erwachsenenleben in der Öffentlichkeit (!) seine Windjacke auszog. Aber noch war dieser Moment nicht gekommen.

Sollte er jetzt hier warten oder nach Wilsberg schauen? Seifferheld spürte förmlich den bohrenden Blick der vollbusigen Blockwartin zwischen seinen Schulterblättern. Besser, er ging mal nach hinten.

Er humpelte los. Und gerade, als er den Pflastersteinweg zwischen Haus und Carport betrat, hörte er einen infernalischen Lärm. Als ob eine Herde Mammuts durchs Gebüsch krachte.

Dann ein Aufschrei.

Seifferheld humpelte schneller. Er bog um die Hausecke und erstarrte angesichts der Szene, die sich vor ihm auftat, die sich ihm förmlich in die Netzhaut brannte.

Wilsberg kauerte schmerzhaft gekrümmt am Boden, blutete profus aus einer klaffenden Wunde an der Stirn und presste sich stöhnend beide Hände auf die Augen.

Neben ihm lag eine lange Leiter.

Vor ihm stand Phil, nackt bis auf die Boxershorts. Er hielt eine Pfefferspraydose in der Hand, mit der er auf Wilsberg zielte.

Scheiße, dachte Seifferheld. Scheiße, Scheiße, Scheiße.

13. Wilsberg sieht rot

Schlimmer als der Schmerz, der mir durch den Rücken schoss, peinigte mich die Scham. Kleine Jungs dürfen von Bäumen fallen, aber keine alten Männer. Es war lächerlich, einfach lächerlich. Und entwürdigend. Ich versuchte mich aufzurichten. Und gab es sofort wieder auf. Jede Bewegung verursachte Schmerzen und Übelkeit, die Umgebung nahm ich nur verschwommen wahr. Mit äußerster Willenskraft schaffte ich es, mich an den Baumstamm zu lehnen. Nach einer kleinen Verschnaufpause testete ich abwechselnd die Arme und Beine. Es schien nichts gebrochen zu sein. Die pulsierenden Stiche im Rücken ließen langsam nach. Ich hatte Glück gehabt. Keine schlimme Verletzung am Rückgrat, und auch der Kopf hatte außer einer Platzwunde an der Stirn anscheinend nichts abbekommen. In ein paar Minuten würde ich bestimmt wieder aufstehen können. Aber wo war das Handy? Ich tastete mich und den Boden um mich herum ab. Kein Handy. Beim Sturz war es mir aus den Händen geglitten. Eigentlich hatte es sogar den Sturz verursacht. Beim Versuch, Phils wutverzerrtes Gesicht zu fotografieren, hatte ich das Gleichgewicht verloren. Allerdings noch die Geistesgegenwart besessen, im Fallen auf den Auslöser zu drücken.

Hoffentlich war er gut zu erkennen. Nicht nur sein Gesicht, sondern auch der nackte Oberkörper in der Fensteröffnung, der einiges darüber aussagte, was sich im Zimmer dahinter ereignet hatte. Denn die Fotos, die ich zuvor geschossen hatte, würden nicht viel hergeben. Allenfalls schemenhaft konnte man die sich im Bett wälzenden Leiber von Phil und seiner blonden Freundin erahnen. Aber der rasierte, vor Schweiß glänzende Oberkörper war der Beweis, den Ann-Sophie wünschte. Und der mir die vertraglich vereinbarte Erfolgsprämie einbringen würde. Nur musste ich dafür erst einmal das Handy finden.

»Sie Schwein!« Phil tauchte am Haus auf und bewegte sich viel zu schnell in meine Richtung. Nicht mehr nackt, sondern in Boxershorts, die Hände zu Fäusten geballt. Jetzt wäre die passende Gelegenheit gewesen, auf die Beine zu kommen und mich zu verteidigen. Ich ließ sie verstreichen und blieb sitzen.

»Wer sind Sie? Was wollen Sie von mir?« Phil tänzelte vor mir herum wie ein nervöser Amateurboxer, der es nicht abwarten kann, seinem Gegner den finalen K.O.-Schlag zu versetzen.

»Mein Name ist Wilsberg.«

»Hat Albert Sie geschickt?«

»Welcher Albert?« Ich versuchte, Zeit zu gewinnen.

»Stellen Sie sich nicht dumm. Mein Cousin Albert.«

»Warum sollte der mich schicken?«

»Wo ist das Smartphone?«, wechselte Phil das Thema. »Geben Sie mir das verdammte Smartphone.«

»Welches …« Weiter kam ich nicht, weil mir Phil auf den Oberschenkel trat. Ich schrie auf.

»Das Smartphone, mit dem Sie mich fotografiert haben. Ich will's haben. Sofort.«

»Keine Ahnung.«

Noch ein Tritt. Ich keuchte und verlor fast das Bewusstsein.

»Her damit! Sonst …« Phil fuchtelte mit einem Gegenstand herum, den ich nicht gleich erkennen konnte. Dann blickte ich in die Öffnung einer Spraydose. Wenn es das war, für das ich es hielt, würde ich gleich aus nächster Nähe eine Ladung Pfefferspray abbekommen.

Ich riss den Arm hoch. »Herr Klotz, seien Sie …« Das Zischen der Spraydose ließ mich verstummen. Unmittelbar darauf brannte der Pfeffer in meinen Augen, in meiner Nase, in meinem Mund. Ein roter Nebel aus Schmerz und Wut hüllte mich ein. Warum wurde ich nicht endlich ohnmächtig?

Jemand redete. Ich erkannte Seifferhelds Stimme, obwohl sie irgendwie verzerrt klang: »Junger Mann, was machen Sie denn da? Hören Sie sofort auf! Ich bin Kriminalbeamter. Sie werden mit ernsthaften Konsequenzen zu rechnen haben.« Dann leiser: »Er ist weg. Kann ich Ihnen helfen?«

Ich kippte um.

Als ich wieder zu mir kam, spürte ich einen nassen Lappen auf meinen Augen.

»Ich halte es für das Beste, einen Krankenwagen zu rufen und Sie in das nächstgelegene Krankenhaus zu bringen«, teilte mir Seifferheld mit.

»Nein, kein Krankenwagen«, sagte ich. »Mir geht's gut.«

»Sie waren ohnmächtig«, gab Seifferheld zu bedenken. »Vielleicht haben Sie innere Verletzungen erlitten. Ganz zu schweigen von den Verätzungen der Augen und der Schleimhäute.«

»Halb so schlimm«, widersprach ich. »Wo ist Phil?«

»Im Haus. Ich denke jedoch nicht, dass er sein Schäferstündchen fortsetzt. Er wird wohl bald das Weite suchen.«

»Dann sollten wir ihn verfolgen.«

»Wie stellen Sie sich das praktisch vor?«

»Sie fahren und erzählen mir, was Sie sehen.«

»Nun«, Seifferheld dachte nach, »Sie sind erwachsen und offenbar im Besitz Ihrer geistigen Kräfte. Ich kann Ihnen nichts vorschreiben.«

»Sehe ich auch so.«

»In Ihrer Lage eine gewagte Formulierung.« Der ehemalige Kommissar packte mich am Arm. »Ich ziehe Sie jetzt hoch.«

»Moment«, stoppte ich ihn. »Mein Handy. Es muss irgendwo in der Nähe liegen.«

Ich hörte, wie er sich entfernte.

»Haben Sie das verfängliche Foto geschossen, das Ihnen vorschwebte?«

»Ich glaube schon. Das heißt, ich hoffe es. Sonst wäre ich ganz umsonst vom Baum gefallen.«

»Eine bewundernswert professionelle Einstellung«, kommentierte Seifferheld. Ob ironisch oder nicht, vermochte ich nicht zu entscheiden. Als pensioniertem Beamten waren ihm die existenziellen Nöte von Privatermittlern sicher unbekannt.

»Ah, hier ist es ja«, meldete er Erfolg.

»In welchem Zustand?«

»Ganz passabel. Es scheint keinen Kratzer abbekommen zu haben.«

»Super. Dann können wir.«

Der Weg zum Auto gestaltete sich mühsamer und zeitraubender, als ich mir vorgestellt hatte. Als ich endlich auf dem Beifahrersitz saß, fühlte ich mich wie ein Stück platt geklopftes, kurz angebratenes Fleisch. Mein Kopf dröhnte, jeder erdenkliche und unerdenkliche Muskel tat weh, und der Lappen, den ich mir nach wie vor auf die Augen drückte, glühte vor Hitze. Der einzige Vorteil, den mein Zustand mit sich brachte, war die Tatsache, dass ich weder den Hund roch noch von seinen allergenen Ausdünstungen belästigt wurde.

»Phillipp Klotz kommt aus dem Haus«, spielte Seifferheld den Blindendolmetscher. »Er geht zu seinem Auto.« Der Ex-Kommissar startete den Motor. »Jetzt fährt er los.«

»Sie machen das wunderbar«, lobte ich ihn. »Ich vermisse fast nichts.«

Phil fuhr ohne weitere Umwege zum Flugplatz in Dahlem, und keine halbe Stunde später stieg sein kleines Flugzeug in den strahlendblauen Himmel auf, um bald danach am Horizont zu entschwinden. Nach Seifferhelds Worten, der offenbar Gefallen daran fand, seine Beobachtungen ein wenig auszuschmücken.

Während der Rückfahrt nach Düsterscheid erzählte mir der Ex-Kommissar, was er in Arzfeld von Silkes Nachbarin über das abwechslungsreiche Liebesleben der Nagelstudiobetreiberin erfahren hatte. Irgendwann musste ich eingeschlafen sein, denn als das Auto mit einem Ruck anhielt, verkündete Seifferheld fröhlich, dass wir unser Ziel erreicht hätten. Mein Sehvermögen hatte sich mittlerweile so weit reaktiviert, dass ich erkennen konnte, wo wir nicht waren.

»Warum sind Sie nicht zum Dorfgasthof gefahren?«, fragte ich. »Ich möchte mich gerne hinlegen und mit meiner Auftraggeberin telefonieren.«

»Tun Sie mir den Gefallen und lassen Sie Dr. Thönnes einen Blick auf Ihre Augen werfen«, sagte Seifferheld streng. »Ich würde mich wohler fühlen, wenn ich wüsste, dass es Ihnen den Umständen entsprechend gut geht.«

Er hatte natürlich recht. Dr. Thönnes gab mir ein Mittel, mit dem ich meine Augen spülen sollte, und nachdem er meine Rippen abgetastet und ich an den richtigen Stellen aufgeschrien hatte, gab er mir auch noch ein paar starke Schmerztabletten.

Seifferheld, der draußen bei seinem Hund gewartet hatte, brachte mich zum Dorfgasthof und verabschiedete sich mit einigen aufmunternden Wünschen. Mit letzter Kraft taumelte ich zum Bett und schlief sofort ein.

Zwei Stunden später weckten mich heftige Schmerzen. Ich nahm eine Tablette und zwang mich, Ann-Sophie anzurufen. Falls sie ihren Göttergatten vom Flughafen abholte, sollte sie wenigstens wissen, welchen Mistkerl sie sich ins Auto lud. So viel Rache gönnte ich mir.

Ann-Sophie nuschelte ihren Namen.

»Frau Klotz, ich …« Ich merkte, dass sie weinte. »Was haben Sie?«

»Es ist etwas Schreckliches passiert. Phils Flugzeug … es …«

»Was?«

»Der Flughafen hat mich gerade angerufen. Es …«

»Ja?«

»Es ist abgestürzt.«

»Wann?«

»Keine Ahnung.«

So einfühlsam wie möglich versprach ich, mich am nächsten Tag wieder zu melden. Alles, was ich ihr sagen wolle, könne bis dahin warten. Dann suchte ich in meinem Adressspeicher nach einer fast vergessenen Nummer und wählte sie.

14. Waldo geht in die Kirche

Markus Waldo empfand es als ein wenig unangemessen, ausgerechnet jetzt und ausgerechnet hier an Brüste denken zu müssen. An weibliche Brüste, um genau zu sein. Und um noch genauer zu sein: an die Brüste seiner ersten Freundin, Anke Heitmann. Freilich geschah dies nicht zum ersten Mal, im Gegenteil: In regelmäßigen Abständen – und naheliegender Weise stets, wenn er ein Gotteshaus betrat – musste er an ihren heimlichen Wunsch denken. Sie stelle sich nämlich des Öfteren vor, hatte sie ihm eines Nachts zugeraunt, wie sie während des Gottesdienstes, in einem Moment vollkommener Stille, vor die Gemeinde trete und sich die Bluse aufreiße oder das Shirt hochziehe. Ganz kurz nur. Auf, zu. Oder eben: hoch, runter. Und wie sie dann wieder an ihren Platz gehe und wie die Messe fortgesetzt werde, als sei nichts geschehen. Damals fand Waldo den Gedanken durchaus erregend.

Nun, in der kleinen St.-Christophorus-Kirche von Düsterscheid, an diesem Mittwochabend, während der wöchentlichen Andacht, fragte er sich, ob Anke Heitmann ihr Vorhaben je in die Tat umgesetzt hatte. Auf, zu. Hoch, runter.

Waldo schüttelte den Gedanken ab, was zu einer gewissen Leere in seinem Kopf führte. Er saß mit Hans-Peter Dorenkamp in der drittletzten Reihe. Waldos Blick schweifte über die handgezählten elf Anwesenden – sich selbst und den Heimatforscher Dorenkamp sowie den Pfarrer und einen Ministranten bereits eingerechnet. Einen weiteren Anwesenden kannte er schon: Elfriede Zingel saß in der ersten Reihe – und sie bewegte sich etwas asynchron zum Rest der Rumpfgemeinde. Das lag vor allem an der quälenden Schwerfälligkeit, mit der sie sich erhob, hinkniete oder wieder setzte.

Dorenkamp hatte ihn hierhergeschleppt, die Kirche sei ein Kleinod, hatte er behauptet, und außerdem gebe es da etwas, was er ihm unbedingt zeigen müsse. Waldo hätte den Heimatforscher gerne gefragt, was er als Ufo-Gläubiger in einer Kirche wolle, hätte aber auch diese Frage als fast so unangemessen empfunden wie seine Gedanken an die Brüste von Anke Heitmann.

Kleinod? Nun ja, es war halt eine einfache Saalkirche, einschiffig, mit eingezogenem Chor, erfüllt von jenem Geruch nach kaltem Kalk, der durch sämtliche Kirchen wabert. Für eine katholische Kirche war sie nicht besonders prächtig ausgestattet. Zwölf Sitzreihen – was Waldo sehr sympathisch war, denn er hasste ungerade Zahlen –, vorne ein steinerner Altar, dahinter ein eher wenig beeindruckender Flügelaltar, an der Seite die üblichen Darstellungen der Kreuzwegstationen.

Waldo hatte mit der Kirche nicht mehr viel am Hut, was eigentlich noch stark übertrieben war. Als Student war er aus der Kirche ausgetreten. Umso mehr erstaunte ihn, wie exakt er die Liturgie noch intus hatte. Fast sämtliche Texte des Pfarrers konnte er im Geiste mitsprechen – unauslöschliches Erbe jahrelanger Messdienertätigkeit.

In der ersten Reihe brachte sich Elfriede Zingel gerade aus der knienden in eine stehende Position, als ein lautes Geräusch Waldo aus seinen Gedanken riss. Die Tür hatte sich geöffnet. Das alte Problem: Je leiser man versuchte, eine Kirche zu betreten, umso lauter war man. Kirchentüren konnte man nicht leise öffnen. Und erst recht nicht leise schließen.

Der mit schwarzem Anzug und schwarzer Krawatte bekleidete Mann, der gerade eingetreten war, schien indes ohnehin keinen größeren Wert auf Dezenz zu legen. Seine Ledersohlen klackerten vernehmlich auf den Fliesen, doch er setzte sich keineswegs in die hinterste Reihe, sondern schritt würdevoll bis in die dritte Reihe vor den Altar und ließ sich dort neben einer Frau und zwei jungen Männern nieder. Der Pfarrer nickte dem Neuankömmling zu.

Hans-Peter Dorenkamp beugte sich zu Waldo: »Albert Bernardy.«

Waldo machte ein fragendes Gesicht.

»Ein Neffe von Albertine Bernardy. Chef des Stammwerks hier am Ort.«

»Ah«, flüsterte Waldo. Hans-Peter Dorenkamp hatte ihm vom Ableben der Pudding-Tante berichtet.

Der Pfarrer war inzwischen beim Schlusssegen angelangt, und als er »Amen« sagte, antworteten die übrigen Anwesenden mit einem ebenso trübseligen Echo wie all die Male zuvor – außer Hans-Peter Dorenkamp, der ein weiteres »Guten Morgen« in sich hinein murmelte.

»Was wollten Sie mir denn nun zeigen?«, flüsterte Waldo.

Dorenkamps Finger wies zur rechten Seitenwand.

Eine weiß getünchte Wand, dachte Waldo. Das ist ja wirklich ein Knaller. Jetzt kann ich beruhigt sterben.

»Sehen Sie es?«

»Was?«

»An der Wand. Die Zeichnung.«

Waldo rückte seine Brille zurecht, aber die weiß getünchte Wand blieb eine weiß getünchte Wand.

»Das Muster im Putz!«, zischte Dorenkamp.

»Was ist damit?«

»Ein Raumfahrer.«

Waldo fühlte, wie ihn eine kleine Schwere überfiel.

»Ein Raumfahrer in seinem Raumschiff.«

»Amen!«, rief vorne der Pfarrer.

»Amen«, echote die Rumpfgemeinde.

»Guten Morgen«, murmelte Dorenkamp.

Der Pfarrer breitete seine Arme aus. »Lasset uns nun innewohnen für einen Moment. Wir alle wissen um den Verlust, der unserer Gemeinde heute zuteil geworden ist.«

Innewohnen? Ein Verlust ist zuteil geworden?, fragte sich Waldo. Der Gottesmann sprach völlig krauses Zeug, sobald er sich vom Text der Liturgie entfernte. Wo belegten diese Pfarrer ihre Rhetorikseminare?

»Der Herr hat Gefallen daran gefunden, seine treue Dienerin Albertine Bernardy … aufzubieten. Ein starkes Herz hat seine Einstellung …«, der Pfarrer zögerte, »Aufstellung … aufgehört zu schlagen. Eine erfüllte Linie des Lebens. Herr, unser Gott, Quell unserer Weisheit … deiner Weisheit. Wir bitten dich für dich … und unsere Schwester Albertine.«

Uff, dachte Waldo.

Irgendjemand zog die Nase hoch.

Und dann ertönte ein heller Ton, ein Ton, der Waldo tatsächlich einen Schauer über den Rücken jagte. Es dauerte einen Moment, bis ihm klar wurde, woher der Ton kam. Elfriede Zingel hatte die Arme gehoben. »Sie ist zurückgekehrt!«, rief sie nun. »Die düstere Comtesse! Sie ist zurückgekehrt!«

Der Pfarrer eilte auf Elfriede zu, aber die wehrte ihn ab, schälte sich aus der Bankreihe und wackelte mit erstaunlichem Tempo durch die Bankreihen Richtung Ausgang. Den Blick auf die Fliesen geheftet, murmelte sie unablässig vor sich hin: »Die Comtesse. Der Fluch. Das arme Kind.«

»Kommen Sie«, flüsterte Dorenkamp. »Ich zeige Ihnen jetzt den Raumfahrer.«

»Einen Moment«, antwortete Waldo und dachte: Elfriede, du bringst richtig Farbe in meinen Artikel. Er rutschte aus seiner Sitzreihe und folgte der Alten nach draußen.

Elfriede Zingel stand vor dem geschlossenen metallenen Friedhofstor und starrte kopfschüttelnd auf die Gräber. »Frau Zingel?« Sie reagierte nicht, als Waldo sie ansprach. »Frau Zingel! Darf ich Sie etwas fragen?«

Keine Reaktion.

»Frau Zingel, der Fluch …«

Elfriede Zingels Kopf schoss herum, und sie sah Waldo geradewegs in die Augen. Langsam hob sich ihr rechter Zeigefinger und näherte sich Waldos Gesicht.

»Ähm«, machte Waldo.

Elfriede Zingel bewegte den Zeigefinger langsam hin und her. Dann drehte sie sich um und ging weg.

Waldo glotzte ihr nach.

Er zuckte zusammen, als er eine Stimme neben sich hörte. »Verrückte Sache, das mit dem Fluch, was?«

Ein hagerer Mann stand neben ihm und lächelte. »Herr Waldo?«

»Äh, ja. Woher …«

Der Mann lachte kurz. »Wir sind hier nicht in der Großstadt.« Er deutete über Waldos Schulter. Der drehte sich um und sah Dorenkamp, der vor der Kirchentür mit dem Pfarrer und diesem Albert Bernardy in ein Gespräch vertieft war.

»Sie schreiben was über Flüche, hat Hans-Peter erzählt.«

»Korrekt.«

»Die düstere Comtesse kennen Sie schon, was?«

Waldo nickte.

»Ich hätte noch ein Detail. Interessiert?«

Erneut fiel Waldo nichts Besseres ein, als zu nicken.

»Dann kommen Sie mal mit.« Der Mann drückte die Klinke des Friedhofstors herunter.

Waldo folgte ihm. »Und wer sind Sie, wenn ich fragen darf?«

Der Mann schaute über die Schulter zurück und grinste. »Sie dürfen. Karl Reuschenbach. Karl reicht. Bin bei den Bernardys so was wie das Mädchen für alles.« Er bog nach links ab, lief den Weg bis zum Ende, wo sich ein frisch ausgehobenes und mit drei Brettern notdürftig abgedecktes Grab auftat, und dann nach rechts. Als Waldo die Stelle passierte, musste er unwillkürlich an jene Nacht vor acht Jahren auf dem Gertraudenfriedhof in Halle denken, als er selbst in solch einem Grab lag und von einem Irren zugebuddelt wurde.

Endlich blieb der Mann stehen und schaute auf einen Grabstein.

Waldo schloss zu ihm auf und las:

Jean Metzmacher,
17. April 1937 – 24. November 1980
Barbara Metzmacher, geb. Schmitz,
5. Oktober 1938 – 12. August 1982

Metzmacher, dachte er, den Name habe ich doch schon irgendwo gelesen.

Karl seufzte. »Jean und Barbara. Eine große Liebe. Wir nannten sie nur Bäbbi.«

»Wen?«

»Na, Barbara«, sagte Karl.

»Und Jean? Ein Franzose?«

»Nee, der war Luxemburger, netter Kerl, freundlich, herzensgut.«

»Hm«, machte Waldo. Was wollte dieser Kauz bloß von ihm?

»Herr Waldo, vor Ihnen im Boden haben wir zwei weitere Opfer des Fluchs.«

Waldo konnte sich selbst nicht erklären, warum ihm ein Schauer über den Rücken lief. »Wieso?«

»Jean und Bäbbi. Sie starben beide in der Pudding-Villa.«

Ein weiterer Schauer. Jetzt reicht's aber!, dachte Waldo. »Sie machen es ganz schön spannend«, sagte er in der Hoffnung, cool zu klingen.

»Jean war Elektriker. Sein Tod war … ein schlechter Witz.«

»Er wurde durch einen Stromschlag getötet.«

»Erraten.«

»Oh.« Waldo hatte etwas Originelleres erwartet.

»In der Villa.«

Waldo zog eine Grimasse. »Ein Unfall? Oder hatte da jemand seine Finger im Spiel?«

Der Mann lachte. »Ha! Jetzt wollen Sie's aber wissen, was? Als ehemaliger Detektiv.«

Waldo war baff.

Karl deutete in Richtung Kirche. Bernardy war nicht mehr zu sehen, aber Dorenkamp plauderte immer noch mit dem Pfarrer. Vermutlich über Raumschiffe. Oder über Grammatik. Waldo fand, die Argumente *gegen* ein Leben auf dem Dorf überwogen eindeutig. »Und Bäbbi?«, fragte er.

»Starb zwei Jahre später. Ebenfalls in der Villa. Man fand sie …«, der Mann machte eine lange Pause, dann korrigierte er sich: »*Ich* fand sie … im Teich hinterm Haus.«

Waldo ließ ein paar Anstandssekunden verstreichen, bevor er fragte: »Keine fremden Finger?«

Der Mann bewegte sich nicht.

Sie schwiegen.

Hans-Peter Dorenkamp verabschiedete sich vom Pfarrer und eilte in Richtung Friedhof. Waldo beobachtete gedankenverloren den Heimatforscher, wie er sich zügigen Schritts näherte. Im nächsten Moment fiel ihm ein, wo er den Namen Metzmacher schon gelesen hatte.

Auf der Speisekarte des *Café Pustekuchen*.

»Claire«, hauchte er.

Der Mann nickte. »Unsere Claire. Tochter von Jean und Bäbbi Metzmacher.«

Hans-Peter Dorenkamp näherte sich. »Guten Morgen, Karl. Sag nicht, dass du jetzt schon alles erzählt hast?«, sagte er mit leicht beleidigtem Unterton, als er neben ihnen stand.

Vier Tote, dachte Waldo. Plus ein totes Baby. Ganz schön effektiver Fluch, das!

Er starrte in Richtung des leeren Grabs, an dem sie an der Wegkreuzung vorbeigekommen waren.

Ein weiterer Schauer jagte über seinen Rücken.

15. Wencke und der Bruchpilot

Ich übernehme das.« Mit diesem Satz zog Wencke die Blicke aller anwesenden Kollegen auf sich. Kein Wunder, das war weder ihre Baustelle noch entsprach es ihrem Charakter, sich unnötig Arbeit aufzuladen. Jeder beim LKA Hannover wusste: Wencke Tydmers war die Frau für's Psychologische, die schickte man nicht los, wenn's brannte, sondern erst, wenn man es mit einem wahnsinnigen Feuerteufel zu tun hatte. Eine abgestürzte Cessna im Steinbruch am Rande des Deisters war definitiv unter ihrem Niveau. »Sommerferien, Emil und Axel sind beim Zelten und die Psychopathen alle auf Mallorca oder Sylt. Ich könnte euch also unterstützen.«

»Ist wirklich grad etwas eng bei uns«, musste der Kollege, der die Einsatzleitung übernommen hatte, zugeben. »Die Hälfte der Mannschaft ist im Urlaub.«

»Na dann.« Sie schnappte sich das Papier, auf dem die wichtigsten Daten notiert waren. Als Absturzstelle waren weder Dorf noch Straße, sondern lediglich ein paar Koordinaten angegeben. Das Wrack lag irgendwo mitten in der niedersächsischen Pampa, geschätzte zwanzig Kilometer Luftlinie von Hannover entfernt. »Ich nehme meinen Privatwagen.«

Wencke hatte geahnt, dass niemand scharf auf diesen Flugzeugabsturz war. Sicher gab es da im eigentlich so idyllischen Naherholungsgebiet viel stinkenden Schrott und eine Leiche, die man erst zusammenpuzzeln musste.

Die Bundesstraße Richtung Springe war zum Glück nicht so verstopft wie sonst um diese Uhrzeit, überhaupt wirkte die Stadt im Juli wie ausgestorben. Wencke ließ die Seitenfenster herunter, weil die Klimaanlage den Geist aufgegeben hatte, der Fahrtwind sorgte für angenehm sanfte Abkühlung. Auf dem tausendfach geflickten Asphalt flimmerte die frühabendliche Sommerhitze, links und rechts verstellten Maisfelder die Sicht auf den Rest der Landschaft. Nur in Fahrtrichtung geradeaus erhoben sich die Gipfel des Deisters, die Namen wie *Großer Hals, Hohe Warte* und *Hirschkopf* trugen, dafür aber ziemlich mickrig in der Gegend herumstanden. Irgendwo dort hatten auch Wenckes Sohn und ihr Lebensgefährte Axel ihr Zelt aufgeschlagen. Vorhin hatte sie versucht, die beiden telefonisch zu erreichen, vielleicht hatten sie ja etwas mitbekommen von dem Absturz. Doch wo immer sie sich herumtrieben, gab es kein Handynetz, also hatte sie lediglich eine Nachricht auf der Mailbox hinterlassen: »Wencke hier, bin unterwegs, weiß nicht, wie lange es dauert. Ein alter Bekannter hat mich um Hilfe gebeten. Küsschen!«

Ein alter Bekannter, tja, das traf es wohl am ehesten. Eigentlich hatte sie nicht damit gerechnet, überhaupt jemals wieder etwas von Georg Wilsberg zu hören. Vor Jahren waren sie sich in Münster begegnet und hatten gemeinsam einen sehr skurrilen Entführungsfall gelöst. So richtig erinnerte sie sich aber gar nicht mehr daran, da sie an diesem Tag stark verkatert gewesen war. Vielleicht hatte sie falsche Signale ausgesendet oder man hatte ihr die damals noch ziemlich komplizierte Beziehungskiste mit Axel angesehen, jedenfalls hatte der Privatdetektiv noch ein paarmal bei ihr angerufen. Mal 'nen Kaffee zusammen trinken und so – als lägen keine zwei Stunden Autofahrt zwischen ihnen. Er war ein netter Typ, ganz bestimmt, ihrer besten Freundin würde sie einen Mann wie Wilsberg durchaus wünschen. Doch für sie kam er nicht infrage.

Aber jetzt hatte er sie auf ihrem Handy angerufen und sie um einen Gefallen gebeten, als wäre ihr Treffen nicht fünf Jahre her, sondern fünf Tage. Er hielt sich nicht auf mit Fragen, wie es ihr gehe oder ob sie überhaupt Zeit habe. Er kam, und das hatte sie schon damals an ihm gemocht, direkt auf den Punkt: »Wencke, ein Job von mir ist abgestürzt.«

»Machst du jetzt in Aktien, oder was?«

»Nein, ich bin gerade in der Eifel, Observation eines untreuen Ehemanns, das Übliche. Dachte ich jedenfalls bis eben. Denn der Schürzenjäger ist vor zwei Stunden mit seinem Privatflieger in der Eifel gestartet und nicht wie geplant in Hannover gelandet. Kannst du da was für mich herausfinden?«

Klar konnte sie das, nur fünfzehn Minuten später hatte sie ihm schon die ersten Infos per Mail zugeschickt: Absturz gegen kurz vor acht, Feuerwehr vor Ort, wenig Aussicht auf Überlebende. Wilsberg hatte gleich zurückgerufen und sie mit ein paar weiteren Infos versorgt. Da war Wencke schon auf dem Weg zum Einsatzleiter gewesen. Irgendwie hatte sie Bock auf diese Geschichte. Nicht zuletzt, weil der Bruchpilot – wenn er denn wirklich derjenige war, der in der Eifel in die Maschine gestiegen war – zur Hannoveraner Society gehörte. Phillipp Klotz, für hiesige Verhältnisse sexy. Einer, der mit der Frau des Ex-Bundespräsidenten auf dem Schützenfest Sekt trank, mit dem Sänger der Scorpions per Du war und Lena Meyer-Landrut zum Eurovision Song Contest nach Oslo begleiten durfte. Darüber hinaus Erbe eines namhaften Pudding-Konzerns, dessen Seniorchefin laut Radionachrichten am Morgen plötzlich verstorben war. Wenckes Neugierde war zweifellos geweckt.

Kurz vor der Abbiegung nach Springe sah man bereits die Rauchsäule, tiefschwarze Wolken stiegen fast senkrecht in den Himmel. Es herrschte absolute Flaute, am Wind konnte es also nicht gelegen haben, dass die Maschine ihren Sinkflug so jäh und an völlig falscher Stelle beendet hatte. Im Ort wurde Wencke von einem Feuerwehrwagen überholt. Das war praktisch, dem konnte sie folgen, denn Koordinaten waren einfach keine präzise Angabe, jedenfalls nicht, wenn man einen relativ alten Golf ohne Navi fuhr, weil Sohn und Mann den mobilen Wegweiser unbedingt zum Zelten mitnehmen mussten. Durch die offenen Fenster drang ein Geruch, der fremd war, ölig und schwer. Kerosin, vermutete Wencke, sie mussten also gleich da sein. Der rote Wagen stellte das Martinshorn aus und bog rechts ab, ein Schild verriet, dass man den Steinbruch erreicht hatte und diesen doch bitte nur auf eigene Gefahr betreten möge.

Sie parkte ein Stück weit entfernt von den Einsatzkräften, stieg aus, zückte schon mal ihren LKA-Ausweis, um sich von den ebenfalls anwesenden Journalisten abzuheben. Der Mann neben dem Absperrband ließ sie ohne viel Aufhebens hindurch, warnte noch, der Anblick sei nichts für zarte Seelen. Dann war sie da und musste zugeben, die Warnung war nicht überzogen: Das Flugzeug musste in knapp zwanzig Metern Höhe seitlich in den Sandsteinfelsen gekracht sein und hatte dabei eine regelrechte Schneise in den hellgrauen Stein gezogen. Teile des Rumpfes waren hängen geblieben, weiße Lackspuren verfärbten die steile Wand, dann endete die Spur in einem schwarzen Trümmerloch, das die Wucht des Aufpralls erahnen ließ. Unterhalb dieser Stelle lag das Wrack in einem Brei aus Löschschaum verborgen. Eine Tragfläche steil aufgestellt, die andere abgebrochen und in kleinste Teile zerkrümelt wie ein Knäckebrot. Der Corpus der Cessna dagegen schien fast makellos bis auf die zertrümmerten Scheiben. Hatte der Pilot vielleicht überlebt?

Der Krankenwagen stand direkt daneben, noch immer mit kreisendem Blaulicht, als müsse hier irgendjemand gleich ganz dringend aus dem Weg geräumt werden. Doch die Trage im Inneren war unangetastet, und die beiden Notfallsanitäter lehnten an der dem Flugzeug abgewandten Wagenseite und rauchten. Die hatten nichts zu tun. Es war klar, was das bedeutete.

Ein breitschultriger Feuerwehrmann kam auf sie zu. Bestimmt der Brandmeister, dachte Wencke, die erkennt man auf den ersten Blick, die haben so etwas Entschiedenes, Furchtloses, egal, ob es um die entlaufene

Katze auf der Dorfeiche oder den C-Promi unter der silbernen Abdeckplane geht. »Kripo?«

Wencke stellte sich vor.

»Landeskriminalamt sogar.« Er pfiff anerkennend. »Wegen Phillipp Klotz? So wichtig war der doch nun auch nicht.«

»Ist 'ne Sache von wegen Ländergrenze«, klärte Wencke ihn möglichst knapp über das komplizierte Zuständigkeitssystem der Polizeibehörden auf. »Wir wissen ja nicht, ob der Grund für den Absturz in Rheinland-Pfalz oder Niedersachsen zu finden ist.«

»Oder NRW«, ergänzte der Brandmeister. »Die meiste Zeit ist der Tote über Nordrhein-Westfalen geflogen.«

»Na ja, da wird er wohl noch gelebt haben, oder?«, konnte Wencke sich die Korrektur nicht verkneifen, auch wenn der Brandmeister den Witz dabei nicht so recht kapierte. »Ist die Identität zweifelsfrei geklärt?«

»Kommen Sie mal mit.« Er legte seine Hand auf ihren Arm und führte sie Richtung Wrack. Das machten Männer manchmal, lag vielleicht daran, dass Wencke mit ihren knapp eins sechzig und der Stupsnase durchaus Beschützerinstinkte wachrufen konnte. »Wir haben das Feuer erst eben löschen können, war ein ganz schöner Kampf.« Je näher sie den Flugzeugresten kamen, desto heißer wurde es. Zwar war die Rauchentwicklung nicht mehr so stark, doch noch immer glühte das Metall an einigen Stellen. Mit einem Nicken wies er zwei seiner Leute an, die silbern glänzende Abdeckfolie anzuheben. »Sie sind doch was gewohnt, oder?«

Wencke nickte. Auch wenn sie zugeben musste, nein, Absturzopfer war sie ganz und gar nicht gewohnt. Das hier war wirklich noch mal eine ganz andere Kategorie Tod. Sie hatte Bilder von diesem Mann gesehen, in erster Linie auf den Klatschseiten der *Neuen Presse.* Da war Phillipp Klotz' Blondkopf zwischen den Schultern gewesen, wo ein Kopf so hingehörte. Jetzt war der Oberkörper derart zertrümmert, dass sich die Knochen kaum noch zuordnen ließen. Die Haare, die sich zwischen Splittern, den Überresten einer ehemals hellbraunen Lederjacke und verkohltem Irgendwas verteilten, waren jedoch eindeutig blond. »Es könnte sich um Herrn Klotz handeln. Aber, seien wir mal ehrlich, auch um jeden anderen blonden Menschen mit Pilotenjacke.«

»Nee, das ist hundertpro dieser Pudding-Playboy.« Der Brandmeister ging in die Hocke, schob einen Klamottenlappen zur Seite und legte ein Stück fast unversehrter Haut frei. Fast, weil darauf ein ziemlich hässliches Tattoo gestochen worden war. Es zeigte ein Riesenrad, dahinter die Umrisse der Hannoveraner Rathauskuppel.

Wencke las den darunterstehenden Schriftzug laut vor. »Hannover Eye?«

Zum Glück stand der Brandmeister auf und ließ die Leiche wieder mit der Plane bedecken. Den Anblick wollte selbst Wencke keinen Moment länger ertragen. »Nichts für ungut, aber der Klotz war ja schon ein ziemlicher Spinner. Und die Idee mit dem fest installierten Luxusriesenrad neben dem Maschsee war einer seiner größten Flops.«

»Stimmt, davon hab' ich mal was gelesen«, fiel es Wencke wieder ein. »Ich hatte das für einen Aprilscherz gehalten.«

»Nichts da Aprilscherz. Angeblich wollte er das London Eye eins zu eins nachbauen, damit den Hannover-Touristen eine neue Attraktion geboten werden kann. Sponsorengelder im oberen sechsstelligen Bereich hat er aufgetan, erst dann ist den Leuten aufgefallen, dass es in Hannover gar keine Touristen gibt, weil unsere Stadt ja den Ruf hat, die langweiligste Großstadt der ganzen Republik zu sein.«

Klar war das eine Schnapsidee gewesen, dachte Wencke, während sie sich ein paar Schritte von der Hitze des Trümmerhaufens entfernte. Doch man hätte Phillipp Klotz auch für einen Visionär halten können, für einen Traumtänzer vielleicht. Jedenfalls war er kein Mensch, der es verdient hatte, auf diese grausame Weise sein Leben beenden zu müssen.

»Wissen Sie schon etwas über die Absturzursache?«, fragte sie den Brandmeister, der zum Glück mit der Lästerei aufgehört hatte.

»Das wird ein paar Tage dauern. Wir haben nur die Aussage eines Augenzeugen. Demnach ist das Flugzeug stetig gesunken, als wäre es im Landeanflug. Der Klotz hat wohl auch versucht, in letzter Minute die Nase noch mal hochzuziehen. Er soll ein erfahrener Pilot gewesen sein, und wenn das geklappt hätte, wäre er über den Steinbruch hinweg geflogen und mit viel Glück auf der etwas flacheren Ebene dahinter gelandet. Dann hätten ein paar Bäume dran glauben müssen, gemütlich wäre es bestimmt nicht geworden. Aber auch nicht …« Er schaute noch einmal zurück. »… eine Katastrophe diesen Ausmaßes.«

»Eine missglückte Notlandung also?«

»Vielleicht eine etwas überstürzte Notlandung. Ohne mich jetzt zu weit aus dem Fenster lehnen zu wollen, es könnte sein, dass der Tank leer war. Und das muss Herrn Klotz irgendwie entgangen sein. Vielleicht hat er wieder über sein tolles Riesenrad nachgedacht. Oder über Pudding.« Er lachte.

Langsam ging Wencke die flapsige Art des Brandmeisters auf den Geist. »Wie kommen Sie auf Treibstoffmangel?«

»Wäre mehr Kerosin an Bord gewesen, hätte ein mächtiger Knall den Steinbruch in einen Sandkasten verwandelt, und die schicke Tätowierung hätten wir auch nicht mehr zu sehen gekriegt.« Er merkte wohl endlich, dass er mit seinen Sprüchen keine Sympathiepunkte sammelte. »'Tschuldigung, manchmal übertreib ich es ein bisschen. Machen wir alle so. Jede Woche mindestens ein Unfall mit zweihundert Sachen auf der A2 oder Disco-Tod mit unter zwanzig. Wenn du dir da den Humor nicht bewahrst, bist du der Nächste, der gegen den Brückenpfeiler rast.«

»Ist bei unserer Arbeit ganz ähnlich«, entgegnete Wencke.

»Ach, stimmt ja, Ihre Arbeit!« Der Brandmeister zog eine Plastiktüte heraus. Darin konnte man ein unförmiges dunkles Etwas erkennen, das entfernt an eine Schokoladentafel in der prallen Sonne erinnerte. »Haben wir im Cockpit gefunden.«

»Das Smartphone?«

»Eventuell haben Sie Glück, und es ist nicht total hinüber.« Er reichte es ihr.

Wencke holte ihre Handschuhe aus der Jackentasche, zog das Handy aus der Tüte und versuchte vorsichtig, die geschmolzene Schutzhülle zu öffnen – es gelang. Und auf wundersame Weise war das Display schon beim ersten Knopfdruck einsatzbereit. Wären die Menschen doch auch so robust wie ihre technischen Geräte.

»Vielleicht hat Herr Klotz während des Fliegens Kurznachrichten geschrieben und deswegen nicht gemerkt, dass er auf Reserve fliegt. Handy am Steuer – das wird teuer.«

»Ich kann es Ihnen nicht sagen, das Gerät ist passwortgeschützt.«

»Aber Ihre Leute können da doch Wunder verbringen, hab' ich gehört.«

»Diese Wunder dauern aber meistens einige Zeit.« Wencke steckte das Beweisstück ein und verabschiedete sich. Viel mehr musste sie hier vorerst nicht in Erfahrung bringen. Zumindest Wilsberg würde mit diesen Infos schon eine Ecke schlauer sein. Und sie könnte ihre weiteren Ermittlungen auch vom Schreibtisch aus führen. Oder den Fall an einen Kollegen abgeben, der sich besser auskannte als sie. Mal sehen.

Doch noch bevor sie ihren Wagen erreicht hatte, um in aller Ruhe Wilsberg anzurufen, fuhr ein cremefarbener Mini-Cooper im Affenzahn auf das Absperrband zu und kam kurz vor den anwesenden Journalisten zum Stehen. Die brachten sich natürlich in Stellung und knipsten. Eine hochgewachsene Frau stieg aus und stolzierte auf ihren Absatzschuhen erstaunlich souverän durch das Geröll, vorbei an den Sicherheitsleuten, die versuchten, sie zurückzuhalten. Da hätten sie brachiale Gewalt anwenden müssen, denn Ann-Sophie Klotz – unverkennbar, das musste sie sein, das ehemalige Model war ebenfalls eine Person, die man in Hannover hin und wieder medial unter die Nase gerieben bekam – schien wild entschlossen. »Ich werde zu meinem Mann gehen! Jetzt! Sofort!«

Wencke trat ihr entgegen. »Tun Sie es nicht!«

Ann-Sophie Klotz blieb unmittelbar vor ihr stehen. Es bereitete Wencke immer wieder Unbehagen, Frauen zu begegnen, die anderthalb Köpfe größer waren als sie und womöglich trotzdem weniger wogen. Wenn sie dann auch noch lange, blonde Haare hatten, makellose Haut und Wimpern so lang wie Spinnenbeine, wurde es nicht besser.

»Und warum nicht?«

»Weil ich es schon getan habe und Ihnen dringend davon abraten muss.« Wencke reichte ihr die Hand. »Wencke Tydmers, Landeskriminalamt. Es tut mir sehr leid, was mit Ihrem Mann passiert ist, und ich kann Ihnen gern alle Fragen beantworten, die Sie in diesem Moment verständlicherweise haben. Doch wenn Sie jetzt dahingehen, muss ich Sie warnen: Das Bild, das sich Ihnen bieten wird, können Sie anschließend nie wieder löschen. Es wird Sie Ihr Leben lang begleiten. Schon für mich war das schwer zu verkraften. Und ich habe diesen Menschen nicht einmal gekannt, geschweige denn geliebt.«

Ann-Sophie Klotz schluckte, starrte abwechselnd zum Wrack und in Wenckes Gesicht, bis sie leicht schwankte, weil ihre Beine weich wurden und wegzuknicken drohten. Wencke half der verzweifelten Frau in letzter Sekunde, indem sie sie auf einen der Felsbrocken bugsierte. Kaum hatte die Witwe Platz genommen, wurde sie von einem Weinkrampf geschüttelt.

Die Sicherheitsleute sahen erleichtert aus, dass Wencke diesen Job übernahm. Die Begegnung mit Toten war hart, die mit den Hinterbliebenen oft härter. Einer brachte Wencke freundlicherweise eine Packung Taschentücher und einen Pappbecher mit Kaffee. Zwei andere parkten die Einsatzwagen um, damit die Presse keine Bilder mehr schießen konnte. Dann ließ man sie beide allein.

Ann-Sophie Klotz lehnte den Kaffee ab. In dem Zustand hätte sie sowieso nichts trinken können, sie atmete hektisch und verschluckte sich schon an ihrem Schluchzen. »Phil ist früher losgeflogen. Bestimmt, weil er Sehnsucht nach mir hatte. Und weil ich wie immer so misstrauisch war.« Sie heulte auf. »Ich hab ihn dazu gebracht, heute in dieses scheiß Flugzeug zu steigen, ich dumme Kuh.«

Oh je, dachte Wencke, sie weiß gar nicht, was Wilsberg herausgefunden hat. Sie zermartert sich den Kopf über ihre angeblich unbegründete Eifersucht, und in Wahrheit hat ihr Gatte vor seinem tödlichen Flug noch eine Eifelschönheit vernascht. Manchmal war es schwer zu akzeptieren, dass zumindest für den Moment eine Lüge besser war als die bittere Wahrheit. »Wann haben Sie das letzte Mal mit Ihrem Mann telefoniert?«

»Heute Mittag.«

»Gab es etwas Besonderes?«

»Nun ja, seine Tante ist letzte Nacht gestorben.« So langsam schien sich die Frau wieder zu fangen. Zum Glück, nichts war anstrengender als einen Menschen einigermaßen sinnvoll zu befragen, der gerade emotional durch die Hölle ging.

»Wie hat er darauf reagiert?«

»Schwierige Frage.« Ann-Sophie Klotz zog sich ein Tempo aus der Packung und schnäuzte sich. »Natürlich mochte er Tante Albertine. Sie hat ihn immer mal wieder unterstützt bei seinen vielen kreativen Projekten.«

»Aber?«

»Ohne sie ist es leichter. Phil wird die Firma jetzt übernehmen. Er hat ganz tolle, innovative Ideen, wie man die Sache mit mehr Pepp aufziehen kann.« Sie räusperte sich, wahrscheinlich hatte die Erkenntnis, dass von alldem nun nichts mehr geschehen würde, ihr die Kehle zugeschnürt.

»Gab es Streit?«

Ann-Sophie Klotz lachte bitter. »Natürlich gab es das. Und wie. Aber Phil hat mir vorhin versichert, jetzt sei alles geklärt, er käme früher nach Hause und hätte mir eine Menge zu erzählen.«

»Was genau, hat er nicht erwähnt?«

Sie schüttelte das Blondhaar.

»Wie würden Sie seine Stimmung beschreiben?«

»Eins war schon komisch.« Ann-Sophie kramte ihre Handtasche hervor, fand darin einen kleinen Spiegel und kontrollierte, ob die Mascara verlaufen war. War sie nicht. Bis auf die leicht geröteten Augen sah diese Frau noch immer zehnmal besser aus als Wencke. »Obwohl doch alles geklärt war, hat er gesagt, ich soll bloß nicht drangehen, wenn sein Cousin anruft.«

»Ach.«

»Dabei hat Albert mich sowieso nie angerufen. Wir hatten überhaupt nichts miteinander zu tun. Die ganze Eifel-Sippe, das ist überhaupt nicht meine Welt.«

Es gab noch jede Menge Fragen, die Wencke hätte stellen können. Und wenn Ann-Sophie Klotz mit ihrer beiläufigen Mascara-Geste nicht deutlich gemacht hätte, dass sie wieder dicht gemacht hatte, dass der Gefühlsausbruch vorbei und die Contenance wieder bewahrt war, dann hätte Wencke auch gefragt. Ob Phil vor jemandem Angst hatte. Oder Feinde. Bei Phillipp Klotz' überdrehtem Aktivismus, der sicher eine Menge Geld gekostet hatte, wäre das nicht verwunderlich. Es wäre auch interessant gewesen, ob Phil Drogen nahm, Kokain oder sonst was zum Aufputschen – seine seltsamen Geschäftsideen legten den Verdacht nahe. Sie hätte nachbohren können, was es mit diesem Albert auf sich hatte und warum Ann-Sophie nicht mit ihm hatte telefonieren sollen.

Doch Wenckes Bauchgefühl sagte ihr, dass an dieser Stelle jede Frage eine Frage zu viel wäre. Dass schlafende Hunde geweckt werden könnten. Denn rein intuitiv glaubte sie schon seit einer Weile nicht mehr an den natürlichen Tod einer Pudding-Königin, genauso wenig wie an eine geklärte Erbensituation oder den zufälligen Absturz eines erfahrenen Piloten.

»Geht es Ihnen etwas besser?«, fragte sie vorsichtshalber. Nach einem überzeugenden Nicken überließ sie die immer noch zitternde Witwe den Sanitätern, die hatten sowieso nichts zu tun und würden sich bestens um Ann-Sophie Klotz kümmern.

Sie hatte jetzt einiges in die Wege zu leiten.

»Frau Tydmers, sind Sie vorangekommen?«, fragte der Kollege aus der Einsatzleitung, den sie angerufen hatte, kaum dass sie im geschützten Raum ihres Autos saß und die Scheiben hochgedreht hatte. »Soll ich der Rechtsmedizin Bescheid geben, dass sie den Wagen schicken sollen?«

»Ja, das dürfen Sie. Und bitte, rufen Sie auch bei der Rechtsmedizin in Trier an. Sie sollen eine Leiche in Düsterscheid abholen.«

»Wo soll das denn sein?«

»Irgendwo in der Eifel. Es geht um Albertine Bernardy, die Tante des Unglückspiloten. Es gibt den begründeten Verdacht, dass es sich um Mord gehandelt haben könnte.« Das war geschwindelt. Der Verdacht war nicht begründet. Nicht im Entferntesten. Es sei denn, man wertete Wencke Tydmers' Bauchgefühl als ein sicheres Indiz. »Und warten Sie nicht auf meinen Bericht. Ich bin wahrscheinlich noch eine Weile unterwegs.«

»Wohin?«

»Ich schaue mir den Abflugort mal genauer an!« Und hoffe, so fügte Wencke in Gedanken hinzu, dass ich es ohne Navi in die Eifel schaffe.

16. Vincent gruselt's

»Mann, Herr Jakobs, wie weit isses denn noch? Nachtwanderung ist so was von öde!« Es waren solche Äußerungen, die Vincent seit zwei Tagen frustrierten.

Bislang waren alle Versuche, seinen Schülern eine interessante Klassenfahrt zu bieten, kläglich gescheitert. Ausflug ins Schwimmbad? »Eyh, voll das Pissbecken, da kann ich auch zu Hause in der Badewanne schwimmen.« Stockbrot am Lagerfeuer? »Schmeckt voll scheiße, gibt's hier kein McDonald's?« Zelten unter freiem Himmel? »Alles voller Bremsen – ich hab' Allergie!«

Vincent wusste, dass die 8d schwierig war, schließlich war sie im ganzen Kollegium verschrien. Genau deshalb hatte er ja auch den Zeltplatz-Flyer, der als Werbeprospekt in sein Haus geflattert war, als Wink des Schicksals verstanden. Dieser Ort in der Eifel schien bestens geeignet, wenn man mit einer Klasse wie dieser jeder Aufregung aus dem Weg gehen wollte. Die Quittung bekam er jetzt – es passierte tatsächlich nichts Aufregendes, aber dafür pegelte das Stimmungsbarometer gerade gegen null.

Trauriger Tiefpunkt des bisherigen Programms war der Besuch im Pudding-Museum gewesen. In dem putzigen Gebäude hatte man die Küche nachgebaut, in der angeblich das Poki-Rezept erfunden worden war. Im Zuge der Führung hatte man ihnen nicht nur die Puddingherstellung erklärt, sondern auch den Werbesong vorgespielt, der sich seit den Siebzigern mit Poki verband. Irgendwas mit »PiPaPoki« – was die Kids zu dem Alternativsong »SchiSchaScheiße« inspiriert hatte. Immerhin hatte Vincent da ein Minimum an Kreativität wahrgenommen.

Peinlich war es geworden, als plötzlich einer aus der Führungsetage aus den Büros gekommen war und sich der Klasse zugewandt hatte – offenbar ein Neffe von Tante Tine, denn er hatte sich als Albert Bernardy vorgestellt. Typ souveräner Firmennachfolger mit bodenständiger Note. Der trug bestimmt im Winter einen Lodenmantel mit Hirschlederknöpfen.

»Na, wo kommt ihr denn her?«, hatte er die Schüler leutselig gefragt.

»Aus'm Sauerland«, hatte Dorian gemeint. »Da is genauso öde wie hier.«

»Haha!« Dieser Albert hatte Dorian jovial gegen die Schulter geboxt. »Witzbold der Klasse, was?« Und dann an alle gewandt: »Kennt ihr denn alle den Poki?«

»Den musste ich immer essen, als mein Mund entzündet war«, hatte Isabell wieder zum Besten gegeben.

Der Neffe hatte nur ganz kurz gezuckt. »Weil er so schön cremig ist, was? – Dann hab' ich jetzt eine tolle Überraschung für euch.«

Tatsächlich hatte Vincent für einen kurzen Moment freudige Erwartung in ein paar Gesichtern gelesen – bis zu dem Satz: »Ihr dürft jetzt alle mal probieren!«

»Müssen wir?«, hatte Joyce gemault. Und Marvin: »Ich geh schon mal raus!«

Vincent hatte im Alleingang versucht, die Situation zu retten. Sich interessiert den Erfolg der Firma erklären lassen, ein Puddingschüsselchen gekostet, ohne die Miene zu verziehen, und Albert Bernardy zum Abschluss die Hand geschüttelt.

»Und was steht noch auf Ihrem Programm?«, hatte der sich erkundigt.

»Na ja, das Übliche«, hatte Vincent gemurmelt. »Heute Zelte aufbauen und Lagerfeuer, morgen schwimmen und Nachtwanderung …«

»Na, dann viel Spaß!«

Von Spaß konnte nicht die Rede sein – auch nicht auf dieser Nachtwanderung. Sie waren beim Sühnekreuz gewesen, wo Vincent die Fluchgeschichte nacherzählt hatte, nun waren sie auf dem Weg zurück ins Dorf. Immerhin, es war gleich Mitternacht, gerade hatte schon ein Käuzchen geschrien, vielleicht konnte er doch noch etwas reißen.

»Wir gehen über den Friedhof!«, entschied er spontan, als das schmiedeeiserne Tor in Sichtweite kam. Die quasselnde Masse verstummte, und Kollegin Fobbe sah ihn entsetzt an. Wahrscheinlich fürchtete sie schon Beschwerdebriefe von den Eltern traumatisierter Schüler.

»Cool!«, meinte Marvin. »Vielleicht können wir ein paar Kerzen mitnehmen.«

»Sicher nicht!«, fuhr Vincent dazwischen. »Wir wollen die Totenruhe respektieren. Alle halten die Klappe!«

Das wirkte ausnahmsweise. Es war mucksmäuschenstill, als die Schüler den Friedhof betraten. Nur das schmiedeeiserne Tor quietschte gespenstisch, als Renate Fobbe es hinter sich schloss.

Vincent blieb stehen und ließ die Atmosphäre auf sich wirken. Das matte Mondlicht, das die Grabkreuze wie stumme Zeugen aussehen ließ. Der Windhauch, der über seinen Nacken strich wie eine kalte Hand. Die roten Grableuchten, die ihnen wie flackernde Irrlichter einen Weg ins Nichts zu weisen schienen.

Er drehte sich zu seiner Klasse um, wollte wissen, ob sie es auch so erlebten. Tatsächlich war die Gruppe zusammengerückt. Wenn er sich nicht täuschte, hatten einige der Mädchen sich an den Händen gefasst. Man hörte nichts außer dem Wind in den Bäumen, ein leichtes Rascheln der Blätter.

»Denkt an die düstere Comtesse«, konnte Vincent sich nicht zurückhalten. »Einige Dorfbewohner glauben, dass sie nachts immer noch durchs Dorf spukt und nach ihrem Kind ruft.«

Ein leises Geräusch war zu hören, etwas lauter als ein Luftzug, dann kreischten plötzlich zwei Mädchen und schlugen um sich, als wäre ihnen etwas in die Haare geflogen.

»Eine Fledermaus«, hörte Vincent seine Kollegin beruhigend sagen. »Ist schon wieder weg.«

Erneut kehrte Stille ein. Es war erstaunlich, dass diese Unruhebündel tatsächlich mal den Rand halten konnten. Und nicht nur das. Dass sie sogar nachspüren konnten, dass hier etwas in der Luft lag. Leben und Tod. Ruhe und Frieden. Unheil und Leid. Vincent wartete noch einen kurzen Moment, sog die kühle Nachtluft ein, setzte sich dann in Bewegung. Der Kies knirschte leise unter seinen Füßen. Die Schüler folgten ihm still. Bemühten sich offenbar ebenfalls, lautlos zu gehen.

Vincents Hand streifte eine Hecke, die als Grabumrandung diente. Als er plötzlich eine Bewegung neben sich wahrnahm, hätte er fast aufgeschrien. Einem der Jungs entfuhr tatsächlich ein Schrei. Ein Tier flüchtete, dann hob sich die Silhouette einer Katze ab, die auf die Friedhofsmauer sprang. Ihre schwarzen Umrisse waren deutlich zu erkennen. Sie lief ein paar Schritte über die Mauer, schien sich zu ihnen umzudrehen, setzte sich dann seelenruhig hin, als wenn sie sie beobachten wollte. Ein schauriges Bild. Im selben Moment schlug die Kirchturmuhr zwölf. Dong! …. Dong! … Dong! … Die Gruppe stand eng beisammen, schien gemeinschaftlich jedem einzelnen Schlag nachzulauschen – was für eine Intensität. Fast ging ein Aufatmen durch die Gruppe, als der letzte Schlag die Nacht durchteilt hatte. So, als hätte man gemeinsam etwas geschafft. Es war ein kostbarer Moment, Vincent hätte seine Schüler am liebsten umarmt. Doch dann erweckte etwas anderes seine Aufmerksamkeit. Eine Art … Wimmern. Ganz leise, matt. Konnte das die Katze sein? Nein, die saß immer noch auf der Mauer – in entgegengesetzter Richtung. Auch die Schüler waren wie elektrisiert, die Ersten begannen hektisch zu tuscheln. Vincent hörte panische Wortfetzen: »Alter, da ist irgendwas!« … »voll spooky« …, aber auch »das Baby« … »die düstere Comtesse« …

Er ging ein paar Schritte auf das Geräusch zu, hörte, dass einige der Schüler ihm folgten. Das Wimmern wurde lauter, nein, kein Wimmern mehr, ein Stöhnen –

ein schmerzerfülltes Stöhnen. Und nun konnte Vincent auch etwas erkennen: einen Erdhügel wie von einem ausgehobenen Grab. Ihm stockte der Atem – sollte das Stöhnen etwa … aus dem Grab …?

Vincent blieb unvermittelt stehen, drehte sich um, drei, vier Schüler standen ein paar Meter entfernt, nur eine Person war ihm dicht auf den Fersen geblieben – Ricarda.

»Ricarda, du bleibst besser zurück!« Vincents Stimme war brüchig, er hörte es selbst.

Ricarda schüttelte den Kopf. Im fahlen Mondlicht konnte Vincent ihren energischen Gesichtsausdruck sehen.

Das Stöhnen wurde lauter. Vincent konnte nicht länger warten, machte vorsichtige Schritte auf den Grabhügel zu, tatsächlich, daneben klaffte ein Loch, noch dunkler als die Nacht. Von dort unten, aus der finsteren Gruft, kam das Stöhnen, das alles war unerträglich, die Klasse musste hier weg. Doch zu spät, plötzlich ging neben Vincent eine Taschenlampe an. Ricarda trat einen Schritt vor und leuchtete mit zittriger Hand in die Grube.

Was Vincent dort erblickte, war schlimmer als jeder Horrorfilm, den die Kinder sich hätten downloaden können. Dort unten lag eine verkrümmt liegende Gestalt, ganz in Schwarz – ein fahles Gesicht, blutüberströmt, mit weit aufgerissenen Augen, darunter ein Schlund, der jämmerliche Laute ausstieß. Vincent zog es zurück – weg von diesem Albtraum, runter von diesem Friedhof, die Klasse in Sicherheit bringen. Aber dann erblickte er ein Detail. Eine Brille – was das Ganze ein klein bisschen menschlicher machte. Diese Brille kam ihm noch dazu bekannt vor. Dort unten im Grab lag ein schwer verletzter Albert Bernardy!

17. Wilsberg schläft fremd

Ich komm nicht rein. Der Gasthof ist geschlossen.«

Ich stöhnte. »Kein Wunder. Das hier ist kein Vier-Sterne-Hotel mit Nachtportier, sondern der Dorfgasthof von Düsterscheid.«

»Anstatt mir Vorträge zu halten, könntest du aufstehen und die Tür öffnen.«

»Darf ich mir vorher noch was anziehen?«

»Wegen mir musst du dich nicht schick machen.«

Typisch Wencke Tydmers. Klingelte per Handy um zwei Uhr nachts einen schwer ramponierten, von einer Kanonen-Schmerztablette sedierten Bekannten aus dem Bett und putzte ihn schon im zweiten Satz runter, weil er nicht gleich die Treppe hinuntergeflogen kam und ihr zu Diensten war.

Ich schälte mich aus der Bettwäsche, brachte meinen geschundenen Körper in die Senkrechte, kämpfte mich in eine Jeans und einen Pullover und hörte Wencke zu, die meine Schmerzenslaute ungerührt kommentierte. »Stell dich nicht so an. Es gibt Schlimmeres, als mitten in der Nacht geweckt zu werden.«

Ich nahm das Handy, das ich auf dem Bett abgelegt hatte, wieder in die Hand und machte mich auf den Weg zum Flur. »Tut mir leid, dass ich dich mit meinen

Wehwehchen belästige, aber ich bin gestern von einem Baum gefallen.«

»Wieso kletterst du auf einen Baum? Ist das so ein Männlichkeitsritual?«

»Rein beruflich.« Ich ging an Seifferhelds Tür vorbei, erkennbar an den akkurat ausgerichteten braunen Schuhen, die vor der Schwelle standen. »Phillipp Klotz musste es mit seiner Gelegenheitsgeliebten unbedingt im ersten Stockwerk treiben.«

»Wie lange brauchst du noch?« Wencke schien das Interesse an meiner Geschichte verloren zu haben.

»In weniger als zwei Minuten bin ich bei dir.«

Ich war bereits am Fuß der Treppe angekommen und sah die Gestalt der kleinen, rothaarigen LKA-Frau durch die zentimeterdicken, gelblich eingefärbten Gasthoffenster.

Wencke sah mich auch. »Mach hin, es ist kalt.«

Ich schloss die Tür auf. Wir umarmten und küssten uns auf die Wangen. So herzlich, wie das nach mehreren Jahren Kommunikationspause möglich war.

Wencke betrachtete mich kritisch an. »Sind das die fünf Jahre oder der Sturz vom Baum?«

»In der Erinnerung wirkt manches schöner«, gab ich zurück.

Sie rüttelte an der Tür zum Schankraum. »Jetzt brauche ich erst mal einen Schnaps. Weißt du, wo der Schlüssel ist?«

»Sie schätzen hier, glaube ich, keine Selbstbedienung.«

»Bei der Rezeption gibt es garantiert eine Schublade mit allen wichtigen Schlüsseln. Vielleicht ist sie verriegelt, dann musst du sie mit einem Messer aufbrechen.«

»Ist das nicht strafbar?«

»Nicht, wenn es sich um einen Notfall handelt. Außerdem übernehme ich die Verantwortung, wozu arbeite ich bei der Polizei?«

Da hatte sie gleich zweifach recht. Ich brach die Schublade auf, öffnete die Tür zum Schankraum und schaltete das Licht ein.

Wencke ließ ihre Stofftasche neben einen Kneipentisch und sich auf einen Stuhl fallen. »Ich hasse nächtliche Autofahrten.«

»Du hast nicht lange gefackelt.« Ich ging zum Regal hinter der Theke und entschied mich für einen unverfänglich aussehenden Klaren. »Wie lange braucht man von Hannover bis Düsterscheid?«

»Viereinhalb Stunden. Zum Glück war nicht viel los.«

Ich schüttete zwei Schnapsgläser voll. »Und wieso die Eile?«

»Bei einem Mord kommt es auf jede Stunde an. Neunzig Prozent aller Mordfälle werden in den ersten vierundzwanzig Stunden aufgeklärt.«

»Mord?« Seifferheld, der Ex-Kommissar aus dem Schwäbischen, der ein frisch gebügeltes Hemd unter der Windjacke trug und so ausgeruht aussah, als hätte er schon neun Stunden Schlaf hinter sich, gesellte sich zu uns. »Entschuldigen Sie, dass ich Ihre traute Zweisamkeit störe. Herr Wilsberg hat mich geweckt.«

»Ich?«, fragte ich.

»Sie haben vor meiner Zimmertür telefoniert. Und die junge Dame auf der Straße war auch nicht zu überhören. Der Inhalt Ihrer Konversation hat mich natürlich neugierig gemacht, ich vermute, es geht um unseren

Freund Phillipp Klotz.« Seifferheld schaute erwartungsvoll von mir zu der LKA-Frau. Er würde uns nicht eher wieder verlassen, bis sein Informationshunger gestillt war, so viel stand fest.

»Darf ich vorstellen?«, übernahm ich. »Wencke Tydmers, Hauptkommissarin beim Landeskriminalamt in Niedersachsen. Siegfried Seifferheld, Kriminalbeamter im Ruhestand.«

»Aus Schwäbisch Hall.« Seifferheld reichte Wencke die Hand. »Die Stadt der Bausparkassen und Schrauben.«

»Er hat mir gestern bei der Verfolgung von Phil geholfen«, schob ich hinterher. »Als ich vorübergehend mal nichts sehen konnte.«

»Ich darf mich doch zu Ihnen setzen?« Der Ex-Kommissar wartete die Antwort nicht ab. »Und so ein kleines Gläschen würde ich auch nehmen.«

Langsam kam ich mir vor wie ein hinkender Trottel aus einem Monty-Python-Film. Als ich mit Seifferhelds Nachttrunk zurückkam, waren die beiden verbeamteten Ermittler bereits in ein Gespräch über den Absturz von Phils Flugzeug vertieft.

»Und wieso gehen Sie davon aus, dass Klotz ermordet wurde?«, erkundigte sich Seifferheld.

Ich setzte mich. »Würde mich auch interessieren, vorausgesetzt, ihr habt gerade keinen wichtigen Auftrag für mich.«

»Klotz war ein erfahrener Pilot«, sagte Wencke. »Technische Probleme hätte er dem Tower gemeldet. Das Wrack sieht auch nicht nach einer Explosion aus, eher deuten die Umstände darauf hin, dass Klotz das Kerosin ausgegangen ist und er es nicht rechtzeitig bemerkt hat. Ein Anfängerfehler.«

»Sie denken, jemand hat den Tank oder die Anzeige manipuliert?«, hakte Seifferheld nach.

»Der Verdacht, dass etwas faul ist, liegt nahe«, schlug ich mich auf Wenckes Seite, »zumal sich die mysteriösen Todesfälle in der Familie Bernardy-Klotz häufen.«

»Dem braven Hausarzt von Albertine Bernardy traue ich nicht zu, dass er einen Mord erkennt, solange kein Messer in ihrer Brust steckt«, stimmte Seifferheld zu.

»Deshalb habe ich eine Obduktion veranlasst«, verkündete Wencke. »Morgen früh wird Albertines Leiche nach Trier in die Rechtsmedizin gebracht.«

»Entschuldigung.« Ein aschfahler, mit Lehm und Staub bedeckter Mann, dessen Eintreten wir überhaupt nicht bemerkt hatten, stand plötzlich an unserem Tisch. »Gibt es noch etwas zu trinken?«

»Eigentlich hat der Gasthof geschlossen«, sagte ich.

»Aber«, er zeigte mit einer blutverkrusteten Hand auf unsere Gläser, »Sie trinken doch.«

»Geht es Ihnen gut?«, fragte Seifferheld mitfühlend. »Sie sehen aus, als wären Sie unter die Räder geraten.«

»Ich wohne im Sauerland, hier bin ich auf dem Campingplatz.«

Der nächtliche Besucher sah verwirrt, aber nicht wirklich verwahrlost aus, eher wie jemand, der sich versehentlich im Dreck gewälzt hatte. Er war etwa fünfzig Jahre alt, weder schlank noch dick, hatte ein jungenhaftes, intelligentes Gesicht, und seine Kleidung wäre im gewaschenen Zustand als ordentlich bis hochwertig durchgegangen.

Seifferheld wollte zu einer weiteren Frage ausholen, da kam ihm Wencke zuvor: »Brauchen Sie ärztliche Hilfe?«

»Nein, nein.« Er deutete in eine Richtung, in der ich die Kirche vermutete. »Ich war mit meiner Schulklasse auf dem Friedhof. Nachtwanderung, eigentlich eine sichere Nummer. Und da … da haben wir den Mann im Grab entdeckt. Albert Bernardy. Ich kannte ihn von einer Begegnung im Pudding-Museum her.«

»Der Neffe von Albertine Bernardy?«, fragte ich.

Plötzlich hatte der Fremde unsere ganze Aufmerksamkeit. Wencke warf mir einen Blick zu, der mich in meine Kellnerrolle zurückversetzte. Diesmal brachte ich nicht nur ein weiteres Glas, sondern gleich die ganze Flasche mit. Die Nacht konnte lang werden.

Seifferheld sagte: »Albert Bernardy ist tot?«

Der Unbekannte leckte sich über die staubverschmierten Lippen und kippte den Schnaps in einem Zug. »Nö, er lebt. Es sah nur im ersten Moment so aus, als ob … Wir haben ihn da rausgeholt.« Er schaute auf seine dreckigen Hände. »Ich verstehe, Sie haben einen falschen Eindruck von mir bekommen. Ich bin Lehrer, Deutsch und Geschichte. Vincent Jakobs.«

Wir stellten uns ebenfalls vor.

»Und wie ging's dann weiter mit Albert Bernardy?«, erkundigte sich Wencke.

»Na ja, das Übliche: Polizei und Krankenwagen. Nach meinem Eindruck war die Verletzung von Bernardy nicht wirklich lebensgefährlich. Ich habe mitbekommen, dass er gegenüber der Polizei noch eine Aussage gemacht hat. Gegen Mitternacht sei er von der Villa seiner Tante aufgebrochen, um nach Hause zu gehen. Über den Friedhof, weil das der kürzeste Weg sei. Plötzlich habe er einen Schlag auf den Kopf bekommen und sei erst wieder aufgewacht, als er schon im Grab lag. Vermutlich wollte ihn der Täter bei lebendigem Leib begraben. Hätten meine Schüler und ich ihn nicht gerettet, wäre es schlecht für ihn ausgegangen.«

Wencke, Seifferheld und ich schauten uns an: der dritte Mordanschlag auf ein Mitglied des Bernardy-Clans innerhalb von vierundzwanzig Stunden.

»Soll ich Ihnen das mal verdeutlichen?« Vincent Jakobs stand auf und ging zu der Schiefertafel, auf der die Tagesempfehlungen des Gasthof-Küchenchefs annonciert wurden, aktuell lauteten sie *Erbsensuppe mit Einlage* und *Strammer Max.* Jakobs wischte mit dem Ärmel seiner Jacke über die Tafel und benutzte die unterhalb der Tafel abgelegte Kreide, um den Friedhof samt Grabreihen zu skizzieren. »Hier«, er malte eine unterbrochene Linie, »ist Bernardy entlanggegangen, und hier …«, ein Rechteck, »war das offene Grab.«

»Ein offenes Grab?«, warf Seifferheld ein. »So etwas ist doch gar nicht erlaubt.«

»Der Täter hat die Holzplanken, die das Grab verdeckten, zur Seite geschoben.« Jakobs malte ein paar Striche. »Etwa hier. Und links davon …«, auf der Tafel entstand eine stilisierte Schaufel, »… lag die Tatwaffe, an der noch Blut klebte.«

Jakobs kehrte zu uns zurück und kippte einen zweiten Korn. »Für die Klasse war das natürlich der Horror. Mich hat das Ganze auch ziemlich mitgenommen.«

»Verständlicherweise«, kommentierte Wencke.

Es entstand eine Pause.

»Ja, dann gehe ich mal wieder«, sagte Jakobs, blieb aber sitzen. »Sie dürfen mir natürlich nichts über die Hintergründe verraten.«

Wencke, Seifferheld und ich nahmen erneut Blickkontakt auf. Der Lehrer machte einen vertrauenswürdigen Eindruck, und vor Ort konnten wir Verbündete gut gebrauchen.

Eine halbe Stunde später ging ein allgemeines Gähnen durch unsere Runde. Jakobs brach zu seinem Campingplatz auf, und Wencke, Seifferheld und ich stiegen in die erste Etage. Erst da fiel mir auf, dass es noch ein ungelöstes Problem gab, in meinem Zimmer stand nämlich nur ein schmales Einzelbett. Ich teilte den beiden anderen meine Erkenntnis mit und wandte mich an Seifferheld: »Wie sieht denn Ihre Schlafsituation aus?«

»Doppelbett mit Besucherritze«, sagte der Ex-Kommissar, »aber ich nehme nicht an, dass die junge Dame bei mir …«

Verlegenes Schweigen.

»Sonst könnten Sie, Herr Wilsberg …«, setzte Seifferheld wieder an.

»Oh, würdest du das für mich tun, Georg?«, nutzte Wencke die Steilvorlage.

Wie hätte ich dazu Nein sagen können? »Aber nicht mit dem Hund«, protestierte ich. »Eine Nacht im selben Zimmer wie …«

»Aeonis von Entenfall«, sagte Seifferheld.

»Hund bleibt Hund. Morgen früh wäre ich tot.«

»Onis würde sicher auch mit Frau Tydmers vorliebnehmen.«

»Mir macht das nichts«, sagte Wencke prompt. »Ich mag Hunde.«

Wie zur Bestätigung vergrub Onis seine Schnauze zwischen Wenckes Beinen, nachdem Seifferheld die Zimmertür geöffnet hatte.

18. Waldo isst Kuchen

Markus Waldo war froh, Hans-Peter Dorenkamp endlich mal los zu sein, auch wenn der ihm am Abend zuvor, nach der merkwürdigen Begegnung mit diesem Hausmeister auf dem Friedhof, noch einen umfassenden Einblick in den Düsterscheider Pudding-Clan gegeben hatte. Inwieweit man das alles für bare Münze nehmen durfte, war Waldo allerdings nicht ganz klar, da der Heimatforscher jeden zweiten Satz mit einem »heißt es jedenfalls« oder »wird gemunkelt« oder »erzählt man sich« garniert hatte. Es konnte also gut sein, dass all diese Zusätze ersetzt werden konnten durch ein »hab ich mir ausgedacht«.

Beim Frühstück schaute ihn Elfriede Zingel immer wieder finster an – wenn sie nicht gerade irgendetwas fallen ließ. Die Alte, so hatte Dorenkamp erzählt, sei eine gute Freundin jener Bäbbi gewesen, die wohl einst ausgerechnet im Gartenteich des Bernardy-Anwesens ertrunken war, zwei Jahre, nachdem bereits Bäbbis Mann, Jean, ein Elektriker, bei einem Kurzschluss (oder so) in der Bibliothek der Pudding-Villa das Zeitliche gesegnet hatte. Bäbbis Tod habe die gute Elfriede schwer getroffen – so richtig sei sie nie drüber hinweggekommen. Und irgendwie sei sie seitdem auch vom Gedanken besessen, der Fluch habe zugeschlagen. Dorenkamp machte im Anschluss an diese Feststellung mit seinem Zeigefinger eine Kreisbewegung an der Schläfe und verdrehte die Augen. Bisschen verrückt, die Alte, sollte das wohl heißen, was Waldo reichlich selbstbewusst fand angesichts der Tatsache, dass die Geste von jemandem kam, der in Putzrissen Raumfahrer erkannte und in Knetmännchen umhergeisternde Untote.

Waldo hatte beschlossen, Claire Metzmacher in ihrem Café aufzusuchen, und weil Dorenkamp einen unaufschiebbaren Termin in Trier hatte, stand er nun allein vor der Eingangstür. Sehr schön.

Waldo trat ein. Es war später Vormittag, und er war der einzige Gast. Perfekt. Vielleicht war ja diesmal auch noch ein Stück vom legendären Mohnkuchen da.

Beim letzten Besuch hatte er mit Dorenkamp gleich Platz genommen. Da nun niemand zu sehen war, trat Waldo an den Tresen und betrachtete die zahlreichen Kuchen, die in einer gläsernen Vitrine standen. Ah, da lag auch ein fast volles Blech Mohnkuchen.

Er stutzte. Was stand denn da auf dem kleinen Schildchen? *Creme Comtesse*? Daneben standen sechs kleine Porzellanförmchen, gefüllt mit … war das Pudding? Aber die Konsistenz sah irgendwie anders aus.

Eine junge Frau trat durch die Küchentür.

»'Tschuldigung«, sagte sie und dann: »Was darf's denn sein?«

»Creme Comtesse, was ist das denn?«

»Im Prinzip ein Pudding. Aber ein besonderer. Können Sie mir glauben.«

»Hätte ich gerne ein Schälchen von.«

»Gerne.«

»Und noch ein Stückchen Mohnkuchen.«

»Gerne.«

»Und einen Cappuccino.«

»Auch das«, sagte die Frau.

»Und, ähm, ist die Chefin zufällig zu sprechen?«

»Bestimmt. Sie ist hinten. Nehmen Sie doch schon mal Platz.«

Waldo setzte sich an einen der Tische und tat, was er bereits beim Besuch mit Dorenkamp getan hatte: Er schob die kleine Vase, den Speisekartenhalter und die Zuckerdose, deren Standorte zuvor ein schiefes Dreieck gebildet hatten, auf eine imaginierte Gerade.

Die Bedienung erschien und stellte die Creme und den Kuchen vor Waldo ab. Bevor sie ging, verschob sie mit einer schnellen Bewegung die Zuckerdose so, dass sie, der Kartenhalter und die Vase wieder ein Dreieck bildeten. Ein schiefes.

Während sie hinter dem Tresen an dem riesigen Kaffeeautomaten hantierte, stellte Waldo die alte Ordnung wieder her. Die Frau brachte den Kaffee und sagte: »Claire kommt gleich.«

Dann schob sie die Zuckerdose an die alte Position.

Waldo blickte sich im Café um. An sämtlichen Tischen waren die drei Gegenstände – Vase, Speisekarte plus Halter und Zuckerdose – zu einem Dreieck angeordnet. Er wurde nervös, riss sich aber zusammen. Ich halte das jetzt aus, sagte er sich. Ich schaffe das.

Er nahm einen Löffel von der Creme – und ihm entfuhr unwillkürlich ein kleines Stöhnen. Mann, war das lecker! Ein Pudding, ja, aber so locker, so leicht, so unglaublich intensiv im Geschmack, mit einer ganz zarten Kaffeenote. Waldo nahm noch einen Löffel. Also ... das ... war ... einfach köstlich.

Im nächsten Moment kam Claire Metzmacher durch die Küchentür in den Caféraum. »Guten Tag, ich bin Claire Metzmacher. Stimmt was nicht?«

Waldo hatte sich gerade einen Löffel Creme in den Mund geschoben. »Nein, nein«, sagte er und schluckte die Creme schnell hinunter, was ihm geradezu verschwenderisch vorkam. »Alles wunderbar. Ihre Creme ... also, die ist ja wirklich ganz großartig.«

Claire lächelte. »Sie müssen noch den Mohnkuchen probieren.«

Waldo legte den Löffel beiseite, nahm die Gabel und kostete vom Kuchen. »Hmmm«, machte er. »Der Herr Dorenkamp hat nicht übertrieben.«

»Hans-Peter?«

»Genau, er ist so freundlich, mir Unterkunft zu gewähren. Ich bin ... Journalist.« Das klang immer noch komisch in Waldos Ohren.

»Ach, jetzt erinnere ich mich. Sie waren doch neulich schon mal hier. Mit Hans-Peter.«

Waldo nickte. »Ja, da war der Mohnkuchen aber leider schon alle.«

Claire schmunzelte. »Passiert oft ... Und wie kann ich Ihnen nun helfen?«

Waldo erklärte der Caféinhaberin den Zweck seines Besuchs in der Eifel und dass er am Vorabend von Karl Reuschenbach am Friedhof angesprochen und zum Grab der Eheleute Metzmacher geführt worden war.

Als Claire sich daraufhin wortlos an dem Tischchen niederließ, war er halb überrascht und halb erleichtert.

Claire Metzmacher fummelte an ihren Fingernägeln herum, doch wirkte dies keineswegs wie der äußere Ausdruck einer inneren Unruhe. Sie fummelte … sehr … bedächtig? Gelassen? Entspannt? Tatsächlich war auch ihre Stimme vollkommen ruhig, als sie zu sprechen begann: »Der Fluch«, sagte sie und stieß einen kurzen, verächtlichen Lacher aus. »Dieser … verfluchte Fluch.« Ein weiterer Lacher.

»Wie alt waren Sie, als Ihre Eltern ums Leben kamen?«

Claire zögerte kurz. »Als mein Vater starb … war ich achtzehn, meine Mutter kam zwei Jahre später ums Leben.«

»Ein besonders guter Geist scheint von dem Haus nicht auszugehen«, sagte Waldo. »Herr Dorenkamp erzählte mir von dem Ehepaar, das damals die düstere Comtesse verstoßen hat. Und nun ist auch die Pudding-Tante gestorben. Ziemlich plötzlich.« Waldo räusperte sich. »Wird gemunkelt.«

Claire hob die Augenbrauen.

»Also, ich meine, Frau … Dings, äh …«

»Bernardy.«

»Ja.«

»Gestorben wird immer.«

»Das stimmt.« Waldo schwieg.

»Was wollen Sie denn nun eigentlich? Also, eines kann ich Ihnen sagen, in die Zeitung möchte ich nicht.«

Waldo nickte.

»Sie können sich ja vorstellen, dass es nicht besonders leicht war für mich damals.«

Waldo beschränkte sich darauf, möglichst einfühlsam zu gucken, und hoffte, dass Claire einfach noch ein bisschen weiterreden würde.

Was sie zu seiner Freude nach einer Pause auch tat. »Ich hatte gerade eine Kochlehre absolviert und die Chance, eine Zusatzausbildung bei einem ziemlich berühmten Pâtissier anzufangen. In Luxemburg.«

»Was hätte der Ihnen denn noch beibringen sollen?«, säftelte Waldo und deutete auf den Kuchen und die Creme.

Claire lächelte schwach. »Ach, das wäre schon toll gewesen.«

»Warum kam es nicht dazu?«

»Warum? Ich konnte es einfach nicht finanzieren. Mein Vater war ja erst kurz vorher gestorben. Uns fehlte schlicht das Geld.«

»Hätten Sie die Zusatzausbildung etwa bezahlen müssen?«

Claire fixierte ihre Hände, deren eine unablässig an den Fingernägeln der anderen knibbelte. »Natürlich nicht, aber wissen Sie, wie lausig die Gehälter in der Gastronomie sind? Da verdient man schon als ausgebildeter Koch kaum etwas. Und als Lehrling noch weniger. Ich hätte es mir nur leisten können, wenn ich bei meiner Mutter gewohnt hätte, aber dafür war es zu weit. Und eine eigene Wohnung, zumal in Luxemburg, war einfach nicht drin.« Claire schaute Waldo direkt in die Augen. »Aber, bitte, das ist alles nichts für Ihren Text über Flüche.«

Waldo machte eine abwehrende Geste. »Nein, nein, keine Sorge. Ich meine, man hat ja immer auch die Möglichkeit, Namen zu anonymisieren …«

»Auch nicht anonymisiert!«

Waldo druckste ein wenig herum: »Ich hatte gehofft, dass Sie mich zur Pudding-Villa begleiten und mir zeigen, wo …« Er brach den Satz ab, denn er merkte, wie dreist sein Vorhaben auf die Konditorin wirken musste. Er hätte sich nicht beschwert, wenn Claire nun unfreundlich geworden wäre.

Sie wurde es nicht. »Beim besten Willen, Herr Waldo, aber ich werde mit Ihnen ganz gewiss nicht zu den Bernardys gehen und Ihnen zeigen, wo meine Eltern von einem Fluch dahingerafft worden sind.« Sie legte eine gehörige Portion Sarkasmus in die letzten Worte.

»Haben Sie gar keinen Kontakt zu den Bernardys?«

Claire schüttelte den Kopf.

»Aber Ihre Mutter und die alte Chefin …«

»Wieso muss ich denn mit den Freundinnen meiner toten Mutter befreundet sein? Sind Sie vielleicht mit dem Vater Ihrer Frau befreundet?«

Waldo nickte und schüttelte den Kopf und nickte wieder. Er spürte, wie er rot wurde. Er startete einen neuen Versuch: »Und die Creme Comtesse?«

»Was ist damit?«

»Na ja, die Comtesse, der Fluch, der Tod Ihrer Eltern … Durch diese Creme werden Sie doch täglich mit diesem schrecklichen Schicksal konfrontiert.«

Nun schlichen sich doch erste Spuren von Ungeduld in Claires Antwort. »Also, jetzt machen Sie aber mal einen Punkt. Wenn ich den Pudding koche, dann weine ich nicht jedes Mal in den Topf, weil ich an meine Eltern denke! Diese bekloppte Comtesse ist eine Sagenfigur, so wie es Dutzende Sagenfiguren in der Eifel gibt. Sie ist eine Düsterscheider Berühmtheit – und so viele Berühmtheiten haben wir ja nun auch nicht.«

»Abgesehen von den Bernardys«, warf Waldo ein.

»Genau, deswegen quetschen sich hier ja täglich Tausende Touristen durch den Ort«, antwortete Claire mit ätzender Ironie. »Um den Ort zu sehen, an dem der berühmte Poki erfunden wurde.«

»Sie sind wohl kein Fan vom Poki?«

Claires Blick war Antwort genug.

Waldo versuchte, gut Wetter zu machen. »Ihre Creme Comtesse, also, die wäre nun wirklich ein Produkt, das man vermarkten –«

»Bitte!«, unterbrach ihn Claire. »Ich denke, es ist gut jetzt! Wirklich.«

Schade, dachte Waldo, als er wieder vor dem Café stand. Er hätte Claire gerne noch ein paar Fragen gestellt. Zum Verhältnis von Bäbbi und der Pudding-Tine zum Beispiel. Zwei Freundinnen, von denen eine steinreich und die andere … nun ja, alles andere als steinreich war? Wie ging das? Und: Bewies Claire nicht enorme Nehmerqualitäten? Allein dadurch, dass sie jenem Nest die Treue hielt, in dem ihre Eltern auf dramatische Weise gestorben waren? Genügte es ihr tatsächlich, ein Café am Ende der Welt zu betreiben? Mit ihren Fähigkeiten hätte sie doch mehr erreichen können.

Wenn Claire bereit gewesen wäre, mit Namen aufzutauchen: Die Story wäre sogar was fürs *Zeit-* oder fürs *SZ-Magazin* gewesen. Jedenfalls hätte sie einen ganz neuen Drive bekommen. Pudding-Dynastie, verfluchtes Haus, vier Tote zuzüglich einer dahingeschiedenen Firmengründerin, das Ganze vielleicht sogar noch bekrönt mit einem Kampf ums Erbe. Mann, das hätte er sogar dem *Stern* anbieten können.

Egal, noch war ja nicht aller Tage Abend. Die Fluch-Geschichte für die Psychologie-Zeitschrift hatte er so gut wie im Sack, alles Weitere wäre Kür.

Diese Pudding-Villa würde er sich jedenfalls genauer anschauen. Und zwar jetzt gleich. Der Hausmeister hatte ihn doch quasi eingeladen.

Fünfzehn Minuten später stand er vor dem Grundstück und schaute auf die Blumengebinde, die vor dem Eingangstor abgelegt waren. Nicht ganz so viele wie damals bei Prinzessin Diana, aber so sechs oder sieben waren es schon. Und das waren immerhin sechs oder sieben mehr, als man vor seiner Wohnung ablegen würde, falls er irgendwann …

Er trat durch das Tor und näherte sich dem Gebäude, als sich die Eingangstür öffnete. Ein Mann, ganz in Schwarz und mit Kollar, dem weißen, ringförmigen Stehkragen katholischer Priester, trat ins Freie und kam zügigen Schritts näher. Waldo erkannte den Pfarrer mit dem Sprachtalent, der tags zuvor die Andacht gehalten hatte.

Waldo hielt den Geistlichen auf: »Entschuldigung, ich suche den Herrn Reuschenbach.«

»Den Karl? Den hab ich zuletzt irgendwo hinterm Haus gesehen«, sagte der Mann – zu Waldos Enttäuschung ohne jeden grammatikalischen Unfall – und hastete weiter.

Waldo lief um die Ecke, vorbei an einer Gruppe von Büschen und hatte nun den Garten vor sich.

Niemand zu sehen.

Doch, da hinten war jemand. Da stand ein Mann in einer … Waldo hob eine Hand vor die Augen, um sie gegen die Sonne abzuschirmen … in einer Grube.

Ein Teich?

Der Teich?

Waldo lief quer über die vertrocknete Wiese und stutzte kurz angesichts des merkwürdig grün gefärbten Bodens.

Er war vielleicht zehn Meter von dem vermeintlichen Gewässer entfernt, als der Mann, der bewegungslos darin stand, plötzlich brüllte: »Halt endlich deine Klappe!«

Waldo zuckte zusammen und zögerte kurz, bevor er langsam weiter auf den komischen Kerl zuging. Er erkannte: Der Teich war ein ehemaliger Teich.

Der Typ stand ziemlich genau in der Mitte des Schlamms und schwankte vor und zurück. Er erschrak sichtlich, als Waldo ihn ansprach. »Schönen guten Tag!«

19. Herbie hebt einen Schatz

Es war wirklich zum Heulen. Immer wenn Herbie dachte, es könnte nicht schlimmer kommen, kam es schlimmer.

Schon beim ersten zaghaften Schritt, mit dem er sich in die schlammige Vertiefung des kleinen Teichs gewagt hatte, wäre er fast ausgerutscht. Nachdem er sich wieder gefangen hatte, hatte er die Schaufel als Krücke benutzt, wenn er sich langsam tastend nach vorne bewegte.

Das Wasser hatte er zuvor unter der Aufsicht von Karl abgepumpt und auf dem ans Grundstück angrenzenden Brachland versickern lassen. Karl hatte seine Entschuldigung und die absurde Erklärung seiner nächtlichen Aktion mit unbewegter Miene entgegengenommen und ihm mit nüchternem Tonfall erklärt, was nun zu tun sei. »Unbezahlt natürlich!« Und dann hatte er fast schon wieder freundlich gesagt: »Der Teich musste ja sowieso mal wieder gereinigt werden.«

Bei jeder der schwungvollen Bewegungen, mit denen Herbie jetzt den grünbraunen Schlamm vom Grund des Teichs in die bereitgestellte Schubkarre beförderte, drohte er wieder auszurutschen und führte dabei ein groteskes Ballett auf.

Julius saß auf der nahen Bruchsteinmauer und hatte offensichtlich großes Vergnügen. *Holiday on Ice ist ja wirklich gar nichts dagegen. Wie der junge Hans-Jürgen Bäumler. Fehlt nur noch, dass du stecken bleibst!*

Und prompt war Herbie stecken geblieben.

»Schönen guten Tag!«, ertönte jetzt eine Stimme.

Herbie wäre gerne herumgefahren, aber seine Füße produzierten zwar laut schmatzende und schlürfende Geräusche, verharrten aber ansonsten unbeweglich in der unbarmherzigen Umklammerung des Schlamms.

Der Mann, der unvermittelt am Rand des Teichs aufgetaucht war, war schlaksig, hatte ein kleines, gemütliches Bäuchlein, dunkle Locken und eine Brille mit runden Gläsern, durch deren Gläser ihm ein lustiges Augenpaar zuzwinkerte.

»Guten Tag«, sagte Herbie gequält.

»Da haben Sie aber noch viel Arbeit.«

Herbie war in seiner jetzigen Situation eigentlich überhaupt nicht nach einem belanglosen Plausch. »Ja, geht so.« Er versuchte unauffällig, das flache Ende der Schaufel unter die Sohle seines rechten Gummistiefels zu schieben, um sich mithilfe der Hebelwirkung zu befreien. Was misslang.

Er hatte zwar den einen Fuß ein paar Zentimeter anheben können, glitt aber gleichzeitig mit dem anderen weg, verlagerte sein Gewicht wieder nach rechts, und die Schaufel schnellte der Länge nach hinunter in den Schlamm.

Der Mann räusperte sich. »Es kommt Ihnen wahrscheinlich ein bisschen seltsam vor, aber …« Er nestelte ein Smartphone hervor. »Könnten Sie sich vorstellen, für einen kleinen Moment da rauszukommen, damit ich ein Foto von dem Teich machen kann? Ohne Sie.«

Julius' Kommentar war keine Überraschung. *Ich fürchte, das ist keine Frage der Vorstellungskraft. Eher eine Frage von Kraft und Geschick, was?*

Erneut ruckelte Herbie hin und her. Die Situation war ihm peinlich. »Ein Foto vom Teich?«, fragte er mit gespielter Unschuld.

»Ja, genau.«

»Ohne mich?«

»Ja, genau. Geht ganz fix. Nur zwei, drei Schnappschüsse.«

»Ohne Wasser?«

»Ach, das mache ich dann später im Photoshop.«

Herbie versuchte ein letztes Mal, die Füße zum seitlichen Weggleiten zu bewegen. Ohne Erfolg. Dann bückte er sich nach der Schaufel, geriet fast aus dem Gleichgewicht, ruderte wie wild mit den Armen, beugte sich vor und zurück, und als sich seine Situation wieder stabilisiert hatte, sagte er kleinlaut: »Und könnten Sie sich wohl vorstellen, mir mal kurz hier rauszuhelfen?«

Der Mann reichte ihm ohne zu zögern die Hand und sagte: »Markus Waldo, Halle an der Saale.«

»Herbert Feldmann, Eifel.« Herbie schlug ein, Waldo packte beherzt zu, zerrte …

… und rutschte mit den Füßen weg.

Wenige Augenblicke später saßen sie nebeneinander im Schlamm.

Stan und Ollie! Die Reinkarnation eines großen Komikerpaares!

Waldo reckte den ausgestreckten Arm in die Luft, um Schaden von seinem Mobiltelefon fernzuhalten. Als Herbie sich mühsam aufrappelte, stellte er begeistert fest, dass er seine Füße freibekommen hatte. Die Gummistiefel blöderweise nicht. Anklagend streckten sie ihre hohlen Hälse aus dem Morast, während sich die beiden Männer auf festen Boden retteten. Herbies weiße Socke hing aus einem der Stiefel heraus wie eine Kapitulationsflagge aus einem Schützengraben.

»Na toll«, knurrte Waldo und hockte sich ins Gras. »Wenn Frauen catchen, zahlt man viel Geld für so was.« Er zog ein Päckchen Papiertaschentücher aus der Hosentasche und startete den aussichtslosen Versuch, wenigstens den gröbsten Schmutz von seiner Jeans zu entfernen. Herbie hockte sich neben ihn und porkelte ungeniert zwischen seinen schlammigen Zehen herum.

»Das muss dieser Fluch sein«, brummte Waldo. »Kennen Sie, oder?«

Der Fluch der ewigen Dummheit? Oh, da kann ich Ihnen die freudige Nachricht unterbreiten, dass Sie unmittelbar neben einer weltweit anerkannten Koryphäe sitzen!

»Ein Fluch?«

»Ach, kommen Sie, den kennt doch hier offenbar jeder. So eine olle luxemburgische Gräfin, die hier rumgeistert und reihenweise die Leute in die ewigen Jagdgründe schickt. Hier in diesem Teich ist doch vor Jahren auch schon mal jemand ertrunken, und da wollte ich ein Foto machen. Eigentlich habe ich ja den Herrn Karl gesucht, weil ich ja … Hallo? Hören Sie mir überhaupt zu?«

Herbie hatte etwas zwischen dem dicken Onkel und dem Zeigezeh hervorgeholt, das er jetzt mit einem Zipfel seines T-Shirts säuberte und ins Licht hielt.

»Oh! Is ja doll«, hauchte Waldo. »Ist die echt?«

Es war eine matt schimmernde weiße Perle. »Ich weiß nicht«, sagte Herbie. »Habe ich gerade zwischen meinen Zehen gefunden.«

Potzblitz, da hattest du doch noch nie Perlen. Stecken die sonst nicht in Austern? Neugierig führte Julius die Spitze seiner Nase ganz dicht an die kostbare kleine Kugel heran.

»Scheint kein Plastik zu sein, soweit ich das beurteilen kann. Ist so was wertvoll? Gucken Sie mal, hier kann man auch zwei winzige Löcher erkennen. Die muss mal auf einer Schnur aufgefädelt gewesen sein.«

Aber Waldo hatte bereits etwas Neues entdeckt und streckte aufgeregt den Zeigefinger aus. Er deutete auf den durch Herbies Buddelei aufgewühlten schlammigen Boden des Teichs, dem sie gerade erst entflohen waren. »Sehen Sie mal da! Täusche ich mich, oder ist da unten etwa noch eine?« Verwegen beugte er sich weit über den Rand der Grube und streckte den Arm aus, sodass es ihm tatsächlich gelang, eine Handvoll Schlamm zu schöpfen. Im nächsten Moment hielt auch er eine Perle zwischen den Fingern.

Julius warf die Arme in die Luft. *Gratulation, Jungs! Und schon sind wir mitten in einem spannenden Piratenabenteuer! Ihr habt den Schatz des Kapitäns Hector Barbossa gefunden! Die Eifel ist die neue Karibik!*

»Ist ja verrückt.« Herbie ging zu der Schubkarre und führte die gespreizten Finger seiner Rechten wie einen Kamm durch den darin befindlichen Matsch. Waldo schien sich ebenfalls von seinem Spieltrieb davontragen zu lassen, denn er krempelte die Ärmel hoch und half ihm. Eine Viertelstunde später hatten sie tatsächlich drei weitere Perlen zutage gefördert, wobei sie eine davon beinahe übersehen hätten, weil sie gänzlich schwarz war.

Die Black Pearl! Ho ho ho! Auf diesen Namen sollt ihr euer Schiff taufen, beim Klabautermann!

Wenig später saßen sie wieder nebeneinander im Gras, versuchten, ihre Hosenbeine in der Sonne trocknen zu lassen, und Waldo erzählte Herbie in aller Ausführlichkeit die Geschichte des Fluchs.

»Wenn die arme Frau nun also in diesem Teich ertrunken ist: Wann war das noch mal?«

»Im Jahr 1982.« Waldo begann, mit spitzen Fingern die gesäuberten Perlen auf einem der Bruchsteine der Teichumrandung hin und her zu schieben. Es sah so aus, als versuche er ein streng symmetrisches Muster hinzubekommen, wobei ihm das schwarze Exemplar immer wieder Probleme bereitete. Er schnalzte leise missbilligend mit der Zunge.

»Dann könnten das ja vielleicht die Perlen von ihrer Kette gewesen sein. Gruselig, oder?« Herbie erhob sich ächzend. »Na ja, sei's drum. Ich muss jetzt mal weitermachen. Sonst kriege ich wieder Ärger.«

Auch Waldo stand auf und zupfte angewidert an seiner Hose herum. »Hm. Und ich werde dann mal zurück zu meiner Unterkunft. Den Herrn Karl werde ich dann eben zu einem späteren Zeitpunkt aufsuchen.«

Vom Haus her drang das Geräusch eines sich öffnenden Fensters zu ihnen herüber. Herbie wusste mittlerweile, dass sich dahinter die Küche verbarg.

Julius Eichendorff winkte ihnen zu. »Ein kleiner Imbiss, Herbie? Es gibt ein leckeres Omelett!«

Herbie und Waldo sahen sich an. Herbie zuckte mit den Schultern. »Wir könnten nebenbei die Hosen trocknen lassen.«

20. Britta sucht und findet

»Was hat denn das zu bedeuten?« Johanna rutschte unruhig auf dem Sofa hin und her, griff nach ihrer Teetasse und trank einen Schluck. »Was hat denn das alles zu bedeuten?«

Britta zuckte mit den Schultern. Sie hatte vor gefühlt sehr, sehr langer Zeit aufgehört, sich diese Frage zu stellen. Diese oder alle anderen Fragen, die auf die ein oder andere Art alle auf dieselbe Antwort hinausliefen.

Das Schicksal hasste sie.

Um der Wucht dieser niederschmetternden Erkenntnis wenigstens für den Moment zu entgehen, hatte sie sich in eine dicke Schicht aus Fatalismus gehüllt.

Seit am gestrigen Abend die Nachricht von Phils Absturz in die Pudding-Villa gedrungen war, ging alles drunter und drüber. Johanna war zusammengebrochen, hatte sich in ein Meer aus Tränen, das sie selbst produzierte, gestürzt. Als dann noch Albert anrief, um von dem Anschlag auf ihn zu berichten, war es endgültig um sie geschehen gewesen. Sie hatte die Nacht quasi auf der emotionalen Intensivstation verbracht, mit Britta als Nachtschwester. Die war darum fast froh über den verstörenden Auftritt der Herren von der Rechtsmedizin gewesen, die die beschürzte, belöffelte Albertine an sich genommen hatte. Ein Vorfall, der immerhin dazu geführt hatte, dass Johannas Untröstlichkeit einer hektischen Nervosität gewichen war.

»Ich mache mir Sorgen«, erklärte Johanna nun.

Britta nickte. Innerhalb von vierundzwanzig Stunden eine tote Erbtante, ein abgestürzter Cousin, ein überfallener Bruder – wenn das kein Grund war, sich Sorgen zu machen, dann wusste sie es auch nicht.

»Ich mache mir wirklich Sorgen um Albert.« Johanna sah auf die Uhr. »Er hat gesagt, dass sie ihn aus dem Krankenhaus entlassen. Danach wollte er gleich herkommen.«

Einmal mehr war Britta überrascht von Johannas verschlungenen Denkwegen. Sie war verrückt, keine Frage. Aber auf eine zuweilen fast rührend naive Weise.

»Wie geht es Ihrem Nacken?«, erkundigte sie sich, weil sie fand, dass Johanna sich die nächste Massage soeben redlich verdient hatte. Außerdem hatte sie in den letzten vierundzwanzig Stunden Johannas Trapezmuskel so oft bearbeitet, dass ihr der kleine, verkrampfte Bursche ans Herz gewachsen war.

»Alles bestens, danke.« Johanna lächelte sie an. »Gott, ich hoffe wirklich, es geht meinem Bruder gut. Ich schaffe das hier nicht allein. Ich brauche ihn doch. Wir sind eine Familie. Wir müssen das zusammen durchstehen.«

Wie auf Stichwort hörte man, wie die große Haustür geöffnet und dann wieder geschlossen wurde. Johanna erhob sich. Gehüllt in würdevolle Trauer mit einem Überwurf aus angemessenem Mitleid sah sie ihrem Bruder entgegen. »Albert, Lieber, wie geht …«, setzte sie an, als die Wohnzimmertür sich öffnete. Brach dann ab, starrte eine Sekunde mit geöffnetem Mund die Gestalt an, die eindeutig und unzweifelhaft nicht Albert war.

»Ann-Sophie«, hauchte sie dann. »Oh mein Gott, Ann-Sophie!« Sie stürzte auf die Frau zu und umschlang sie. Angesichts der Tatsache, dass die Blondine gut zwei Köpfe größer war als sie und keinerlei Anstalten machte, die Umarmung zu erwidern, wirkte die Szene ein bisschen ungelenk. Johanna löste sich von ihr und griff nach ihrer Hand. »Du armes, armes Liebes, wie geht es dir?«

»Ich bin okay, danke.« Ann-Sophies Stimme war leise, aber bestimmt.

Britta beschloss, die Gunst der Stunde zu nutzen. Sie brauchte dringend ein bisschen Schlaf. Und wenn Johanna Gesellschaft hatte, dann konnte sie sich beruhigt einen Moment hinlegen. »Ich lasse Sie dann mal allein …«

»Nein, aber nein!« Johannas Widerspruch kam ebenso schnell wie verzweifelt. »Bleiben Sie, bitte! Ann-Sophie, das ist Britta Brandner.« Sie lächelte gütig. »Sie hat sich um Albertine gekümmert in ihren letzten Stunden.«

Eine etwas dubiose Aussage war das, aber Ann-Sophie schien es herzlich egal zu sein. Sie trat auf Britta zu. Die überlegte kurz, ob sie womöglich gar nicht mehr wach war, sondern bereits eingeschlafen, auf diesem Sessel. Und träumte, nicht von Tante Tine ausnahmsweise, sondern vielmehr von Barbie. Diese Frau war nämlich nicht echt. Niemand hatte derart glänzendes Haar, kein Mensch war so groß und wirkte dabei doch zierlich, und ganz sicher hatte die Natur diese Taille in Kombination mit der Oberweite so nicht im Angebot. Niemand sah so aus und hieß dann auch noch Ann-Sophie …

»Klotz!« Das grobe Wort riss Britta aus den mäandernden Gedanken. Die Frau streckte ihr die rechte Hand entgegen. »Ann-Sophie Klotz. Ich bin …« Sie zögerte, schien zu schlucken. »Ich war … die Frau von Phillipp. Phil.«

Britta schüttelte ihre Hand. »Freut mich«, murmelte sie. Obwohl das gar nicht stimmte.

Ann-Sophie ließ sich auf dem Sofa nieder und schlug die langen, sehr langen Beine übereinander.

»Es ist so gut, dass du gekommen bist«, plapperte Johanna hektisch weiter. »Du solltest nicht allein sein, jetzt. Möchtest du etwas trinken? Etwas essen vielleicht?« Es schien ihr gutzutun, einen Menschen in der Nähe zu haben, dessen Zustand sie für noch beklagenswerter hielt als ihren eigenen.

»Ich kann einen Kaffee machen.« Britta war entschlossen, jede Möglichkeit zu nutzen. »Oder noch einen Kräutertee«, fügte sie rasch hinzu, als sie Johannas entsetzten Blick auffing.

»Das ist nicht nötig.« Ann-Sophie machte Brittas Hoffnung mit einem Abwinken zunichte.

»Aber du musst essen«, beharrte Johanna. »Es ist wichtig, dass du bei Kräften bleibst. Du bist doch sowieso so dünn. Gott, ich will mir gar nicht vorstellen, was du durchmachst. Es muss schrecklich für dich sein, Liebes. Der arme Phil, unser wunderbarer Phil. Er war so voller Leben, er hatte doch noch so viele Pläne. Du hättest sagen sollen, dass du kommst, ich hätte ein Zimmer vorbereitet. Du willst dich sicher ausruhen nach der langen

Fahrt. Du musst dich ausruhen, du Arme.« Johannas Redestrom schien an Ann-Sophies Schweigen abzuperlen.

»Magst du vielleicht eine Massage?« Johanna klang hoffnungsvoll.

Britta zuckte zusammen. Sie fühlte sich mittlerweile ohnehin wie ein mobiles Massagegerät. Das war in Ordnung, es war völlig in Ordnung, wenn es Johanna half, dann tat sie das gern. Dass die sie aber nun quasi verlieh, gab der Sache eine neue, etwas entwürdigende Dimension. Hätte es jedenfalls, wenn Britta nicht viel zu müde gewesen wäre, um sich aufzuregen.

»Britta macht das fantastisch«, pries Johanna sie nun auch noch an. »Sie hat mir mit ihren Massagen das Leben gerettet …« Sie stockte. »Oh nein, Gott, entschuldige, ich … das wollte ich nicht sagen, ich … was rede ich da nur?« Sie klang ehrlich verzweifelt. »Es ist nur, weil ich völlig neben mir stehe. Seit die Nachricht kam … ich habe nur geweint, die ganze Nacht konnte ich nicht aufhören zu weinen, nicht wahr, Britta, so war es doch?«

Britta zuckte erneut zusammen. Nickte dann brav.

»Aber darum geht es nicht, jetzt, es geht jetzt nur um dich und deinen furchtbaren Verlust …«

»Ich schaffe das schon«, unterbrach Ann-Sophie endlich Johannas verzweifelten Redestrom. »Aber natürlich würde es mir helfen, wenn wir die ganze Sache jetzt so schnell und problemlos wie möglich über die Bühne bringen. Mir ist klar, dass das für euch schwierig ist, aber es ist, wie es ist. Ich bin … ich war Phils Frau. Ich bin Teil der Familie.«

Britta starrte auf die große, gerahmte Schwarz-Weiß-Fotografie, die ihr gegenüber an der Wand hing. Sie zeigte

Albertine, eine junge Albertine, bei der Eröffnung des Pudding-Museums. Tante Tine ohne Kochlöffel und Schürze, dafür mit breitem Lächeln. Ende der Siebziger musste das gewesen sein. Sie sah gut aus, schlank, aber noch nicht hager. Sie trug eine Schlaghose, eine enge Bluse, dazu die zweifarbige Kette. Sie sah glücklich aus, stolz und zufrieden.

Aber etwas stimmte nicht.

»Natürlich gehörst du zur Familie«, drang Johannas Stimme an ihr Ohr. »Er hat dich so sehr geliebt, unser Phil, er hat dich vergöttert. Du warst sein Leben, seine Welt, sein Glück …«

»Ich nehme an, dass wir es am Samstag offiziell verkünden«, unterbrach Ann-Sophie und strich sich eine goldene Strähne aus der Stirn. »So war es ja geplant. Und dann ist die Presse da, das ist vermutlich gut so. Klarheit ist jetzt wichtig.«

Brittas Blick wanderte zurück zu dem Bild. Ihre Augen suchten. Fanden aber nichts. Sie brauchte wirklich dringend ein bisschen Schlaf.

»Entschuldige, Liebes …« Johanna klang unsicher. »Ich weiß, du bist durcheinander, das ist ja kein Wunder, aber ich kann dir nicht ganz folgen.«

Ann-Sophie seufzte. »Vielleicht solltest du das mit Albert besprechen. Die Einzelheiten, meine ich. Wir müssen ja sicher zum Notar, zu Anwälten, was weiß ich. Und wie gesagt – mir wäre es sehr lieb, wenn das schnell über die Bühne ginge.«

»Kannst du mir bitte sagen, wovon zum Teufel du da eigentlich sprichst?« Johannas Stimme klang auf einmal so schrill, dass Britta sich von der kontemplativen Betrachtung des Fotos losriss und sie besorgt ansah.

Ann-Sophie runzelte die Stirn, dann riss sie entsetzt die Augen auf. »Großer Gott! Du weißt es noch gar nicht? Oh, Johanna, das tut mir leid.« Es klang nicht sonderlich überzeugend. »Ich bin natürlich davon ausgegangen, dass sie es euch allen gesagt hat.«

»Wer? Wer soll wem was gesagt haben?«

»Albertine. Ich dachte natürlich, dass sie dir und Albert gesagt hat, dass sie ihre Entscheidung getroffen hat.«

Die Stille, die auf diese Bemerkung folgte, war ohrenbetäubend. Wurde dann von Johannas schrillem Lachen durchbrochen. »Was für ein Unsinn! Was redest du denn da, Liebes?«

»Sie hat ihr Testament gemacht. Phil hat mich natürlich gleich angerufen. Bevor er … vor seinem Aufbruch. Es ist entschieden, hat er gesagt, er ist der neue Chef von *Bernardy*. Darum wollte er ja kommen. Er wollte mit mir feiern …« Sie schien zu schlucken. »Alles ist in trockenen Tüchern, hat er gesagt. Gott, das ist jetzt blöd, ich meine – ich weiß ja, wie viel es euch bedeutet hätte, dir und Albert. Aber es war klar, dass nur einer gewinnen kann. Und Phil war halt schon immer ihr Liebling.«

Britta war schwindelig. Das lag, wie sie glücklicherweise rechtzeitig bemerkte, daran, dass sie unwillkürlich den Atem angehalten hatte. Sie wagte kaum, sich zu bewegen. Sie schielte hinüber zu Johanna, deren Gesichtszüge nun völlig entgleisten.

»Vielleicht hat sie es gespürt«, murmelte Ann-Sophie nachdenklich. »Albertine, meine ich, ich habe das mal gelesen, dass manche das irgendwie spüren, wenn es zu Ende geht. Sie war ja auch uralt. Es ist jedenfalls ein Glück, dass sie dieses Testament noch gemacht hat. Phil war so glücklich. Das ist mir ein Trost, dass er glücklich gestorben ist.«

Britta dachte an Albertines letzten Abend. Das war unmöglich. Nie und nimmer hatte sie an diesem Abend noch ein Testament aufgesetzt, in dem sie Phil zum Alleinerben bestimmte. Das konnte nicht sein.

»Das kann nicht sein«, sagte Johanna in diesem Moment.

Ann-Sophie lächelte. »Nun, darüber müssen wir ja jetzt gar nicht reden. Es wird ja irgendwo sein, das Testament. Ich bleibe auf jeden Fall, bis alle Formalitäten geklärt sind. Mir wäre es nur lieb, den Laden noch in diesem Jahr zu verkaufen, bevor da eine Wertminderung …«

Verkaufen? Britta starrte die Barbie an. Eine böse Barbie, dachte sie, und der Gedanke fühlte sich kein bisschen überreizt und müde an.

»Ich glaube, jetzt könnte ich doch eine Tasse Kaffee vertragen.« Ann-Sophie lächelte zufrieden. Sie blickte zu Britta hinüber. »Und wenn das Angebot mit der Massage noch gilt …« Ihr Kopf neigte sich kokett nach rechts.

Es dauerte einen Moment, bis Britta begriff, was sie meinte. Kapierte, dass das ihr Ernst war. Diese Frau bildete sich tatsächlich ein, dass sie, Britta Brandner, einer Person den Nacken massieren würde, die soeben angekündigt hatte, alles zu zerstören, was Tante Tine heilig und teuer gewesen war.

»Das wird warten müssen, Liebes«, zischte zu ihrer Erleichterung Johanna. »Britta hat noch eine Menge zu tun.

Wenn du uns kurz entschuldigst?« Sie erhob sich, hakte sich bei Britta ein und zerrte sie hinaus auf den Flur.

»Was hat das zu bedeuten?«, flüsterte sie, als sie die Tür geschlossen hatte. »Das kann doch nicht sein!« Man hörte, dass sie den Tränen nahe war.

»Es gibt kein Testament«, wisperte Britta zurück. »Das hätte sie mir gesagt.«

»Sind Sie sicher?«

Das war Britta. Natürlich war sie das. Obwohl das, was undenkbar schien, trotzdem nicht zwangsläufig unmöglich war.

»Es müsste in ihrem Zimmer sein. Wenn es ein Testament gibt, dann hätte sie es in ihrem Schlafzimmer …« Johanna klang konfus. »Gott, ich muss … ich werde … ich sollte nachsehen, aber ich kann sie jetzt nicht allein lassen, da drin, die Schlange, ich … kann mir diese Blöße nicht geben …«

»Es gibt kein Testament«, wiederholte Britta. Sie legte eine Hand auf Johannas Schulter und merkte, dass sie zitterte. Sie verabschiedete sich von der Möglichkeit, in absehbarer Zeit Schlaf zu finden. »Aber wenn es Sie beruhigt, dann schaue ich einfach mal nach.«

Kurz darauf stand sie in Albertines Zimmer. Sie betrachtete das wuchtige Himmelbett, in dem Albertines toter Körper bis zum Morgen gelegen hatte. Fast meinte sie, ihren Körperumriss als Eindruck in der Matratze zu sehen. Sie schob den unbehaglichen Gedanken schnell weg, drehte sich um die eigene Achse. Sie versuchte sich vorzustellen, wo in diesem Raum man ein Testament verstecken würde. Ein Testament, das natürlich nicht existierte. Der Gedanke, nach etwas zu suchen, das gar nicht da war, fühlte sich gleichzeitig absurd und tröstlich an. Allerdings behagte Britta die Gesamtsituation nicht. Albertines Sachen zu durchwühlen, war übergriffig, unverschämt irgendwie.

Sie ging zum Schrank, öffnete ihn zögerlich. Eine Reihe Blusen hing ordentlich auf Bügeln, daneben die Hosen. In den Fächern links Pullover, Unterwäsche … Britta zuckte zurück und schlug die Schranktür zu. Das war nun wirklich nicht nötig. Kein Mensch würde ein Testament bei seiner Unterwäsche verstecken.

Jeder Mensch würde das tun, wisperte eine kleine Stimme in ihrem Kopf, aber Britta hieß sie schweigen. Es war ja ohnehin egal.

Sie ging zur Frisierkommode mit dem dreiteiligen Klappspiegel. Öffnete die obere Schublade. Leer, bis auf eine Packung Papiertaschentücher. Genau wie die nächste und die übernächste Lade. In der untersten Schublade war mehr los. Eine Flasche Echt Kölnisch Wasser mit verblichenem Etikett. Postkarten. Gerlinde grüßte aus dem sonnigen Radekow. Ernst und Hilde hatten es schön im Schwarzwald und sich zudem die Mühe gemacht, das Fenster ihres Hotelzimmers mit einem Kreuz auf der Vorderseite zu markieren. Ganz unten lagen Umschläge, alte Briefe, die meisten adressiert an die Villa, manche auch an Albertines Adresse in Köln. Britta nahm einen Umschlag in die Hand. Das Papier, das sie herauszog, war schon ein bisschen vergilbt und wirkte brüchig.

Na, da schau her, wisperte das dumme Stimmchen in ihrem Kopf wieder. Bei Unterwäsche tun wir empört, aber fremde Briefe lesen ist in Ordnung?

In diesem Fall hatte das Stimmchen recht. Aber leider war es zu spät. Denn Britta hatte schon angefangen zu lesen.

Mein liebstes Tinchen,

nun ist es schon eine Weile her, dass ich dich mit Neuigkeiten versorgt habe.

Hier ist bald schon wieder Kirschenzeit, die Bäume hängen so voll, dass ich fast fürchte, in diesem Jahr werden die Einmachgläser nicht reichen. Die kleine Claire kann es kaum erwarten, sie liebt Kirschen sehr und spuckt so gern die Kerne ganz weit. Ich kann kaum glauben, dass sie nun bald schon vier Jahre alt ist, wo bleibt nur die Zeit?

Sie ist unser ganzes Glück. Proper und kerngesund, manchmal ist sie ein ziemlicher Wildfang. Leider ist Jean so vernarrt in sie, dass er ihr alles durchgehen lässt. Darum muss ich sie zurechtweisen und maßregeln, fürchte aber, dass ich es oft auch an der nötigen Strenge mangeln lasse. Sie ist halt unser Sonnenschein.

Ich denke so oft an dich, mein Tinchen, an all die schönen und die schweren Zeiten, die wir zusammen durchgemacht haben. Es ist gut zu sehen, dass sich alles so richtig gefügt hat am Ende. So haben wir beide unser Glück gefunden, wissen, dass etwas von uns bleibt in dieser Welt.

Ich weiß, du hast schrecklich viel Arbeit, aber ich hoffe trotzdem, dass du bald einmal wieder die Zeit findest, nach Düsterscheid zu kommen. Ich denke jeden Tag an dich. Und bete, dass es dir gut ergeht.

Immer deine
Bäbbi.

Britta betrachtet die gestochene Handschrift. Sauber, ordentlich, die Buchstaben gleichmäßig ein wenig nach rechts geneigt. Eine mädchenhafte Schrift, verspielt, mit einem kunstvollen Schlenker in den unteren Bögen des G. Ein schöner Brief, der Britta seufzen ließ.

»Was machen Sie da?« Sie zuckte zusammen, ließ den Brief zurück in die Schublade fallen und kam auf die Beine. »Nichts, ich … ich habe nur …«

Sie warf Albert, der in der Tür stand und sie wütend anfunkelte, einen unsicheren Blick zu, während sie versuchte, die offene Schublade unauffällig mit dem Fuß zu schließen. Er hatte einen Verband um den Kopf, war bleich und wirkte so übernächtigt, wie sie sich fühlte. Und er war wütend. Furchtbar wütend, kein Zweifel. Er hob einen Arm, und für eine winzige Sekunde dachte Britta, er wolle sie schlagen.

Aber er deutete nur in Richtung Bett. »Wo ist sie?«, brüllte er. »Wo zum Teufel ist Albertine?«

21. Wencke bewegt sich im Kreis

Eine der häufigsten Fragen, die Wencke als Kripofrau zu hören bekam, war: »Sind Sie schon mal bei einer Obduktion umgekippt?« Nein, war sie nicht. Natürlich gab es Ausnahmen: schwere Unfälle, fortgeschrittene Verwesung oder Kinder zum Beispiel. Auch auf die Anwesenheit bei Phillipp Klotz' Obduktion in Hannover verzichtete Wencke liebend gern.

Aber das hier war nun wirklich nicht besonders schlimm. Albertine Bernardy schien mit einer gewissen Eleganz gestorben zu sein. Es gab keine erschreckenden Verletzungen am Leib dieser für ihr Alter auffällig drahtigen, gepflegten Frau zu beklagen. Und wenn man erst dazukam, nachdem die lautstarken Arbeiten zur Öffnung des Brustkorbes und des Schädels vorüber waren, und so wie Wencke jetzt am Fußende stand, dann überwog die Faszination für den menschlichen Körper, nicht der Ekel.

»Sie haben uns die Leiche beschafft?«, fragte die Rechtsmedizinerin ohne aufzuschauen. »Warum genau, wenn ich fragen darf?«

»Ich weiß, der Hausarzt hat eine natürliche Ursache bescheinigt. Herzprobleme und Nikotin. Doch kurz darauf gab es einen zweiten Todesfall im unmittelbaren

Umfeld der Verstorbenen. Und da die Dame viel zu vererben hat, wollte ich auf Nummer sicher gehen.«

»Verstehe.« Die Medizinerin verrichtete ihre Handgriffe mit einer Gelassenheit, die sie als wahre Expertin auswiesen. Organ entnehmen, von allen Seiten betrachten, wiegen, das Gewicht in Gramm notieren, in einen Metallbehälter legen, der dann für die mikroskopische Untersuchung ins Labor geschickt wurde. »Auffindesituation?«

»Im Bett. Die Blutungen rund ums Auge sind Ihnen ja sicher nicht entgangen.«

Ein Lächeln wurde unter dem Mundschutz sichtbar. »Seit es im Fernsehen so viele Krimis gibt, rennen uns die Leute die Bude ein, sobald sie bei ihren verstorbenen Angehörigen Petechien feststellen. Weil die Einblutungen da immer als ein sicheres Indiz für Mord präsentiert werden.«

»Ist doch auch so.«

»Jein. Die Punkte können auch Anzeichen für Herzerkrankungen sein. Endokarditis zum Beispiel.« Sie hob ein faustgroßes, rotes Etwas aus dem Brustkorb. »Man müsste das natürlich noch mal gründlich pathologisch untersuchen, aber bei diesem Exemplar sieht es wirklich so aus, als sei die Mitralklappe durch eine entzündliche Vorerkrankung stark geschädigt. Ungefähr ein Drittel der Betroffenen weist Petechien auf, obwohl sie nicht erstickt, erdrosselt oder gewürgt wurden, sondern ganz friedlich im Schlaf gestorben sind.«

»Dann hatte der Hausarzt also doch recht? Ein Herzleiden?«

Die Medizinerin zuckte mit den Schultern. »Das Herz ist nur ein Organ von sehr, sehr vielen. Bis wir wissen, was dahintersteckt, brauchen wir also noch ein bisschen Geduld.«

Geduld war leider nicht gerade eine von Wenckes hervorstechenden Tugenden. Insbesondere heute. Ihr Kopf dröhnte nach der sehr langen, sehr redseligen und vor allem sehr schnapslastigen Nacht im Schankraum des Gasthauses in Düsterscheid. Denn sie war nicht die Einzige, die – wenn auch nur aufgrund einer diffusen Ahnung – an Mord glaubte. Drei gestandene, trinkfeste Männer mit kriminalistischem Know-how sahen es genauso.

Nein, Wencke bereute es nicht, in die Eifel gekommen zu sein. Und auch wenn sie vielleicht Gefahr lief, ihre Kompetenzen zu überschreiten – was ihr im Übrigen nicht zum ersten Mal passieren würde –, sie war sich doch sicher, auf der richtigen Spur zu sein. Inzwischen wollte sie nicht nur herausfinden, warum in der Nähe von Hannover ein Playboy vom Himmel gefallen war, nein, sie wollte auch hinter den Tod dieser Millionärin kommen und den Überfall auf dem Dorffriedhof aufklären. Wencke machte keine halben Sachen, nie. Wenn sie schon dabei war, sich eine Menge Ärger einzuhandeln, dann auch richtig.

»Sie dürfen sich auf die Schulter klopfen«, fuhr die Rechtsmedizinerin endlich fort. Es war immer wieder erstaunlich, was so alles aus einem Menschen herausgeholt werden konnte. »Man kann es zwar kaum erkennen wegen dem vielen Teer in den Bronchien, doch wir haben hier ein akutes Lungenemphysem. Darüber hinaus weist die Milz eine deutliche Blutarmut auf.«

»Das bedeutet was?«

»Die Frau wurde erstickt. Vermutlich mit einem Kissen, da es keine Würgemale und dergleichen gibt.«

Es gab traurige Nachrichten, über die man sich als Ermittlerin dann doch wieder irgendwie freute, auch wenn es unangemessen war.

Die Schiebetür zum Vorraum öffnete sich, und eine sichtlich genervte Mitarbeiterin trat ein. »Frau Doktor? Wir haben hier einen Angehörigen, der ziemlich Stress macht.«

»Ich habe keine Zeit«, sagte die Medizinerin. »Bin beim Darm, das kann lange dauern.«

»Wer ist es denn?«, fragte Wencke.

»Albert Bernardy. Der Neffe.«

»Hab' ich mir fast gedacht. Wenn Sie einverstanden sind, kümmere ich mich drum.« Natürlich hatte die Rechtsmedizinerin überhaupt gar nichts dagegen. Wahrscheinlich bevorzugte sie wie die meisten ihrer beruflichen Spezies den Umgang mit toten Menschen. Die machten deutlich weniger Ärger.

Wencke folgte der Mitarbeiterin durch einen langen Flur, an dessen Ende ein offensichtlich ungeduldiger Mann wartete, dessen Stirn von einem dicken Verband verhüllt war. Das musste das Beinahe-Opfer vom Düsterscheider Friedhof sein. »Wencke Tydmers.« Sie ging geradewegs auf ihn zu und streckte ihm die Hand entgegen. »Ich hoffe, es geht Ihrer Platzwunde wieder etwas besser.«

Der scharfe Blick, mit dem er auf Wencke herabschaute, war mit Sicherheit schon an etlichen Angestellten des Pudding-Konzerns geprobt worden. »Sie sind also diese Kommissarin aus Sonstwo, die den ganzen Unfug mit der Obduktion angeordnet hat.«

»Eigentlich untersuche ich den Flugzeugabsturz Ihres Cousins. Herzliches Beileid, Sie und Ihre Familie mussten in den letzten Tagen eine Menge ertragen.«

»Und Sie setzen noch eins obendrauf mit dieser Leichenfledderei. Meine Tante war herzkrank, es war klar, dass sie keine hundert wird.«

Manche Menschen dachten, als Kriminalpsychologin wäre man so eine Art Wahrsagerin, die statt in einer Glaskugel in den Gesichtern der Verdächtigen liest und sofort sagen kann, was sich dahinter verbirgt. Womöglich unterschied sich Wenckes Job jedoch nicht sonderlich von dem einer Rechtsmedizinerin: Wut war nur eine Emotion von sehr, sehr vielen. Wer dahinterkommen wollte, was es wirklich damit auf sich hatte, der brauchte Geduld.

»Ihrem Hausarzt ist tatsächlich kein Vorwurf zu machen.«

»Na also.« Er wirkte erleichtert. »Dann können wir die Verstorbene ja wieder mit nach Düsterscheid nehmen.«

»Leider nein. Denn mein Verdacht hat sich bestätigt.«

Er machte große Augen. »Sie wurde ermordet?« Tatsächlich zerfiel der anfängliche Groll, mit dem Bernardy ihr begegnet war, in Fassungslosigkeit. »Aber wer tut so etwas?«

Dachte er jetzt an dieses Firmenfest am Samstag, an die Presse und den Ruf des Familienkonzerns? Oder verschwendete er sogar einen kurzen Gedanken an die letzten Minuten seiner Tante? Ersticken war ein langsamer, ein grausamer Tod. Begann mit dem Hunger nach Luft, mit dem verzweifelten Ringen nach Sauerstoff, bis dann die Krämpfe kamen, die bis zur Bewusstlosigkeit führten. Man starb leider nicht so schnell wie in den von der Medizinerin zitierten Fernsehkrimis. Der echte Todeskampf würde zu viele teure Sendeminuten kosten.

»Wollen wir draußen ein paar Schritte gehen?«, schlug Wencke vor, denn Bernardy war ungesund bleich geworden. »Ich könnte ein bisschen Sonne gebrauchen.«

Er nickte, und sie verließen das Institut durch eine gläserne Doppeltür. Die Straße war weder leise noch besonders schattig, nicht die ideale Umgebung für ein Gespräch dieser Art, doch manchmal war es besser, sich auch physisch in Bewegung zu setzen, wenn man psychologisch vorankommen wollte.

»Herr Bernardy, um es gleich vorwegzunehmen: Das geht hier nun seinen juristischen Gang. Das Obduktionsergebnis wird zur Staatsanwaltschaft geschickt, die werden einen Ermittlungsbeschluss erlassen, und dann bekommen Sie schon bald Besuch von meinen Kollegen aus Trier. Es wäre besser, Sie zeigen sich kooperativ, das macht es für alle Beteiligten leichter.«

»Aber natürlich werden wir das.« Er schaute sie von der Seite her an, sein Blick war deutlich freundlicher geworden. Na also. »Entschuldigen Sie, wenn ich eben so herumgepoltert habe. Das ist den Geschehnissen der vergangenen Tage geschuldet. Meine Tante, mein Cousin …«

»Auch auf Sie ist ein Anschlag verübt worden, habe ich gehört.«

Er seufzte. »Das ist nicht der Rede wert. Ich hatte Glück, dass diese Schulklasse vorbeikam.«

»Dennoch werden Sie bestimmt schon darüber nachgedacht haben, dass es derselbe Täter oder dieselbe Täterin gewesen ist.«

»Natürlich habe ich das. Die Kopfschmerzen, die mich heute quälen, sind nicht nur auf meine Verletzung zurückzuführen.« Ein Lastwagen rollte vorbei. Bernardy wartete ab, bis eine Unterhaltung wieder möglich war. »Aber ich kann es drehen und wenden, ich komme nicht darauf, wer uns etwas so Furchtbares antun würde.«

Sie bogen rechts in eine etwas kleinere Seitenstraße ein. Hier war es deutlich ruhiger, zum Glück. Außerdem sorgten ein paar Bäume links und rechts für kühlen Schatten.

»Irgendwas mit der Firma?«, schlug Wencke das Naheliegendste vor.

Er überlegte eine Weile, wahrscheinlich ließ er gerade fünfzig Jahre Puddingproduktion vor dem inneren Auge ablaufen, dann nickte er. »Benno Stitzmann. Aber nur ganz vielleicht.«

»Wer ist das?«

»Ein langjähriger Mitarbeiter in unserem Werk in Düsterscheid. Und ein schrecklicher Aufwiegler. Wir würden zu wenig zahlen. Wir würden die Angestellten zu Überstunden zwingen. Und so weiter und so fort. Als es mir zu viel wurde mit seinen ganzen Protestaktionen, habe ich ihm nahegelegt, in den vorzeitigen Ruhestand zu gehen. Das hat ihm bestimmt nicht gefallen.«

»Aber würde er deswegen mehrere Morde verüben?«

Da hegte Bernardy offensichtlich auch seine Zweifel. »Und er ist einer von tausend. Ich leite ja nur das Werk in der Eifel, in den Fabriken in Köln und im Ausland gibt es mit Sicherheit noch jede Menge Benno Stitzmanns. Da hätten Sie viel zu tun, wenn Sie die alle in den Kreis der Verdächtigen aufnehmen wollen.«

»Dann schränken wir uns weiter ein und nehmen nur das private Umfeld.«

Er lächelte schmallippig. Natürlich, niemand wollte darüber nachdenken, wer aus der Familie als Mörder infrage kam. Doch er wich der Frage immerhin nicht aus. »Wir sind alle sehr unterschiedlich. Jeder hat seine Stärken und Schwächen.«

»Ihr Cousin Phillipp zum Beispiel?«

»Sie kommen doch aus Hannover. Sie kennen seinen Ruf.«

»Er hat viel Geld verschwendet.«

Bernardy nickte. »Genau deshalb käme er auch als Mörder meiner Tante nicht infrage. Er konnte sie um den kleinen Finger wickeln, wenn er mal wieder pleite war.«

»Und nun ist er ebenfalls tot.«

»Abgestürzt. Ich will nicht pietätlos sein, Frau Tydmers, aber es passt zu Phil. Er war der Ikarus in unserer Familie.«

Die kleine Straße machte einen weiten Bogen; wenn sie einfach weitergingen, kämen sie wieder auf der Hauptstraße und vor dem Institut an. Hoffentlich nahm ihr Gespräch nicht denselben Verlauf. »Und Ihre Schwester?«

»Ich bitte Sie, Johanna und Mord? Sie ist so friedliebend, dass sie schon mit dem Frühstücksei Mitleid empfindet. Außerdem hat sie unsere Tante verehrt. Die beiden wohnten in Köln nicht weit auseinander, haben viel zusammen unternommen, so eine Frauenkiste eben.«

»Dann bleiben nur noch Sie.«

Er blieb kurz stehen, schaute sie an, unterdrückte jedoch jegliche Empörung, wahrscheinlich weil er sich natürlich bewusst war, dass man ihn bei diesen Überlegungen nicht aussparen durfte, Platzwunde hin oder her.

»Mein Verhältnis zu Albertine war ambivalent.«

»Inwiefern?«

»Ich bin der Einzige von uns dreien, der auch auf geschäftlicher Ebene mit ihr zu tun hatte. Und auf diesem Gebiet war es nicht einfach mit meiner Tante. Ich gebe zu, ich hätte gern ein wenig mehr Verantwortung übernommen. Und auch ein bisschen mehr verdient. Verstehen Sie mich nicht falsch, es geht dabei nicht um mich, meine Frau und ich sind bescheiden. Doch wir haben zwei Söhne, die beide BWL studieren, weil sie später die Firma leiten und den Namen Bernardy ehrenhaft weiterführen sollen. Das ist es doch, was zählt im Leben, oder?«

Wencke nickte. Nicht, weil sie ihm zustimmte, sondern weil sie ihn zum Weiterreden animieren wollte. »Und privat?«

»Meine Tante und ich sind uns da wohl zu ähnlich gewesen. Beide sind wir nicht so charmant wie Phil und nicht so emotional wie Johanna, sondern gehen lieber auf Distanz. Nicht, dass ich Tante Albertine nicht gemocht hätte. Und vielleicht hab' ich ihr auch ein wenig am Herzen gelegen, wer weiß. Wir werden es nie erfahren.«

Und plötzlich standen sie wieder vor dem Eingang. Waren einmal im Kreis spaziert und doch ein Stückchen vorangekommen. »Ich danke Ihnen für die Offenheit, Herr Bernardy.«

Er schien tatsächlich ein bisschen verlegen zu sein. »Wenn ich noch etwas für Sie tun kann? Glauben Sie, mir ist sehr daran gelegen, diesen Fall aufzuklären.«

»Ich würde mir später gern einmal die Villa Ihrer Tante anschauen. Und mit Johanna sprechen.«

»Leider werde ich wahrscheinlich nicht da sein, da ich am Nachmittag beruflich nach Luxemburg muss und erst morgen zum Jubiläumsfest zurück bin. Doch ich werde Sie schon mal ankündigen.«

Sie gaben sich die Hand, und Wencke betrat wieder das Institut. Im Vergleich zu draußen war es hier angenehm kühl. Die Mitarbeiterin am Eingangsschalter schaute kaum von ihrer Arbeit auf. »Frau Doktor ist so weit durch und wartet im Büro. Dritte Tür rechts.«

Das klappte ja prima, fand Wencke. Dann würde sie gleich mit dem vorläufigen Obduktionsbericht in der Tasche zurück nach Düsterscheid fahren. Sie klopfte an.

»Herein.« Die Rechtsmedizinerin saß am Schreibtisch und hatte ein kleines Mikrofon vor sich stehen. »Nehmen Sie kurz Platz, Frau Tydmers. Ich diktiere noch eben die letzten Ergebnisse, dann können wir das Ganze ausdrucken.«

Wencke setzte sich auf einen Stuhl gegenüber.

Die Medizinerin rückte näher an das Mikro. »Ovar und Uterus dem Alter entsprechend unauffällig.« Von diesem Fachchinesisch verstand Wencke immer nur die Hälfte, zum Glück lag in ihrem Büro in Hannover meistens ein Lexikon in greifbarer Nähe, das ihr im Bedarfsfall die Details erklärte. »Cervix uteri quergespalten, spricht für mindestens eine Partus vaginalis.«

Wencke horchte auf. Diese Vokabeln waren ihr schon irgendwie geläufig.

»Das war doch jetzt irgendwas Gynäkologisches.«

Die Medizinerin unterbrach leicht genervt ihre Aufnahme. »Das ist nichts Besonderes. Die Frau auf meinem Tisch hat offensichtlich schon mal irgendwann ein Kind zur Welt gebracht.«

22. Julius ist unterkatzt

Sie hatte seine Küche in Beschlag genommen! Überall Tütchen mit Kräutern und anderen Ingredienzen ausgebreitet!

Und benutzte seine teuren, stets penibel gepflegten Messer!

Julius stand in der Tür und riss sich mit aller Kraft zusammen, während Johanna Bernardy-Ngongo sich lautstark hantierend einen Ayurveda-Tee zubereitete.

Es war so, als würde jemand auf dem Flügel eines Konzertpianisten Flohwalzer spielen und ihn dadurch verstimmen. Er würde nichts mehr wiederfinden!

»Kann ich helfen?«, fragte Julius, so freundlich es mit zusammengekniffenen Zähnen möglich war.

»Och, das ist aber lieb. Aber jetzt ist zu spät. Jetzt habe ich Ihre Arbeit schon getan!« Johanna wirkte fahrig, ihre Wangen waren leicht gerötet. »Ich muss nur noch den Ingwer klein hacken und die Nelken zerstoßen.«

»Aber das kann ich doch …«

Sie hob die Hand. »Ich habe in Köln eine Ayurveda-Praxis und weiß sehr gut, wie das geht.« Johanna presste die Nelken mit der Seitenfläche des großen Fleischmessers aus zehnfach gehärtetem Stahl. Es bog sich brutal durch. Der Anblick bereitete Julius körperliche Schmerzen.

Das war zu viel!

Er nahm ihr das Messer aus der Hand und packte auch seine anderen geliebten Klingen zusammen. »Ich habe eine Koch-Praxis, und ich weiß sehr gut, wie es bestimmt nicht geht!«

Johanna Bernardy-Ngongo winkte nur ab und schaltete mit lautem Klack den Wasserkocher ein.

Eigentlich sollte er jetzt das Essen für das Jubiläum konzipieren, was am besten in der Küche ging, mit den köstlichen Zutaten vor Augen. Aber so lange Johanna die von ihm in den letzten Tagen streng methodisch aufgeräumte Küche malträtierte, wollte er nicht hier sein. Julius merkte, dass ihm diese Familie so langsam aber sicher auf den Nerv ging. Und dass er unterkatzt war. Schwer. Weder Herr Bimmel noch Felix legten sich auf seinen Schoß, drückten versonnen Milchtritte in seinen Bauch und schnurrten dabei, dass es einem wohlig durch Mark und Bein ging. Julius versank in dem Gedanken an seine Kater wie in einem weichen Daunenbett. Felix liebte Hummer so sehr, irgendwann würde er dem kleinen Racker mal Atlantik-Hummer mit lecker Kölner Blutwurst, Birnenspalten und kandierten Zwiebeln kochen, denn das war einfach eine genial-köstliche Kombination. Herr Bimmel stand eher auf Wild, zum Beispiel Eifeler Rehrücken, und dazu etwas Fruchtiges mit Säure, wie Schattenmorellen. Dann bräuchte er für die Balance noch etwas Erdig-Salziges, am besten knackig noch dazu, zum Beispiel Macadamia-Nüsse.

»Hallo? Herr Eichendorff? Geht's Ihnen gut? Soll ich Ihnen gleich etwas von meinem Tee abgeben?«

Julius öffnete die Augen. »Nein danke, so schlecht geht's mir noch nicht.« Eigentlich ging es ihm sogar besser, denn er hatte jetzt ja das Menü für Samstag! Als Nachtisch würde es … nun ja, … da wollte er nicht drüber nachdenken.

Vielleicht ging ja auch eine Käseplatte.

Bevor diese Johanna ihm doch noch einen Tee aufzwängte, verabschiedete er sich schnell in Richtung Bibliothek, einem kleinen Raum mit deckenhohen, dunklen Holzkabinetten, wo Hunderte ledergebundene Schätze hinter Glas darauf warteten, dass sich endlich mal wieder jemand an sie erinnerte und sich ihnen widmete. Das mochten Bücher nämlich gern. Da waren sie genau wie Katzen. Allerdings schleppten sie nicht ständig tote Mäuse an.

In der Bibliothek war nie jemand, und so war sie für Julius zu einem Rückzugsort in diesem Affentheater geworden. Dort würde er sich jetzt in den riesengroßen englischen Ohrensessel fallen lassen!

Als er um die Ecke bog, musste er jedoch feststellen, dass dieser besetzt war. Von einer Frau, deren Beine in hochhackigen roten Schuhen begannen und dann fast bis zu ihren Ohren gingen. Sie hatte sich so keck hingesetzt, dass dies auch bestens zu sehen war.

Julius hätte auf der Stelle kehrtgemacht, doch dann hörte er das Wort ›Champagner‹.

Er trat vorsichtig näher, stellte sich neben die Tür und achtete darauf, dass sein hervorstechendstes Körpermerkmal, der perfekt definierte Bauch, also für einen Koch perfekt definiert, nicht überstand. Hoffentlich knurrte er nicht hungrig. Das machte er manchmal lautstark. Julius hatte dann immer den Eindruck, dass er irgendwann mal einen kleinen Wolf gegessen haben musste. Doch er blieb still, und das ganze Gespräch kam nun bei Julius an.

Die Stimme der Frau war erregt und schrill. »Herr Wilsberg, zeigen Sie mir sofort das Foto, ich habe schließlich dafür bezahlt.«

Jetzt erklang eine Männerstimme. »Das müssen Sie noch. Aber hier, bitte.«

Einen Moment trat Stille ein, dann war wieder die Frau zu hören. »Trifft sich mit dieser Nagel-Schlampe und trinkt auch noch einen teuren Champagner! Für so ein billiges Flittchen reicht doch schales Bier!«

»Ihr Phillipp machte anscheinend keine Klassenunterschiede.«

Julius klingelten die Ohren. Dies war also Ann-Sophie Klotz, von der hatte er schon gehört. Da lohnte es zuzuhören.

Julius' Bauch knurrte laut.

Danke Bauch.

Er trat vor und klopfte gegen den Türrahmen. »Tach zusammen.«

Die beiden erwiderten den Gruß.

»Eine Frage: War die Champagner-Flasche zufällig durchsichtig?«

Die Langbeinige sah ihn entrüstet an. »Was fällt Ihnen ein zu lauschen?« Sie warf ihm einen Blick voller Verachtung zu. Den beherrschte sie hervorragend.

Der ihr gegenüber auf dem Chesterfield Sofa sitzende Mann, dieser Wilsberg, war für ein kompromittierendes Foto von Phillipp Klotz bezahlt worden, also Privatschnüffler. Er mochte um die sechzig sein, jedoch noch gut im Saft stehend, und lässig mit Blue Jeans und einem Fargo-T-Shirt gekleidet. Im Gegensatz zu Ann-Sophie Klotz blickte er ihn interessiert an. »Ja, die Flasche war durchsichtig. Wieso?«

Phillipp war also tatsächlich in der Mordnacht unterwegs gewesen. Konnte er so eiskalt sein, zuerst seine Tante umzubringen und danach eine teure Flasche Champagner zu stehlen, um am nächsten Tag mit seiner Geliebten feuchtfröhlich zu feiern? Und falls er tatsächlich der Mörder war, was sagte das über seinen eigenen Tod aus? War es vielleicht Selbstmord, weil er seine Tat bereute? Nein, Phillipp Klotz war kein Mann, der etwas bereute. Noch nicht einmal Pudding-Kondome.

Die Femme fatale stand auf, ihre vollen, blonden Haare dabei energisch nach hinten schwingend. Julius war sich sicher, dass er die aus der Werbung für 3-Wetter-Taft kannte. Ann-Sophie Klotz zeigte mit einem perfekt manikürten Finger einer perfekt gepflegten Hand zur Tür. »Das alles hier geht Sie überhaupt nichts an. Raus mit Ihnen!«

»Moment«, sagte Wilsberg nun. »Das könnte wichtig sein. Woher wissen Sie von der Flasche?«

»War sie größer als eine normale?«, fragte Julius.

»Auch das«, antwortete Wilsberg. »Bekomme ich jetzt ebenfalls eine Antwort?«

Julius setzte sich neben ihn aufs Sofa. Er hätte auch weiter stehen können, doch wusste er, dass dies Ann-Sophie Klotz maßlos ärgern würde. Wunderbar! »Durch die Farbe der Flasche weiß ich, dass Phillipp einen hervorragenden Geschmack hatte. Zumindest bei Champagner.« Julius warf Ann-Sophie Klotz ein Lächeln zu. »Weiterhin weiß ich, dass es sich bei der Flasche aufgrund der Größe um eine Magnum handelt. Damit meine ich weder die Waffe noch das Eis und erst recht nicht Tom Selleck in seiner Paraderolle, sondern eine Flaschengröße von 1,5 Litern. Dadurch, dass es eine Magnum-Flasche *Roederer Cristal* ist, weiß ich schlussendlich, dass Phillipp Klotz diese hier im Weinkeller entwendet hat. Und zwar in der Nacht von Albertine Bernardys Tod.« Julius erzählte vom leeren Fach im Weinkeller und Herbie Feldmanns Folien-Fund draußen im Garten.

Danach musterte Wilsberg ihn lange. »Sie tragen die Kleidung eines Kochs, doch Sie klingen wie ein Ermittler.«

»Ich weiß mit meiner Freizeit einfach nichts Besseres anzufangen.« Julius zwinkerte ihm zu, dann stand er auf. »Muss wieder in meine Küche.« Er sah zu Ann-Sophie Klotz. »Vielleicht ist es ein Trost für Sie, für mich wäre es auf jeden Fall einer: Etwas viel Besseres hätte er vor seinem Tod nicht trinken können. Der *Cristal* war aus einem legendären Jahrgang.«

»Sie sind geschmacklos«, erwiderte die langbeinige Witwe.

»Man kann mir vieles nachsagen«, konterte Julius. »Aber jedes Gramm an mir ist mit ganz viel Geschmack angefuttert.«

Damit ließ er die beiden allein. Und dachte bei sich, wie schade es doch war, dass Gott bei dieser Frau das ganze Augenmerk auf die Beine gelegt hatte und sich kein bisschen um die Manieren gekümmert hatte.

23. Seifferheld rollsplittet

Nicht einmal Frauen können einen so vorwurfsvoll anschauen wie ein Hund.

Fand Seifferheld, der seinem Onis beim späten Frühstück extra den Rücken zukehrte. Aber es nützte ja nichts. Bei jedem Bissen, den Seifferheld von seinem Krautscheider Bauernbrot mit selbst gemachter Kirschmarmelade machte, spürte er einen Dolchstoß in seinem Rücken. Frei nach Cäsar: *Auch du, mein Seifferheld!*

Natürlich hatte er gestern, nach der abenteuerlichen Verfolgungsjagd und Wilsbergs Arzfelder Baumsturz, nicht mehr extra das Lieblings-Hundefutter von Onis besorgt. So gab es also für seinen treuen Gefährten nur das Trockenfutter, das er als Notration für die Reise eingepackt hatte. Ein unerträglicher Zustand für den Hund. Auch die Scheibe Fleischwurst, die Seifferheld ihm ausnahmsweise hinwarf, konnte die Situation nicht entschärfen. Onis blieb ungnädig, und war der Hund unglücklich, war es sein Mensch auch!

Folglich stellte Seifferheld seine Tagesplanung um – es wurde nicht gestickt, es wurde geshoppt.

Als er bei strahlendem Mittagssonnenschein, wenn auch mit leichter Brise, mit Onis aus dem *Düsterschei-*

der Hof trat, sah er Wencke Tydmers. Sie lehnte am anderen Ende des Parkplatzes an ihrem alten Golf und hielt sich das Handy ans Ohr. Ihr Gesichtsausdruck war nachgerade enthusiastisch zu nennen.

Seifferheld lud Onis in den Kombi und wollte gerade selbst einsteigen, als er Wencke sagen hörte: »Danke. Wiederhören.«

»Hallo«, begrüßte Seifferheld sie. »Und? Was ist bei der Obduktion herausgekommen?«

Wencke grinste breit. »Frau Bernardy ist *nicht* an Herzversagen gestorben!«

Tschakka, hätte Seifferheld gern gerufen, aber das gehörte sich natürlich nicht, wenn man gerade erfahren hatte, dass ein Mensch ermordet worden war.

»Sie und Wilsberg hatten es ja sozusagen im Urin.« Wencke lachte. Der Wind hatte ihre roten Haare äußerst ansprechend zerzaust. Eine wirklich enorm hübsche Person, fand Seifferheld, in dessen Herzen zwar kein Platz mehr für eine andere Frau war, aber dessen Augen durchaus weibliche Schönheit zu schätzen wussten.

»Sie wurde mit einem Kissen erstickt!«, eröffnete ihm Wencke nach einer kurzen, dramatischen Pause.

Seifferheld pfiff lautlos.

»Ich bin ehrlich froh, dass Sie sich der Sache angenommen haben.« Er nickte ihr zu. »Danke.«

»Da nich für«, sagte Wencke und wollte gehen, aber da kam ihr noch ein Gedanke. »Ach übrigens, das wird Sie interessieren – ich habe gerade eben einen Anruf bekommen. Der Absturz von Phil Bernardy war kein Unfall. Der Tank des Flugzeuges ist manipuliert worden.«

»Noch ein Mord?« Seifferheld staunte. Zwei Morde auf einen Streich! Es ließ sich nicht leugnen: Er war fasziniert. »Da gibt's jetzt aber einiges zu tun!«

»Immer langsam! Sie machen hier Urlaub, lassen Sie sich nicht mitreißen«, dämpfte Wencke seine Begeisterung. »Aber ja, die Ermittlungen laufen. Erst mal in alle Richtungen, natürlich auch in die zweier vorsätzlicher Tötungsdelikte.«

Onis, der im Kofferraum lag und Hunger schob, machte mit einem Brummen auf sich aufmerksam.

»Wir sehen uns ja sicher noch«, sagte Seifferheld zu Wencke und nickte ihr zum Abschied zu.

Die Strecke zum Supermarkt in Arzfeld zog sich. Sie war ebenso menschen- und ereignislos wie am Vortag. Wenn es einen Unterschied gab, dann nur einen akustischen: Irgendetwas klackte beim Fahren.

Der Audi, mit dem er in die Eifel gefahren war, gehörte nicht ihm, sondern seiner Tochter, die als Managerin für die Bausparkasse Schwäbisch Hall arbeitete. Die Geräuschlage des Autos war ihm also nicht vertraut. Aber auf der Herfahrt meinte er, nur das übliche *flapp-flapp-flapp* der Reifen gehört zu haben. Jetzt klang es wie Hagelkörner oder wie …

… Rollsplitt.

Sie kamen durch Faulenpuhl, und Seifferheld wollte gerade den linken Blinker nach Arzfeld setzen, als sich schlagartig ein Atompilz der Erleuchtung in ihm ausbreitete.

Rollsplitt!

Er wusste noch genau, wo er gestern etwas langsamer gefahren war, weil nach frischer Straßenbelagsausbesserung Rollsplitt ausgelegt worden war und er nicht wollte, dass der Audi hinterher so aussah, als sei er durch ein Panzertestgelände gefahren.

Das war vor dem Flugplatz in Dahlem gewesen!

Bei der Verfolgung von Phillipp Klotz, R.I.P. – er ruhe in Frieden.

Seifferheld setzte – einem inneren Drang folgend – spontan den rechten Blinker. Das konnte er einfach nicht ungeprüft lassen!

Nach einer knappen halben Stunde – von hinten aus dem Kofferraum kam anfangs unzufriedenes Brummen, später schicksalsergebenes Schnaufen – erreichte er die Zufahrtsstrecke zum Flugplatz und den Abschnitt mit dem Rollsplitt. Er hielt am Straßenrand und stieg aus.

Es handelte sich um einen sehr markanten, rötlichen Rollsplitt, der sich ins Profil seiner Reifen gedrückt hatte, sich in die Reifen *aller* Fahrzeuge, die hier seit gestern vorbeigekommen waren, gedrückt haben musste. In die von Phil … und in die Reifen des- beziehungsweise derjenigen, die sich an Phils Flugzeug zu schaffen gemacht hatte.

Seifferheld fuhr weiter zum Flugplatzgelände. Das rote Cabrio stand auf dem Parkplatz für Dauerparker. Zeit für eine Gegenprobe. Wenn er auch an den Reifen des Cabrios Rollsplitt fand, war die Sache klar.

Und er bekam sein Heureka!-Erlebnis.

Seifferheld setzte sich in seinen Wagen und überlegte. Draußen auf dem Rollfeld landete gerade ein Segelflugzeug, hinten in seinem Kofferraum knurrte ein Hundemagen.

Es lag auf der Hand, was nun zu geschehen hatte. Die Fahrzeuge aller potenziell Verdächtigen mussten überprüft werden. Fand man Rollsplitt auf den Reifen, war das zwar noch kein Schuldbeweis, aber auf jeden Fall ein wichtiges Indiz.

Seifferheld stand vor einer Entscheidung. Selbstverständlich musste er die Ermittlungsbehörden – in diesem Fall in Person von Wencke Tydmers – davon in Kenntnis setzen, welche mögliche Spur er gerade entdeckt hatte.

Andererseits wäre es doch … er hüstelte … sehr viel entgegenkommender, wenn er gleich den Wagen des möglichen Täters präsentieren konnte.

Seifferheld musste auch nicht lange nachdenken, wer ganz zwangsweise zum Kreis der Verdächtigen gehörte. Die Angehörigen! Die größte Gefahr für Leib und Leben stellten immer die Menschen dar, die einem am nächsten standen. Und in diesem Fall kam ja noch das *cui bono* dazu, also die Frage, wer vom Tod des Opfers profitierte. Und in einer Pudding-Dynastie gab es ganz sicher einiges zu profitieren.

Es wurde ihm heiß unter der Windjacke. Die Sonne brannte unerbittlich auf das Wagendach. Seifferheld musste sich entscheiden, bevor er und Onis vollends durchgegart waren.

Aber im Grunde hatte er die Entscheidung natürlich schon gefällt, als er den Rollsplitt auf den Reifen des roten Cabrios entdeckte …

Einmal Ermittler, immer Ermittler!

Ein wenig sah sie aus wie gemalt, die gelb gestrichene Pudding-Villa inmitten des exorbitant grünen Rasens. Da schien nicht die Natur den Pinsel in der Hand gehalten zu haben, sondern jemand wie Mondrian oder Roy Lichtenstein.

Auf der zum Haus gehörenden, gepflasterten Stellfläche standen mehrere Fahrzeuge.

Ein grau-weißer VW Käfer, das alte Brezelkäfermodell mit Faltdach, laut Kennzeichen aus AW. Woher kam man gleich noch mal, wenn man aus AW kam?

Ein Lieferwagen älterer Bauart mit Rostflecken und der Aufschrift *Tante Tine – Puddingträume werden wahr.*

Ein blassgrüner Toyota Yaris Hybrid mit dem Schriftzug *www.veganwassonst.de.*

Und ein fetter, schwarzer, auf Hochglanz polierter SUV, auf dessen Fond-Ablage ein Jägerhut mit Gamsbart lag.

Seifferheld stieg aus.

Hinten im Kofferraum erhob sich Onis erwartungsvoll auf seine vier Pfoten. Als sein Herrchen ihn weder herausließ noch Futter hereinreichte, drückte er seine Schnauze an der Scheibe platt. Sein Laserblick, der an Cyclops aus den X-Men-Filmen erinnerte, würde das Autoglas zweifellos binnen weniger Minuten zum Schmelzen bringen. Seifferheld musste sich beeilen.

Er sah sich um.

Die Blumensträuße vor dem schmiedeeisernen Gitter neben dem Eingangstor hatten sich über Nacht noch einmal vermehrt. Natürlich war es kein Meer an Blumen wie damals bei Lady Di, der Königin der Herzen, aber man spürte doch, dass hier jemand gegangen war, den die Menschen liebten, quasi die Königin der Mägen.

Zwei Autos mit Kölner Kennzeichen parkten etwas weiter vorn. Seifferheld sah genauer hin. Vespernde Männer saßen darin. Vermutlich Reporter.

Seifferheld wollte es vermeiden, deren Interesse zu erregen. Er brauchte einen Grund, warum er gleich vor den Autos in die Knie gehen würde.

Der große Moment von Onis war gekommen.

Seifferheld öffnete den Kofferraum, nahm Onis an die Leine und ließ ihn herausspringen. Dann tat er so, als sei er ein nekrophiler Tourist und wolle für sein Album *Hier starben sie* die Pudding-Villa fotografieren. Mit seinem Handy.

Seifferhelds Handy gehörte allerdings zu einer der ersten Produktreihen von Motorola. Die Firma hatte diese Reihe bereits 2006 auslaufen lassen. Man konnte damit gerade einmal telefonieren und Textnachrichten verfassen. Letzteres auf klobigen Tasten, die jeweils mit drei Buchstaben belegt waren. Aber für Seifferheld war das eine Glaubensfrage – und er glaubte nun einmal nicht daran, etwas in den Elektromüll zu entsorgen, was noch eins a funktionierte. Sein Handy war folglich eine echte Antiquität. Aber das sah man ja nur, wenn man nahe genug herankam.

Er baute sich neben dem SUV auf und hielt sein Handy in die Höhe, so als ob er die Villa fotografieren wollte. Aus diesem Winkel hätte er, würde sein Handy tatsächlich eine Kamera besitzen, allenfalls einen Zipfel vom Dach und jede Menge Himmel im Bild festgehalten.

Aber zu seinem Glück sah es für unbeteiligte Dritte so aus, als wolle er prüfen, ob er hier Funkempfang hatte.

Onis markierte mit einem raschen Strahl den Vorderreifen des Wagens. Seifferheld tat so, als habe sein Hund einen Haufen gelegt, und ging in die Knie. Das Profil der Reifen war makellos. Wie neue, noch nicht eingelaufene Schuhe. Keine Spur von Teer oder Splitt.

Seifferheld erhob sich und bewegte sich seitlich, wie ein Krebs, zu den nächsten Fahrzeugen. Onis markierte. Aber weder der Lieferwagen, dessen Reifen ziemlich abgefahren waren, noch der VW Käfer konnten in den letzten vierundzwanzig Stunden in der Nähe der Rollsplittstrecke am Flugplatz gewesen sein.

Blieb der Hybrid.

Aus den Augenwinkeln sah Seifferheld zu den beiden Kölner Autos. Es war keine Bewegung auszumachen.

Er ging, jetzt normal, zu dem zartgrünen Fahrzeug, hob den Arm mit dem Handy in die Höhe, während er in die Knie ging, und …

… Bingo!

Rötlicher Rollsplitt! Wer immer den Hybrid fuhr, war ab sofort hochgradig verdächtig.

Seifferheld humpelte zu seinem Audi, wuchtete Onis in den Kofferraum und setzte sich ans Steuer. Seine Erkenntnis musste er Wilsberg und Wencke Tydmers mitteilen. Sie würden den Halter des Fahrzeugs problemlos feststellen können.

Er ließ den Wagen an, um unverzüglich zum *Düsterscheider Hof* zu fahren.

Onis roch den Braten. Beziehungsweise er roch ihn *nicht*. Prompt stimmte er ein lautes Heulen an. Ein jämmerliches, mitleidheischendes Heulen, das einem durch Mark und Bein ging. Als ob er von ganzen Horden gemeiner Hundehasser langsam zu Tode gequält würde. Einer der Journalisten öffnete die Wagentür, beugte den Oberkörper aus dem Auto heraus und sah zu Seifferhelds Audi. Vermutlich ein Tierschützer.

Seifferheld seufzte. Die Weiterleitung seiner Erkenntnisse würde warten müssen.

Erst musste er Hundefutter für Onis besorgen …

24. Herbie und die heiße Luft

Hallo Jungchen«, sagte Karl jovial. Er zog ein letztes Mal an seiner selbst gedrehten Zigarette und drückte sie zwischen Daumen und Zeigefinger aus, so wie er das immer tat.

»Hallo Karl, da bist du ja wieder.«

Hallo Karl, altes Haus!

Herbie hatte den Nachmittag damit zugebracht, eine Reihe von Sonnenschirmen und Stehtischen, die offenbar jahrelang unbenutzt im hinteren Teil des Schuppens gelagert worden waren, zu säubern und auf notwendige Reparaturen hin zu untersuchen. So hatte Karl es ihm aufgetragen. Sie hatten gemeinsam beschlossen, dass das Einfüllen des frischen Wassers in den Teich ruhig bis nach dem festlichen Ereignis des kommenden Tages warten konnte.

Während er schraubte und schrubbte, hatte Herbie über diesen angeblichen Fluch nachdenken müssen und über das, was der Koch Julius ihm und dem Journalisten aus Halle über die Streitereien in der Familie erzählt hatte. Das Gefühl, dass hier etwas nicht mit rechten Dingen zuging, verstärkte sich mehr und mehr.

»Ich dachte, du hättest schon Feierabend gemacht«, sagte Herbie beiläufig, während er über eine der runden Tischplatten wischte.

»Nee, nee, ich hatte noch ein paar Sachen zu erledigen. Weißt du, ich hab' hier sowieso noch Überstunden abzufeiern bis zur Steinzeit und wieder zurück.« Karl machte sich daran, die Tischkreissäge von allerlei Gerümpel zu befreien, das darauf gestapelt war. »Ich muss dringend noch ein paar Holzkeile sägen, mit denen wir die lange Tafel mit den Schnittchen stabilisieren können, die morgen auf dem Vorplatz aufgestellt wird. Aber vorher ...«

»Eine Pause?«, vermutete Herbie.

Karl lachte schnarrend. »Na, du lernst ja schnell! Nein, keine Pause. Die machen wir danach. Zuerst muss ich dir was zeigen. Da wartet nämlich noch Arbeit auf dich. Komm mal mit.«

Ganz schön vergnügt, der alte Knochen. Im Clan der McPuddings geht es drunter und drüber, es wird gestorben, dass sich die Kochlöffel biegen, aber der olle Karl lässt sich offenbar durch nichts die gute Laune verderben.

Herbie legte den Putzlappen weg und trottete hinter dem Alten her in Richtung Vorplatz. »Schon komisch. Also, dass diese Jubiläumsfeier nicht ausfällt. Der Tod der Tante, der Unfall des Neffen ... Was muss denn da noch passieren?«

»Ja, das ist schon merkwürdig«, sagte Karl und kratzte sich hinterm Ohr. »Aber nicht bei der Familie Bernardy. Die waren immer schon was Besonderes. Als ich so jung war wie du, na, vielleicht sogar noch ein paar Jahre jünger, da habe ich an der Hauswirtschaftsschule in Neuerburg gearbeitet. Auch schon als Hausmeister. Die Albertine, die war da in der Ausbildung. Tolle Frau. Die wusste damals schon ganz genau, was sie wollte. So wie ihre Nichten und Neffen. Und die wollen jetzt offenbar das hier …« Er streckte den Zeigefinger aus.

Am Rande des gepflasterten Platzes parkte ein Lkw mit skandinavisch anmutender Aufschrift. Drei Männer in roten Latzhosen turnten an dessen Seite um einen gewaltigen Berg aus Kunststoff herum, dem ein großes Gebläse nach und nach Leben einhauchte. Die Hüpfburg, die die äußere Form eines riesigen Puddings hatte, entfaltete sich langsam und ließ schon jetzt ihre gigantischen Ausmaße erahnen. Sie wurde gekrönt von einem kecken Sahnehäubchen und einer prall und praller werdenden Cocktailkirsche.

Julius breitete mit dramatischer Geste die Hände aus. *Sehen Sie hier das Tante-Tine-Mausoleum! Die Erfinderin des Puddings ohne Kochen findet ihre letzte Ruhestätte in dieser luftig-leichten Dessertkreation!*

Über dem Loch, durch das die Kinderchen ins Innere des Puddings krabbeln konnten, prangte der knallige Schriftzug »Pokihübu«.

»Das ist der letzte Streich vom toten Phillipp Klotz. Starkes Stück, oder?« Karl stemmte die Hände in die Seiten und schüttelte den Kopf. »Eigentlich hat das Ding hier nix verloren, aber die schwedische Firma hat darauf bestanden, es bei Anlieferung zu testen.«

»Wie bitte? Ich soll es testen?«

Haha! Schuhe aus und rein ins Vergnügen! Und nicht zu viel Limonade trinken, sonst musst du wieder brechen!

Karl lachte laut. »Ach was! Die Schweden pusten das jetzt auf, dann muss einer von der Familie die Abnahme machen, und dann sind die wieder weg. Leider sind sich die Bernardys aber nicht einig, ob der Apparillo morgen wieder verschwunden sein oder für die Kinderchen der Festgäste stehen bleiben soll. Albert Bernardy hat jedenfalls gesagt, ich soll mir was einfallen lassen.«

»Vielleicht knabbert das fiese Kaninchen ja ein Loch rein.«

Karl grunzte vergnügt. »Darauf können wir nicht hoffen.«

»Und was hast du dir einfallen lassen?«

»Wegdekorieren.«

Herbie kaute auf der Unterlippe. »Lass mich raten. Grün sprühen?«

Wieder lachte Karl laut auf und klopfte ihm auf die Schulter. »Nein, ich denke, wir machen das mit Pietät. Und mit List und Tücke!« Er begleitete die folgenden Worte mit einem schlitzohrigen Grinsen. »Wir schlagen Phillipp Klotz, Gott hab ihn selig, mit seinen eigenen Waffen. Eine seiner frühen genialen Ideen war, den Namen vom Fußballclub Weiß-Gelb Düsterscheid in Schwarz Düsterscheid zu ändern. Wegen Korporal Intensity oder so ähnlich, meinte er. Düster … Schwarz … verstehst du?«

»So ungefähr.« Herbie nickte zögernd.

»Und er wollte denen dann auch die schwarzen Trikots sponsern. Aber der Benno Stitzmann vom Verein hat damals ein Riesentheater gemacht, von wegen, der Düsterscheider Fußball würde sich nicht kaufen lassen und so. Und deshalb liegen jetzt also etliche Ballen Stoff auf dem Speicher. Alle schwarz.«

Jetzt verstand Herbie wirklich. Er würde sich wieder vor allen zum Brot machen!

Das ist aber wirklich der lustigste Job, den du seit Langem hattest. Verpacken! Toll! Der Christo den Reichstag und Herbie Feldmann die Hüpfburg!

»Also«, sagte Karl bedächtig und holte sein Tabakpäckchen hervor. »Jetzt gehst du erst mal ins Haus und lässt dir zeigen, wo der Stoff liegt. Und ich säge inzwischen die Holzkeile.«

Herbie tat, wie ihm geheißen, und Julius trabte munter neben ihm her. *Wie machst du's? Mit Prittstift? Mit Heftzwecken? Was sollst du wohl als Nächstes machen? Einen Pudding an die Wand nageln?*

»Lass mich in Ruhe, Julius. Ich koste gerade die Demütigung aus.«

Er trat durch die halb offen stehende zweiflügelige Haustür. In der kleinen Eingangshalle war es kühl und finster. »Hallo?«, rief er. Nirgends war ein Geräusch zu hören. Er wiederholte sein Rufen, diesmal etwas lauter.

Gerade wollte er wieder hinausgehen, um den Klingelknopf zu betätigen, als Britta Brandner aus einer der Türen trat, hinter der Herbie für einen kurzen Moment ein paar üppig gefüllte Bücherregale erkannte. Sie trug einen Jogginganzug. Herbie hatte Britta vor zwei Tagen beim gemeinsamen Frikadellenschmaus in Eichendorffs Küche kennengelernt. Sie hatte ihm sogar eine spontane Fünf-Minuten-Massage verpasst.

Eine wohlduftende, angenehme Frau mit sehr sanften Händen, wenn du mich fragst. Julius zwinkerte Herbie neckisch zu.

»Hallo Herbie!«, rief Britta. »Tasse Kaffee?«

»Nein, nie wieder. Ich habe vorletzte Nacht mein Bett hochkant gestellt, um darin schlafen zu können.« Er zeigte mit dem Finger zur Treppe. »Könntest du mir wohl zeigen, wie ich zum Dachboden komme? Ich soll was für Karl holen.« Er vermied es, Details zu verraten. Man würde sich schon noch früh genug über ihn und seine hirnrissige Tätigkeit lustig machen.

»Klar, komm mit.« Sie wandte sich um und stieg die Treppe hinauf. Herbie folgte ihr mit zwei Stufen Abstand.

Ihr Jogginganzug machte leise flüsternde Geräusche.

Wirklich appetitlich. Vielleicht hast du ja Lust, nach dem Einpacken des Riesenpuddings zur Abwechslung mal was auszupacken.

Herbie hasste die Situationen, in denen er auf Julius' dumme Bemerkungen nichts erwidern konnte. Missmutig vergrub er die Hände in den Hosentaschen.

Als sie im ersten Stock ankamen, steuerte Britta die hölzernen Stiegen an, die weiter nach oben führten.

»Ach«, sagte Herbie in diesem Moment. »Ich möchte dir mal was zeigen.«

Na also dann: Angriff!

Herbie zog die Hand aus der Hosentasche hervor, öffnete sie und hielt Britta seinen Fund vom Vormittag hin. »Ich kenne mich nicht aus mit so was. Sind die wertvoll, was meinst du?«

Britta starrte die fünf Perlen an. Ihr Finger wanderte langsam zu der Schwarzen und tippte leicht darauf. Sie tat das so vorsichtig, als könne sie das zierliche Gebilde bei der kleinsten Berührung zerstören.

»Die Schwarze ist doch apart, oder? Ist leichter als die anderen. Könnte Vulkangestein sein, habe ich mir gedacht.«

Plötzlich riss Britta die Augen weit auf. Sie fixierte die Perlen mit starrem Blick und öffnete leicht den Mund. Dann hob sie nach einem endlos scheinenden Moment den Kopf und starrte Herbie an.

Prächtig! Das wird ein voller Erfolg, mein Bester! Mit Glasmurmeln kriegt man Indianer rum und mit Perlen nun mal eben schöne Frauen!

Ihre Lippen formten ein paar tonlose Silben.

»Britta? Alles okay?«, fragte Herbie vorsichtig.

»Komm mal bitte mit!«

Julius pfiff lautstark durch die Zähne, aber Herbie ignorierte ihn und folgte stattdessen Britta, die nun zurück zur Treppe lief, schneller und schneller wurde und die Stufen zum Erdgeschoss hinuntereilte. »Das war es!«, rief sie. »Ich wusste, dass etwas nicht stimmt.« Sie durchmaß die Eingangshalle mit wenigen Schritten, stieß die Tür zum Salon auf, und Herbie folgte ihr in einem Zustand maximaler Verwirrung.

»Da!« Sie zeigte auf die gerahmte Fotografie von Albertine Bernardy.

Zack! Hormone drosseln! Alles wieder auf null.

»Ich erzähle dir jetzt mal was, und du sagst mir dann bitte, dass ich nicht spinne.«

Diese Aufforderung klang anscheinend für Julius so absurd, dass er sie nicht mal kommentierte.

25. Wilsberg zahlt drauf

Die Restnacht war fürchterlich gewesen. Natürlich hatten sich die Ausdünstungen von Onis in jeder Ritze von Seifferhelds Zimmer festgesetzt. Meine Nasenschleimhäute schwollen mit jedem Atemzug weiter an, bis ich nur noch durch den Mund atmen konnte. Seifferhelds spontane Bereitschaft, mir die Hälfte seines Doppelbettes zu überlassen, brachte mich sogar auf die Horrorvorstellung, dass er normalerweise seinem Hund erlaubte, auf der Matratze neben ihm zu nächtigen. Der Ex-Kommissar selbst war, wie es sich für einen Beamten gehörte, sofort eingeschlafen, nachdem er seine Liegeposition eingenommen hatte. Seitdem schnarchte er, nicht laut, dafür gleichmäßig.

Zwei Stunden hatte ich mich hin und her gewälzt und versucht, wenigstens ein Nasenloch halbwegs freizubekommen, dann war ich in einen unruhigen, von Fieberträumen und ständigem Aufwachen durchlöcherten Schlaf gefallen. Aus dem ich von Seifferheld endgültig geweckt wurde. Meine Bekannte, erzählte er mir, habe inzwischen alles geregelt, sie habe das letzte freie Zimmer im Gasthof bekommen und auch die Sache mit der aufgebrochenen Tür zum Schankraum und der Schnapsflasche erklärt. Nicht ganz korrekt, wie Seifferheld einräumte, der übergesetzliche, ungewöhnliche polizeiliche Maßnahmen erfordernde Notstand, von dem Wencke gesprochen habe, sei in diesem Sinne ja noch nicht eingetreten, aber da das rasche Dahinscheiden oder Beinahe-Dahinscheiden der Bernardy-Sippe alle im Dorf umtreibe und beunruhige, habe die Wirtin Wenckes Ausführungen sofort geschluckt. Ich könne also wieder in mein Zimmer umziehen, endete Seifferheld, und seinem Gesichtsausdruck nach zu urteilen, fand er das mindestens so verheißungsvoll wie ich.

Meine Hoffnung, noch ein paar Stunden Zusatzschlaf zu finden, zerschlug sich jedoch rasch. Zum einen, weil Onis seinen olfaktorischen Pfotenabdruck auch in meinem Zimmer hinterlassen hatte, zum anderen, weil mich eine aufgekratzte Ann-Sophie Klotz anrief, um mir mitzuteilen, dass sie in Düsterscheid eingetroffen sei und endlich wissen wolle, was ich für ihr Geld getan habe. Wir verabredeten uns in der Pudding-Villa.

Eine halbe Stunde später, nach einer ausgiebigen Dusche und einem schnellen Kaffee, zeigte ich Ann-Sophie die Fotos, die ich unter lebensgefährlichen Umständen von Phil und Nagelstudio-Silke gemacht hatte. Ann-Sophie benutzte die angemessen schmutzigen Kraftausdrücke, schien allerdings nicht sonderlich überrascht und gedanklich längst bei anderen Dingen. Vermutlich ging ihr die Erbfolge der Pudding-Dynastie näher als Phils amouröser Ausrutscher. Anders war ihr spontanes Eintreffen in Düsterscheid kaum zu begreifen.

Mehr noch als Ann-Sophie interessierte sich der Koch, den ich an den Abenden, als Albertine Bernardy noch lebte, in der Küche hatte wirbeln sehen, für meine Fotos, genauer gesagt, für die Magnum-Champagnerflasche, die neben Phil und Silke in ihrem Liebesnest gestanden hatte. Offenbar hatte Phil die Flasche in genau jener Nacht, als Albertine Bernardy zu Tode kam, aus dem Weinkeller der Villa gestohlen. Mein Gefühl sagte mir, dass der Koch nicht aus bloßer subalterner Sorgfaltspflicht handelte, sondern dass auch er dem mörderischen Treiben in der Villa auf die Spur kommen wollte. Noch ein Kollege also.

Nach der Begegnung mit Ann-Sophie nahm ich ein verspätetes Frühstück im *Café Pustekuchen* zu mir, das meinetwegen noch viel länger hätte dauern dürfen, jedoch von mehreren Telefonanrufen verkürzt wurde, in denen mir Wencke und Seifferheld abwechselnd ihre Ermittlungsergebnisse mitteilten und Aufträge erteilten. Ich erfuhr, dass Albertine Bernardy und Phil Klotz nachweislich ermordet worden waren und dass der Mörder von Phil höchstwahrscheinlich einen hellgrünen Toyota Yaris mit der Aufschrift *www.veganwassonst.de* benutzt hatte, um zum Flugplatz in Dahlem zu fahren und ein paar Kanister Kerosin aus dem Flugzeugtank abzulassen. Der hellgrüne Hybrid-Toyota stand vor der Pudding-Villa, und sowohl Wencke wie auch Seifferheld wünschten, dass ich der Sache nachging.

Keine Frage, dass der Wagen nur Johanna Bernardy gehören konnte. Allerdings musste sie ihn nicht zwangsläufig selbst gefahren haben. Ich zahlte bei Claire, dem einzigen Wesen aus Düsterscheid, das ich vermissen würde, schlenderte zur Villa hinüber und klingelte. Langsam sehnte ich mich nach Münster zurück. Es wurde Zeit, dass wir den Fall zu Ende brachten.

Ich klingelte ein zweites Mal. Ein drittes. Endlich wurde die Tür aufgerissen. Der Koch wischte sich die Hände an einem Geschirrtuch ab. »Was vergessen?«

»Diesmal komme ich wegen Johanna Bernardy. Ist sie da?«

»Vorhin war sie es. Ich bin nur dafür zuständig, dass sie satt wird.« Er trat zur Seite. »Probieren Sie Ihr Glück selbst. Ihr Zimmer ist oben, zweite Tür rechts.«

Ich kam auf die Idee, seine Kooperationsbereitschaft zu testen. »Wissen Sie zufällig, ob Frau Bernardy gestern ihren Wagen benutzt hat?«

»Und wenn es so wäre?«

»Jemand ist mit dem Wagen zum Flugplatz Dahlem gefahren.«

»Und?« Er warf sich das Geschirrtuch über die weiße Kochjacke.

»Es könnte mit Phils Tod in Verbindung stehen.«

»Genauer werden Sie wohl nicht?«

»Ich äußere ungern Verdächtigungen, die ich später nicht beweisen kann.«

Er grinste. »Ich habe keine Ahnung, ob sie weggefahren ist. Der natürliche Lebensraum eines Kochs ist die Küche. Von der Welt außerhalb kriege ich nicht viel mit.«

Ich klopfte, und eine fragile Frauenstimme bat mich herein. Was sie gleich darauf zu bereuen schien, denn als sie meiner ansichtig wurde, bekam ihre Stimme ein ängstliches Vibrato: »Wer sind Sie denn? Wie kommen Sie hier herein?«

Ich beantwortete ihre Fragen der Reihe nach: »Mein Name ist Wilsberg. Jemand hat mir die Haustür geöffnet.«

»Was wollen Sie?«

»Frau Bernardy …«

»Woher kennen Sie mich?«

»Alle Welt kennt Sie. Ich weiß sogar, dass Sie ein hellgrünes Hybridauto fahren.«

»Mintfarben.«

»Meinetwegen.«

Ihre Unterlippe begann leicht zu zittern. Für eine potenzielle Mörderin waren ihre Nerven verdammt schwach. Oder spielte sie mir die erbarmungswürdige Firmenerbin, die in jedem Mann einen Mörder witterte, nur vor?

Ich ging einen Schritt auf sie zu. »Sie waren gestern mit Ihrem mintfarbenen Auto unterwegs.«

»Wer sagt das?« Sie quetschte sich in die Sesselecke.

»Sie sind gesehen worden.«

»Das kann gar nicht sein.« Ihre Stimme kippte ins Schrille. »Ich habe die Villa nicht verlassen. Nach all dem Schrecklichen, was geschehen ist.«

»Nicht mal ein kleiner Trip? Nach Arzfeld? Oder Dahlem?«

»Nein.« Sie kreischte fast.

»Wer hat dann das Auto gefahren?«

»Weiß ich nicht. Britta!« Sie schrie jetzt. »Britta, kommen Sie bitte! Sofort!«

»Wer ist Britta?«

»Meine Physiotherapeutin. Sie war auch hier. Den ganzen Tag. Sie hätte gemerkt, wenn ich weggefahren wäre.«

Die Yogafrau im Jogginganzug, die ich bei ihren Übungen im Garten beobachtet hatte, stürzte herein. Was auch immer sie über mich im Zusammenhang mit ihrer Kundin dachte – es war nichts Gutes. Zwei Frauenaugenpaare starrten mich entrüstet an.

»Kann ich Ihnen helfen, Frau Bernardy?«

»Sagen Sie diesem Mann hier, was ich gestern gemacht habe.«

»Sie haben um Ihre Tante getrauert?«

»Habe ich die Villa verlassen? Bin ich etwa mit dem Auto gefahren?«

»Nein, ich glaube nicht.«

»Sie wissen es also nicht genau?«, hakte ich nach.

»Doch, ich bin sehr sicher, dass Frau Bernardy den ganzen Tag hier war.«

»Dann sagen Sie mir endlich, wer Ihren Wagen benutzt hat«, wandte ich mich wieder an die Firmenerbin.

»Jeder hätte den Schlüssel nehmen können.« An Johannas fleischigem Hals bildeten sich große rote Flecken. »Die Wagenschlüssel hängen alle unten neben der Tür.«

»Danke.« Ich trat den Rückzug an.

»Wieso wollten Sie das überhaupt wissen?«, rief Johanna Bernardy mir hinterher.

Ich sparte mir die Antwort, eilte die Treppe hinunter und schoss noch ein Foto des hellgrünen oder mintfarbenen Toyota, bevor ich zum Flugplatz in Dahlem fuhr.

Phil hatte sein kleines Sportflugzeug in einem Hangar am Rande des Flugfeldes geparkt, wie ich aus Seifferhelds Beschreibung während meiner Pfefferspray-Auszeit wusste. Ich betrat den Hangar und war enttäuscht. Nur ein einzelner, älterer Mann polierte hingebungsvoll am Rumpf seines Flugzeugs herum.

Aber als Privatdetektiv musste man nehmen, was man kriegte. »Schöne Maschine«, schleimte ich mich ein.

»Nicht wahr?« Ein solch strahlendes Lächeln hatte seine Frau wahrscheinlich schon lange nicht mehr gesehen.

»Waren Sie gestern auch hier?«

»Ich bin fast jeden Tag da.«

»Kennen Sie Phillipp Klotz, den Pudding-Prinzen?«

»Die vanillegelbe Cessna?«

»Genau die.«

»Nettes Schätzchen, wenn man mit ihr hätte umgehen können.«

»Klotz ist nicht abgestürzt, weil er schlecht geflogen ist.«

»Nein?« Der Mann betrachtete mich abschätzig. »Weshalb dann?«

»Weil er zu wenig Kerosin im Tank hatte.«

»Wirklich?« Er lachte auf der linken Gesichtsseite. »Das kommt davon, wenn man nicht selbst tankt.«

»Er hat nicht selbst getankt?«

»Alte Fliegerregel: Glaube einer Anzeige nur, wenn du alles persönlich überprüft hast.«

»Und wer hat für ihn getankt?« Ich zeigte ihm das Handyfoto vom hellgrünen Toyota. »Jemand, der mit diesem Wagen hergekommen ist?«

Er betrachtete das Foto. »Könnte schon sein.«

»Kennen Sie auch den Namen der Person?«

»Könnte auch sein.«

Er begann, mir auf den Geist zu gehen. »Wer ist es denn?«

»Wie viel ist Ihnen die Information wert?«

»Sie wollen Geld?«

»Warum nicht? Sie sind doch von der Presse, oder? Spesenrechnung und so.«

Ich schaute in mein Portemonnaie. »Neunzig Euro.«

»Hundert.«

»So viel habe ich nicht bei mir.«

»In fünf Kilometern gibt's einen Geldautomaten. Ich warte hier.«

Ich fuhr die fünf Kilometer hin und wieder zurück, gab ihm das Geld und wusste endlich, wer hinter allem steckte.

26. Seifferheld und die Außerirdischen

Siegfried Seifferheld hatte sich eine Verfolgungsjagd geliefert, hatte den – wie er meinte – entscheidenden Hinweis für die Aufklärung eines Tötungsdelikts geliefert – und eine ganze Nacht bis zum Morgengrauen durchgemacht, jetzt konnte er sich endlich der Tätigkeit widmen, wegen der er den Reisegutschein überhaupt eingelöst hatte: dem Sticken.

Er packte sein Stickzeug aus. Als leidenschaftlicher Sticker wollte er diese Woche in der Eifel nützen, um mithilfe von Nadel, Stickgarn und Leinenzählstoff etwas Legendäres zu erschaffen, wie damals sein Gobelin *Leda und der Schwan*, bei dem er Leda das Antlitz seiner frisch angetrauten Gattin Marianne gegeben hatte und dem Schwan sein eigenes. Da fiel ihm ein, dass er seine Frau bei Gelegenheit einmal fragen musste, warum sie diesen Gobelin noch immer nicht in ihrem Wohnzimmer aufgehängt hatte …

Aber so bald würde sich die Gelegenheit nicht ergeben. Seit er in die Flitterwochen nicht nur sein Mariannchen, sondern auch die Jungs seiner VHS-Männerkochkursgruppe mitgenommen hatte, hing der nigelnagelneue Haussegen etwas schief. Dabei hatte es dafür gute Gründe gegeben. Aber Frauen waren guten Gründen gegenüber selten aufgeschlossen. Wenn er in seinen fünfundsechzig Jahren auf diesem Planeten etwas gelernt hatte, dann das.

Seifferheld griff nach dem Stickrahmen. Die griechische Antike war abgehakt, jetzt wollte er etwas Moderneres erschaffen … spontan fielen ihm Susi und Strolch ein, die sich eine Portion Spaghetti teilten. Wieder mit den Gesichtern von ihm und Marianne. Das war doch hochgradig romantisch. Das würde seiner Frau gefallen.

Aber der Mensch denkt, und der Hund lenkt.

Onis stand in Habachtstellung vor der Fremdenzimmertür und starrte die Tür blinzellos an. In der Hundesprache hieß das: Ich muss mal, ich muss mal nötig, lass mich nach draußen oder ich strullere dir den Linoleumboden voll.

Seifferheld legte seine Sticksachen zur Seite und nahm Onis an die Flexleine. Das passte schon – er musste ohnehin dafür sorgen, dass die zwei Portionen Erbsensuppe mit Einlage, die er zum Mittagessen gegessen hatte, nicht an seinen Hüften ansetzten.

Düsterscheid war ja auch nicht wirklich groß. Selbst mit Gehhilfe dauerte es keine Viertelstunde, dann war man durch. Gut, mit einem Hund, der alle fünf Meter reviermarkierend sein Bein hob, dauerte es einen Ticken länger. Aber spätestens in einer halben Stunde konnte er sich wieder ganz seiner Handarbeitsleidenschaft widmen.

Seifferheld und Onis verließen den *Düsterscheider Hof* und überquerten die Straße zur St.-Christophorus-Kirche mit dem angrenzenden Friedhof. Auf der Friedhofsmauer lag eine riesige, getigerte Katze, die Onis völlig angstfrei und gelassen entgegensah. Vermutlich spürte sie den Säbelzahntiger in sich und wusste, dass sie mit ihren Krallen alles unterhalb eines T-Rex niedermachen konnte.

Aber schon im nächsten Moment katapultierte es die Katze vor Schreck in die Luft. Mindestens einen halben Meter. Der Schrei hatte sie ebenso unverhofft getroffen wie Seifferheld und Onis.

Ein Mann schrie.

Und schrie. Und schrie sich die Lunge aus dem Leib.

Da brauchte jemand Hilfe!

Seifferheld umklammerte seine Gehhilfe mit festem Griff und humpelte schneller. Allerdings in die falsche Richtung. Rechts von der Kirche verhinderte eine verschlossene Gitterpforte das Durchkommen.

Er humpelte nach links, Onis im Schlepptau.

An der Rückseite der Kirche standen zwei Männer. Einer hüpfte auf und ab, als sei er Rumpelstilzchen und versuche, sich in den Boden zu bohren. Der andere hielt etwas Ovales in der Hand und schaute verlegen.

Handelte es sich um eine Gefährdungssituation, wie die Schreie es hatten vermuten lassen? Wurde Rumpelstilzchen von einem Straußenei-Halter bedroht?

Seifferheld hielt seine Gehhilfe – einen Leichtmetallstock mit drei rutschfesten Gummifüßen – wie ein Bajonett vor sich. Sein Vorteil war, dass man humpelnde, alte Männer gern unterschätzte. Ebenso wie Gehhilfen …

Im richtigen Winkel und mit dem richtigen Schwung fällte man mit so einer Gehhilfe selbst wuchtigste Schwergewichtsboxer.

Im Näherkommen zeigte sich allerdings, dass es sich bei dem, was der eine Mann in der Hand hielt, nicht um ein Straußenei handelte, das er als Wurfgeschoss verwenden wollte, sondern um eine To-Go-Schale mit Alufolienabdeckung.

Und der andere Mann, der immer noch mit ausgestrecktem Arm auf und ab hüpfte, schien einfach nur plemplem. Für Seifferheld hatte es durchaus den Anschein, als ob er Hilfe nötig hätte. Allerdings weder von der Polizei noch von Rettungskräften. Mehr so von den Männern mit der Zwangsjacke …

Seifferheld blieb stehen.

Onis schnupperte interessiert.

»Sehen Sie das?«, rief dieser Flummy von einem Mann. Er war ungefähr Mitte siebzig und trug eine Strickjacke. »Ist das nicht unglaublich?«

Der zweite Mann rollte nur mit den Augen.

Seifferheld folgte der Zeigerichtung des wippenden, ausgestreckten Armes und sah einen verschmierten, roten Fleck auf der weiß getünchten Kirchenwand.

Hm. Ein besonders aussage*un*kräftiges Graffiti?

Handelte es sich bei den beiden Männern um den Pfarrer und den Küster, die die Schändung ihres Sakralgebäudes beklagten?

Aber nein, der Schreihals wirkte nicht blasphemisiert, sondern im Gegenteil enthusiasmiert.

Und der Einwegschalenträger schien irgendwie beschämt, als ob es ihm peinlich sei, in dieser Situation erwischt worden zu sein. »Ich wollte nur Claires Creme Comtesse zur Villa Bernardy bringen«, erklärte er in Richtung Seifferheld, was jetzt aber auch nicht wirklich hilfreich war.

Der Flummy kam zur Ruhe. Nicht, weil er sich beruhigt hätte, sondern weil er auf Dauer nicht gleichzeitig hüpfen und reden konnte. Er zeigte aber immer noch auf die Kirchenwand. »Dass ich das noch erleben darf! Eine solche Sichtung! Das hatten wir in der Eifel nicht mehr seit … seit …«

Seifferheld versuchte zu sichten. Er sah aber nur den Fleck an der Außenwand der Kirche. Was entging ihm hier? Er hob den Kopf und sah nach oben, dann nach links und rechts, entdeckte aber weiter nichts, was einen halbwegs normalen Menschen in eine solche Euphorie versetzt haben könnte.

»Da!«

Seifferhelds Blick wanderte zurück zu dem blutroten Fleck an der Wand.

»Ein Ufo!« Der menschliche Hüpfball strahlte und sah Siggi tief bewegt an. Hatte er etwa Tränen in den Augen? Der auf den Fleck zeigende Arm zitterte. »Das Raumschiff des Außerirdischen, der direkt an dieser Stelle auf der anderen Seite der Kirchenmauer erschienen ist! Eine ganz außerordentliche Manifestation!«

Seifferhelds Kopf blieb reglos, seine Augäpfel wanderten allerdings nach links zu dem zweiten Mann. Der zuckte nur mit den Schultern.

»Eine spontane Manifestation! Ist das zu glauben?«, rief der ältere Strickjackenträger.

Nein, dachte Seifferheld, da gibt es rein gar nichts zu glauben.

Fleck blieb Fleck. Selbst mit viel Liebe konnte er in diesem Rorschach-Test für Friedhofsbesucher keine Untertasse erkennen. Es sah nur so aus, als hätte jemand grobschlächtig einen Klecks Farbe verschmiert.

Seifferheld hielt sich für einen äußerst aufgeschlossenen Menschen, aber ganz ehrlich – sollten Außerirdische tatsächlich die Erde besuchen, dann landeten sie sicher nicht in Düsterscheid, im hintersten Winkel der Eifel, um dort eine Kirchenwand zu ›taggen‹.

»Ach herrje, ich habe mich ja noch gar nicht vorgestellt … guten Morgen, Hans-Peter Dorenkamp. Sie sind gerade Zeuge eines historischen Moments geworden, Herr …«

»Seifferheld«, stellte Seifferheld sich vor.

Onis schob seinen riesigen Hundeschädel in den Schritt des zweiten Mannes. Der erstarrte. Männer fanden – nachvollziehbarer Weise! – diese Form der Sympathiebekundung von hüfthohen Caniden in aller Regel weniger angenehm als Frauen.

»Das ist Herr Waldo«, stellte Dorenkamp den Einwegschalenmann vor.

»Der tut nix, der will nur schnuppern, oder?« Waldo kicherte nervös.

Onis beendete sein Begrüßungsritual und schnupperte aufmerksam an der Kirchenwand unterhalb des Graffiti.

Waldo entspannte sich sichtlich.

»Herr Waldo schreibt über unsere Außerirdischen«, sagte Dorenkamp.

Waldo wurde rot. Er schien das auf gar keinen Fall so im Raum – beziehungsweise in der flirrend heißen Friedhofsluft – stehen lassen zu wollen. »Ich bin Journalist aus Halle«, stellte er klar.

»Ach, ich bin aus Hall«, sagte Seifferheld.

Hall, das mittelhochdeutsche Wort für Salz, fand sich in allen Städtenamen von Orten, an denen früher einmal Salz gewonnen worden war. So etwas verband. Hätten sie zufällig ein alkoholisches Getränk mitgeführt, hätten sie jetzt miteinander angestoßen.

»Ich muss das fotografieren!«, rief Dorenkamp und machte mit seinem Handy einige Aufnahmen des Flecks.

Der Hallenser und der Haller sahen sich an.

»Ich bringe nur etwas Creme Comtesse zur Villa Bernardy«, wiederholte Waldo, um nicht unversehens in die Gemeinde der Ufo-Gläubigen eingereiht zu werden.

»Das wird in der Community einschlagen wie eine Bombe!«, jubilierte Dorenkamp.

»Eine großartige Creme«, sagte Waldo. »Wirklich köstlich. Müssen Sie probieren.«

»Das ist erst der Anfang«, versprach Dorenkamp. »Denken Sie an meine Worte, jetzt wird es Schlag auf Schlag gehen! Sichtungen, die keiner mehr wegargumentieren kann. Ja, jetzt werden sie Augen machen, die Zweifler!«

»Creme Comtesse aus dem *Café Pustekuchen*«, sagte Waldo. »Kann ich nur empfehlen.«

»Probiere ich gern«, meinte Seifferheld.

Onis hatte sich mittlerweile auf die Hinterläufe gestellt und schnupperte konzentriert an dem Fleck.

Seifferheld drehte sich um. Der Düsterscheider Friedhof war klein, aber fein – rechteckig angelegt, mit einem großen Sandsteinkreuz an der Nordseite und vielen, außerordentlich gepflegten Gräbern, auf denen ausnahmslos überall rote Grableuchten zwischen bunten Sträußen standen.

Seifferheld musste an die nächtliche Erzählung von Vincent Jakobs denken – soweit er sich nach all den

Schnäpsen noch daran erinnerte. Aber das offene Grab, von dem Jakobs erzählte hatte, war nirgends mehr zu sehen. Nur ein frischer Erdhügel mit Kränzen. Vermutlich war der ›Tatort‹ zügig freigegeben worden.

»Ja … ich sollte dann mal … bevor die Creme ranzig wird …«, fing Waldo an.

»Würden Sie mich noch rasch mit dem Fleck fotografieren?«, bat Dorenkamp und hielt Waldo sein Smartphone hin.

Waldo wirkte unschlüssig.

»Ich nehme gern so lange die Schale«, bot Seifferheld an.

Gesagt, getan.

Während Dorenkamp sich ablichten ließ – einmal mit ausgestrecktem Arm auf den Fleck zeigend, dann dümmlich grinsend, in einer Art angedeuteter Hocke direkt unter dem Fleck, der wie ein Heiligenscheinklecks über ihm schwebte, und zuletzt vor dem Fleck stehend, wobei sein Kopf den Fleck vollständig bedeckte, von allem natürlich mehrere Aufnahmen, zur Sicherheit –, fiel Seifferheld auf, dass sich sein Onis vom getreuen Gefährten zum Spürhund im Dienst verwandelt hatte.

Unbeteiligte Dritte würden vermutlich gar keinen Unterschied bemerken, aber Seifferheld bemerkte die veränderte Körperhaltung, die Anspannung der Rute, die Intensität der zuckenden Hundeschnauze, das zielgerichtete Schnüffeln.

Seifferheld trat näher an den Fleck heran und fuhr den faltigen Hals wie eine Schildkröte aus. Eigenartig … das war doch keine Farbe …

»Sie sind im Bild!«, schimpfte Dorenkamp.

Seifferheld bekam das gar nicht mit. Wie der Hund, so der Herr. Beide hatten jetzt Witterung aufgenommen.

»Was hat Ihr Hund denn?« Waldo beugte sich ebenfalls vor. »Moment mal … ist das … Blut?«

Seifferheld und Waldo sahen sich – immer noch in ihrer vorgebeugten Synchronhaltung – an.

Onis stand mittlerweile wieder auf allen vieren und hielt die Schnauze dicht über den Boden. Dann lief er los. Zielstrebig, den Kopf gesenkt, mit ausgestreckter Rute.

Er lief einmal quer über den Friedhof, bis hin zum anderen Ende, wo er vor dem frischen Grab stehen blieb und kurz anschlug.

Die Einwegschale in der Linken, die Gehhilfe in der Rechten, humpelte Seifferheld los. Wie der Hund: zielstrebig und mit gesenktem Kopf – nur ohne ausgestreckte Rute.

Waldo folgte ihm.

»Aber … wo gehen Sie denn hin … hallo?«, rief Dorenkamp enttäuscht. Wie ein begossener Pudel stand er vor dem Fleck und schmollte. Was, bitteschön, konnte interessanter sein als eine außerirdische Manifestation im Bild festzuhalten?

Seifferheld und Waldo blieben neben Onis stehen und sahen auf die Stelle, an der der Hund angeschlagen hatte. Nicht auf dem frischen Grab mit den Kränzen, sondern direkt daneben.

Winzige, rote Flecke – mit dem menschlichen Auge kaum auszumachen, für die sensible Hundenase jedoch so unübersehbar wie eine riesige, blinkende Leuchtreklame.

»Gut gemacht, Onis!«, sagte Seifferheld zu seinem Hund und an Waldo gewandt: »Streicheln Sie ihn mal, damit er sich bestätigt fühlt.«

Waldo fuhr vorsichtig die Hand aus. Mehr musste er gar nicht tun. Onis presste seinen Kopf von allein hinein und wedelte fröhlich mit dem Schwanz.

Dorenkamp kam auf sie zu, nahm Waldo wortlos – aber mit vorwurfsvollem Blick – das Handy ab und ging zurück zur Kirchenwand, um Selfies von sich und dem Fleck zu schießen.

»Sie haben recht … das ist Blut!«, sagte Seifferheld zu Waldo.

»Blut«, wiederholte Waldo und schaute so, als würde er sich gerade vorstellen, wie sechs Sargträger einen Sarg trugen, aus dem es heraustropfte …

In Seifferheld arbeitete es.

Er spürte Waldos neugierigen Blick auf sich und sagte: »Hier wurde Albert Bernardy niedergeschlagen. Mitten in der Nacht«, erklärte er und ging – ächzend und, angesichts der ungewohnten Bewegung, heftig wackelnd – in die Knie, um die Flecke besser in Augenschein nehmen zu können.

Waldo nahm ihm die Einwegschale ab. Er hatte sichtlich Angst, Seifferheld könne sie bei seinen gymnastischen Übungen fallen lassen.

»Sehen Sie?«, sagte Seifferheld. »Sehen Sie diesen Abdruck hier? Hier hat ein Spaten gelegen. Die Blutspritzer haben einen Umriss hinterlassen.«

Er richtete sich wieder auf, sah zur Kirchenwand, schaute zu den beiden, einander gegenüberliegenden Eingängen an diesem Ende des Friedhofs und musste an die Tafel im Schankraum des *Düsterscheider Hofes* denken, an die Lehrer Jakobs die Ereignisse jener Nacht, in der er den blutenden Albert Bernardy im offenen Grab fand, wie ein Moritatensänger – nur ohne Gesang und mit einer Gabel als Zeigestab – aufgemalt und heruntergeleiert hatte.

»Man sieht deutlich, dass es in Ihnen arbeitet«, konstatierte Waldo.

Siggi nickte. »Ich weiß jetzt, wer hinter dem perfiden Angriff auf Albert Bernardy steckt!«

Siegfried Seifferheld strahlte.

Für solche Momente lebte er!

27. Julius liest ein wertvolles Buch

Julius leckte die Plastikeinwegschale aus. Mit der Zunge.

Und schaute danach noch mal ganz genau am Rand, ob dort nicht noch etwas Schleckbares zu finden war.

Fehlanzeige.

Er stellte die Schale auf die Küchentheke und blickte sie ungläubig an. Was für ein Pudding, meine Herren! Und das in Düsterscheid.

Dieser Waldo hatte ihn vorbeigebracht und gemeint, den müsse er unbedingt probieren. Julius hatte sich für die nette Geste bedankt und ihm als Dankeschön eine Scheibe Spießbraten mit Monschauer Senf auf einem selbst gebackenen Sauerteigbrot gereicht. Aber danach war die Schale erst mal in den Kühlschrank gewandert. Würde er alles essen, was Gäste ihm in sein Restaurant *Zur Alten Eiche* mitbrachten, dann würde sein Bauch nicht in großer Eleganz und maßstabsgerecht die Erdkugel nachempfinden, sondern die Sonne.

Irgendwann kam dann aber ein kleines Appetitchen auf. Und Julius hielt es mit Oscar Wilde, der gesagt hatte, Versuchungen müsse man stets nachgeben, denn man wüsste nicht, ob sie wiederkämen.

Also hatte er angefangen den Pudding zu essen.

Und nicht mehr damit aufgehört.

Es war ein weißer Pudding gewesen, von völlig unscheinbarem Äußeren, doch gewaltigen inneren Werten.

Zum einen war er locker und luftig gewesen, geradezu auf der Zunge zergangen. Dazu die perfekte Süßebalance, die niemals ins Schwere kippte. Am faszinierendsten aber war das Aroma gewesen. Eigentlich handelte es sich um einen Pudding aus weißer Schokolade mit einer Winzigkeit Tahiti-Vanille und Zitronengras. Aber das Ganze war von einem nussig-röstigen Kaffeeton durchwoben, der wie die Essenz der edlen Arabica-Bohne schmeckte. Da der Pudding völlig weiß war, musste die Köchin ihre Zutaten im Kaffeedampf aromatisiert haben – was ungemein aufwendig war. Dieser Pudding wäre selbst in der Sterneküche ein Glanzlicht.

Waldo hatte gesagt, er hieße »Creme Comtesse«, was einfach genial war angesichts der Tatsache, dass der Geist der luxemburgischen Comtesse zwar stets weiß gewandet war, aber ein schwarzes Herz hatte. Genau wie diese Kreation.

Die jedoch eigentlich nur ein Pudding war, aber »Comtesse Pudding« hätte eben so geklungen, als träte sie in der Sesamstraße auf.

Julius brachte es nicht übers Herz, die Schale wegzuschmeißen, denn ein wenig duftete sie immer noch nach der süßen Köstlichkeit. Ach, könnte er doch so etwas Wundervolles beim Jubiläum servieren. Aber Creme Comtesse konnte er natürlich nicht dafür zubereiten, das wäre angesichts von Albertine Bernardys Tod in diesem angeblich verfluchten Haus sehr pietätlos. Es musste ein Rezept sein, für das es einen guten Grund gab, sodass niemand auf die Idee kam, nach »Tante Tines Poki« zu fragen. Ein altes Eifeler Puddingrezept zum Beispiel.

Julius ließ den Blick durch die Küche der Villa schweifen, doch nirgends war ein Kochbuch zu sehen. Dabei gab es in jedem Haus welche, erst recht in einem so alten. Dann fiel es ihm ein: die Bibliothek!

Er wusch sich schnell die Hände und machte sich auf den Weg. Hoffentlich saß diesmal nicht wieder diese unfreundliche Langbeinige drin. Lieber kürzere Beine und dafür freundlich!

Doch diesmal fanden sich gar keine Beine dort, sodass Julius ungestört die Buchrücken durchgehen konnte. Er mochte den Duft von alten Büchern sehr, weil er wie ein zur Lektüre lockendes Parfüm im Raum lag.

Julius hatte mit einer großen Anzahl Kochbücher gerechnet, doch erst in der dunkelsten Ecke des Raumes fand er zwei Reihen damit vor. Seine Finger glitten nahezu zärtlich über die Einbände der alten Schätze, die verheißungsvolle Titel trugen wie *Die moderne Hausfrau, Räuchern, Pökeln, Einmachen, Das farbige Maggi-Kochbuch, Große Klöße machen froh* und *Was Männer glücklich macht.* Letzteres schlug er auf.

War gar kein Kochbuch.

Er nahm das mit den Klößen zur Hand.

Das auch nicht.

Er war wohl aus Versehen in die Erotik-Abteilung gerutscht – fand es allerdings sehr passend, dass diese sich direkt bei den Kochbüchern befand. Beides hatte definitiv mit Hitze und Schärfe zu tun.

Schließlich zog er ein Schulbuch hervor, das Albertine Bernardy damals in der Neuerburger Hauswirtschaftsschule genutzt haben musste. Mit einer ungelenken Handschrift hatte sie ihren Namen und die Adresse in den Einband geschrieben.

Das Buch strotzte vor Lesezeichen in Form von verschiedenfarbigen, kleinen Papierstreifen, wies aber keinen einzigen Fleck auf. Eine ordentliche Hauswirtschaftlerin behandelte ihre Bücher schließlich pfleglich. Julius entschloss, das Buch sich einfach aufklappen zu lassen, das würde ihm das am häufigsten aufgeschlagene Rezept verraten.

Mit einem Wumms ließ er sich in das Chesterfield Sofa fallen, legte das Buch mit dem Rücken nach unten auf den runden Holztisch und ließ es sich langsam zu beiden Seiten aufblättern.

Gespannt wartete er darauf, dass die letzte Seite sich legte.

Grießflammeri mit in Schlehengeist eingelegten Pflaumen.

Das hatte doch was! Julius kannte das Rezept, das hatte er auch in seiner Lehre gelernt. Und damals schon gelernt, dass man als guter Koch unbedingt etwas Schlehengeist aus den Pflaumengläsern trinken musste. Das wirkte sich positiv auf den Geschmack des Flammeri aus. Sowie auf die Laune des Kochs.

Als er das Buch zurückstellen wollte, fiel ein vergilbtes, liniertes Blatt heraus auf den Boden.

Er hob es auf.

Und blickte darauf.

Das gab's ja gar nicht!

Es war ein Rezept, aber nicht irgendeines, sondern das Original-Poki-Rezept! Man konnte sehen, wie das Rezept entwickelt worden war, denn Zutaten waren durchgestrichen und durch andere ersetzt worden, Mengenangaben höher oder niedriger gesetzt. Selbst der Name hatte etliche Versionen gesehen, bevor »Poki« gefunden war. Dies war ein Schatz, der ins Firmen-Museum gehörte! Albertine Bernardy hatte eine besonders schöne Schrift verwendet. Es schien ihr eine fast heilige Aufgabe gewesen zu sein, etwas Neues zu kreieren.

Julius stutzte und blätterte zurück zum Einband.

Dort hatte Albertine ihren Namen so geschrieben, dass man den Eindruck hatte, sie habe das zwischen Schulklingel und Pausenbrot gemacht. Natürlich variierte die Schrift eines Menschen von Anlass zu Anlass. Aber diese beiden Handschriften hatten überhaupt nichts gemeinsam! Wo die eine Schwung hatte, wies die andere nur Kanten auf, wo die eine raumgreifend nach oben und unten ausschlug, blieb die andere durchgehend geduckt.

Er blickte nervös zur Tür. Es war einer der Momente, wo man nicht erwischt werden wollte, weil man gerade ein unangenehmes Geheimnis gelüftet hatte. Noch dazu eines, bei dem viele Menschen mit viel Geld kein Interesse daran hatten, dass es bekannt wurde.

Auch eines, das Albertine Bernardys gewaltsamen Tod in neuem Licht erscheinen ließ. Ob die Verfasserin des Rezepts sie umgebracht hatte, weil sie es als ihres ausgegeben hatte? Nein, dann wäre Erpressung viel effektiver gewesen und vor allem lukrativer.

Als sich nähernde Schritte zu hören waren, versteckte er das handgeschriebene Rezept schnell hinter dem Rücken. Britta Brandner bog um die Ecke in den Gang zur Bibliothek. Sie trug einen Jogginganzug und sah erschöpft aus. »Aha, der Herr Sternekoch macht ein kreatives Päuschen. Hallo, Julius.«

Eigentlich kam Britta genau richtig. »Dich kann ich gerade gut gebrauchen.«

Sie ließ sich in den Ohrensessel fallen und stöhnte erleichtert auf. »Sag jetzt bloß nicht, dass ich dich massieren soll. Sonst schreie ich das ganze Haus zusammen. Hab' heute noch keine ruhige Minute gehabt.«

»Für Massagen ist es bei mir längst zu spät. Meine Muskeln sind durch die jahrelange Schufterei in der Küche ganz neue Verbindungen eingegangen.«

Britta lächelte. »Worum geht's denn dann? Ich wollte hier eigentlich nach alten Fotoalben gucken, aber ein bisschen Zeit hab ich auf jeden Fall für dich. Weißt du zufällig, wo die stehen?«

»Fotoalben von irgendwas Bestimmten? Dahinten sind ein paar mit großformatigen Bildern aus Pariser Pâtisserien und eins mit historischem Puddingkochgeschirr. Beide sehr zu empfehlen!«

»Nee, nicht solche Fotoalben. Sondern welche von der Familie. Also speziell von Albertine in jungen Jahren.«

Julius hob entschuldigend die Hände. »Leider nicht gesehen.«

»Verdammt.«

»Aber ich hab da was, das du bestimmt noch nicht gesehen hast.« Er zog das Rezept hinter dem Rücken hervor und reichte es Britta, die es mit fragendem Blick entgegennahm.

»Ist das eins von deinen?«

»Dann hätte ich Poki erfunden und wäre steinreich.«

Mit einem Mal hielt sie das Blatt ehrfurchtsvoll. »Ist das wirklich …?« Ihre Augen wanderten zum Seitenanfang. »Tatsächlich. Wie kommst du denn daran?«

Julius schlug das Hauswirtschaftslehrebuch auf. »Lag hier einfach so drin.«

»Unglaublich, ich meine, wenn es das Original ist.«

»Wenn du es schräg hältst, kannst du sehen, dass die Buchstaben durchgedrückt sind. Das ist Tante Tines Poki-Rezept. Doch es ist nicht von Tante Tine.« Er zeigte auf Albertine Bernardys Namen und Adresse im Buchumschlag. »Völlig unterschiedliche Schrift.«

Britta legte das Rezept daneben. »Du hast gewonnen. So was hab ich echt noch nie gesehen.«

»Ich wüsste zu gerne, wer es verfasst hat. Und wie Albertine rangekommen ist. Das muss sie ein Vermögen gekostet haben.«

Brittas Blick ruhte nun auf dem Rezept, und sie wurde mit einem Mal ganz unruhig. »Die Schrift habe ich schon mal gesehen.«

Julius wollte zuerst fragen, wo das gewesen war, doch er merkte, dass Britta gerade ganz konzentriert war, und wollte sie auf keinen Fall stören. Sie blickte lange darauf, immer wieder schüttelte sie kurz den Kopf, als würde sie eine Möglichkeit ausschließen.

Dann blickte sie Julius an und nickte. »Komm mit. Ich muss dir was zeigen.«

Albertine Bernardys Schlafzimmer, das zu ihrem Todeszimmer geworden war, lag im ersten Stock der Villa. Johanna hatte am Morgen allen mitteilen lassen, dass es völlig unverändert bleiben sollte, für immer, als Erinnerung an die Gründerin des Unternehmens. Um das sicherzustellen, hatte sie vom Hausmeister ein rotes *Betreten verboten!*-Schild an der Zimmertür anbringen lassen.

Die Tür war nur angelehnt.

Und von drinnen war Tumult zu hören.

Vorsichtig drückte Britta die Tür auf und lugte hinein. Dann zog sie den Kopf wieder zurück und sah Julius an. »Ich glaube, Barbie hat Bluthochdruck.« Sie stieß die Tür auf.

Das war keine schlechte Beschreibung, dachte Julius, als er ins Zimmer blicken konnte. Mitten in diesem, und damit in einem Berg aus Kleidung, Büchern und Unterlagen, davon etliche zerrissen, stand Ann-Sophie Klotz, ein ultrakurzes, erdbeerrotes Etuikleid tragend, und durchwühlte das Bett. Ihre blonde Mähne wirkte so aufgebuscht, als habe das Model ihre Finger angeleckt und volle Möhre in die Steckdose gerammt.

Britta klopfte an den Türrahmen. »Sie wissen, dass Johanna allen untersagt hat, den Raum zu betreten und«, sie blickte sich langsam in dem Chaos um, »zu verändern?«

Ann-Sophie hielt nicht inne, während sie antwortete. »Johanna hat das überhaupt nicht zu bestimmen. Wenn ich den Großteil von Albertine erbe, dann auch den Großteil dieses Hauses.«

»Das ist noch lange kein Grund, Ihren Besitz zu verwüsten«, sagte Julius, dem Unordnung ein Graus war.

Ein unordentlicher Küchenchef war einer, der sehr bald kein Küchenchef mehr war.

»Sie haben mir gerade noch gefehlt! Wollen Sie wieder irgendwas über Champagner erzählen, den Phil angeblich gestohlen hat?«

»Diesmal nicht.«

Britta legte eine Hand auf Ann-Sophies Unterarm. »Können wir Ihnen vielleicht irgendwie helfen?«

Phils Witwe stoppte erstmals, und etwas Ähnliches wie ein Lächeln erschien auf ihrem Gesicht. »Ja, Sie könnten mit mir suchen.«

»Und was?«, fragte Britta.

Ann-Sophie atmete durch, ihr war anzumerken, dass sie sich sehr zusammenreißen musste, um nicht vor lauter Zorn loszubrüllen. »Ich hab' eben den Notar angerufen, also den von Albertine, weil ich mich erkundigen wollte, wann ich offiziell den Großteil des Unternehmens überschrieben bekomme. Er meinte dann, er wüsste nichts von dieser Regelung, und es gäbe kein entsprechendes Testament. Es wäre sogar unklar, ob ich überhaupt etwas bekomme.« Sie biss sich auf die Lippen. »Aber dann hätte Phil mir das nicht gesagt. Das Testament muss also irgendwo hier sein, wenn's keiner gestohlen hat!« Sie wandte sich der Frisierkommode zu, die bisher von ihrer Verwüstungsorgie verschont geblieben war. Schnell drückte Britta sich an ihr vorbei, kniete sich davor und zog die unterste Schublade auf. Dann blickte sie zu Julius. »Ist noch da!«

Sie holte einen Briefumschlag heraus.

»Ist es das?«, fragte Ann-Sophie. »Zeigen Sie her!« Sie riss ihn Britta aus der Hand, zog das Schreiben heraus, blickte kurz darauf und warf den Brief dann achtlos auf den Boden. »Ich hab' doch gesagt, das Testament!« Sie zog die Schublade komplett hervor und leerte sie auf dem Bett aus. »Na, super, noch mehr Briefe. Wer braucht schon alte Briefe?«

Menschen, die ihre Erinnerungen nicht loslassen können, dachte Julius.

Britta hob den Brief auf, den Ann-Sophie glücklicherweise nicht zerrissen hatte. »Hast du das Rezept dabei?«

Julius holte es aus dem Kochbuch, Britta hielt den Brief daneben.

Sorgfältig verglich er die Form der Buchstaben, das Raumgreifende der Worte, den Schwung der Linien.

»Du hast recht«, sagte Julius. »Da besteht kein Zweifel. Es ist exakt dieselbe Schrift.«

Britta nickte. »Das wertvollste Rezept in der Geschichte des Unternehmens. Das, auf dem der Reichtum basiert, ist von Bäbbi Metzmacher.«

Julius stellte sich ans Fenster und blickte auf den leergelaufenen Teich. »Die dort drüben unter merkwürdigen Umständen gestorben ist.«

Britta trat hinter ihn. »Ich muss dir dringend etwas von ein paar Perlen erzählen.«

28. Vincent landet einen Treffer

Die 8d – eine Horrorklasse. Das hatte immer schon gestimmt. Seit dem Horror-Erlebnis auf dem Friedhof jedoch hatte sich etwas verändert. Die Aktion, den verletzten Albert Bernardy gemeinsam aus dem Grab zu befreien, hätte traumatisierend wirken können. Tatsächlich hätte Vincent sogar Verständnis gehabt, wenn mindestens die Hälfte der Klasse nach Hause gewollt hätte, aber das war nicht der Fall. Sie hatten am Vormittag lange gesprochen. Man hatte sich seine Ängste eingestanden und Ricarda Respekt ausgesprochen, weil sie sich ans Grab getraut hatte. All das, was normalerweise per Handy nach Hause oder in die ganze Welt gepostet worden wäre, wurde offline ausgetauscht. Mangels Netz – aber auch, weil eine neue Gemeinschaft entstanden war. Selbst Joyce hatte gemeint: »Das war krass schrecklich, aber auch irgendwie krass cool!«

Sie hatten überlegt, wie es weitergehen könnte, und irgendwann hatte Dorian gemeint: »Ganz normal – heute Nachmittag Fußballspiel gegen diese Dorfmannschaft –, der Sieg lenkt uns dann schon ab.«

Deshalb jetzt der Marsch Richtung Fußballplatz am Ende des Dorfes. Vincent hatte im Vorfeld den Trainer der D-Jugend gewonnen, eine Mannschaft gegen seine Klasse zu stellen. Das Jugend-Team von Gelb-Weiß Düsterscheid nannte sich – kein Scherz! – »Füße Gottes«; an Selbstvertrauen mangelte es also offenbar nicht.

Seine Kollegin Fobbe ging an der Spitze der Klasse, tatsächlich brachte sie sich seit gestern etwas mehr ein, Vincent wiederum hatte das Schlusslicht übernommen und blieb damit noch hinter den im Shoppingtempo schlurfenden Mädchen zurück.

Als sie kurz vor dem Haus der Bernardys die Straße überquerten, hörte Vincent plötzlich Dorian rufen: »Boah, ich hab' Netz!« Er stand mitten auf der Straße und hielt sein Smartphone in die Höhe, als müsste er in zwei Metern Höhe die Luftfeuchte messen. Sofort war er von Mitschülern umringt, die ebenfalls ihr Smartphone in die Höhe streckten. Mitten auf der Straße ein Pulk von Smartphone-Schwenkern. Sah aus wie bei einem Rockkonzert, wenn die Kuschelsongs kamen. Oder wie eine durchgeknallte Menge, die ein Ufo sichtete.

»728 ungelesene WhatsApp-Nachrichten«, hörte Vincent Joyce kreischen. »Ich fass es ja nicht.«

»Kinder, das ist gefährlich!«, rief Renate Fobbe von vorn. »Bitte geht auf die Seite!«

Keine Reaktion. Und jetzt kam tatsächlich von hinten ein Auto. Vincent stellte sich sofort auf die Straße und winkte dem Wagen, langsamer zu fahren.

»Auto!«, brüllte er in die Menge. »Runter von der Straße!«

Motzend schlurfte die Klasse zur Seite, indes kam langsam der Wagen heran. Hannoveraner Kennzeichen. Das war doch nicht …? Doch tatsächlich, am Steuer saß Wencke Tydmers, die taffe Profilerin, mit der er in der Nacht angestoßen hatte. Sie ließ das Fenster herunter. »Na, ein bisschen erholt?«

»Geht«, meinte Vincent. »Und selbst? Wissen Sie inzwischen, wer Albert Bernardy ausgeknockt hat?«

»Ja klar«, parierte die Polizistin. »Länger als vierundzwanzig Stunden brauch ich für meine Fälle nie.«

»Und das Handy von Phillipp Bernardy, davon haben Sie ja auch erzählt – haben Sie das inzwischen geknackt?«

Die Kommissarin grinste. »Werde ich jetzt abgefragt wie in der Schule?«

Vincent ging sich verlegen durchs Haar. »Sorry, ich interessier mich für so was.«

Wencke Tydmers lehnte sich erschöpft zurück. Die lange Nacht hatte offenbar auch ihr zugesetzt. »Das Handy ist tatsächlich ein Problem. Die zuständige Behörde ist total überlastet. Dauert bis zu zwei Wochen, haben mir meine Leute gesagt.«

»Hmmh«, Vincent überlegte einen Moment. »Wenn ich Ihnen helfen kann …«

Wencke Tydmers sah ihn amüsiert an. »Arbeiten Sie nebenberuflich als Hacker?«

Vincent schnitt eine Grimasse. »Ich bin da eher tiefbegabt, aber einer meiner Schüler ist ein echtes Genie. Steffen knackt alles, sagen seine Mitschüler. Hackt sich bei großen Firmen ein. Programmiert mit links und bringt mit rechts die Smartphones seiner Kumpels in Ordnung. Möglicherweise findet er ja auch das Passwort von Phillipp Bernardy heraus.«

Erstaunlicherweise schüttelte die Profilerin nicht gleich den Kopf. Wahrscheinlich suchte sie nach höflichen und trotzdem ablehnenden Worten. »Wo ist der Bursche?«, fragte sie stattdessen.

Vincent sah die Straße hinunter. Das hätte er auch gern gewusst. Von seiner Klasse war nichts mehr zu sehen. »Auf dem Sportplatz«, antwortete er aufs Geratewohl, »der liegt am Ende des Dorfes.«

Die Kripofrau schien zu überlegen. Dann drehte sie sich weg und kramte auf dem Beifahrersitz in ihrer Tasche. Schließlich hatte sie gefunden, wonach sie suchte. Ein Handy in einem Klarsichttütchen. Einen Moment zögerte sie noch. Dann hatte sie sich offenbar entschieden.

»Ich muss jetzt zu den Bernardys«, sie sah Vincent fest in die Augen. »Aber ich vertraue Ihnen das an. Vielleicht haben wir tatsächlich Glück, und der Junge kriegt das Passwort heraus. Ich komm später am Sportplatz vorbei und hol das Teil wieder ab.«

Als Vincent das Handy entgegennahm, spürte er ein deutliches Kribbeln in seinem Magen.

Das Spiel wurde gerade angepfiffen, als Vincent den Sportplatz erreichte. Aber Steffen war natürlich nicht eingesetzt worden. Der Junge war bevorzugt, wenn es um eine spezielle Sorte Gehirnzellen ging – bei Zellverbünden, die sich anderswo an seinem Körper befanden, war er eher unterprivilegiert. Schlaksig und blass saß er in der Nähe der zuschauenden Mädchen und zupfte einen Grashalm aus, wahrscheinlich um im Kopf dessen Gewicht zu errechnen.

»Steffen, kommst du mal eben?«

Der Junge blickte hoch und deutete auf sich. »Ich?«

Vincent nickte ihm aufmunternd zu. Zögerlich stand Steffen auf und kam herüber.

»Ich brauche deine Hilfe«, erklärte Vincent knapp. Er wollte nicht mehr verraten als nötig. »Das Passwort meines Handys fällt mir nicht mehr ein. Beim nächsten Versuch wird es gesperrt. Du hast doch Ahnung. Kannst du mal schauen, ob du das irgendwie abrufen kannst?«

Steffen runzelte die Stirn, als wäre allein die Frage unbändig blöd. »Ich kann's mal versuchen.« Er nahm das Handy entgegen und schaute es ungläubig an – tatsächlich sah es ziemlich mitgenommen aus. Dann schien er zu befinden, dass das zu seinem Klassenlehrer passte, und zog sich ein paar Schritte zurück. Das Genie brauchte offenbar Ruhe.

»Herr Jakobs?«

Vincent blickte sich um. Ein glatzköpfiger Typ im Siebzigerjahre-Trainingsanzug stand vor seiner Nase. Bestimmt der Trainer, mit dem er telefoniert hatte. Benno Stitzmann, wenn er sich nicht täuschte. »Sie sind der Klassenlehrer, oder? Ich dachte, Sie kommen überhaupt nicht mehr.«

Immer schön, gleich im ersten Satz angepfeffert zu werden.

»Hallo Herr Stitzmann!« Am besten, man nahm solchen Leuten gleich den Wind aus den Segeln. »Wie ich sehe, haben Sie ja auch mit meiner Kollegin das Spiel ans Laufen gekriegt.« Vincent zeigte aufs Fußballfeld, wo Dorian im Tor stand und Anweisungen brüllte.

»Jaja«, Benno Stitzmann war gleich etwas milder gestimmt. »Die ersten Tage sind bei Ihnen ja auch nicht gerade reibungslos gelaufen, was? Die Kinder haben erzählt, dass sie gestern Albert Bernardy auf dem Friedhof entdeckt haben.«

»Stimmt, das hatte ich als Programmpunkt überhaupt nicht geplant.«

»Sie kommen von auswärts, Sie kennen die Zusammenhänge ja nicht«, der Eifel-Kojak kam jetzt vertraulich näher. »Wir haben hier im Ort so eine Pudding-Dynastie. Alles Verbrecher!«

»Ach!«, entfuhr es Vincent. »Wie meinen Sie das?«

Stitzmanns Augen verengten sich. »Wie würden Sie das nennen, wenn Magnaten wie die Bernardys nur in ihre eigene Tasche scheffeln, anstatt an die Belegschaft zu denken? Ich habe mich in der Firma lang genug ausbeuten lassen. Die umgehen den Tariflohn, wo sie nur können. Gut, Sie kennen so was nicht, Sie sind ja Beamter.« Stitzmann zog die Nase hoch. Ob das ein Kommentar war? »Die alte Albertine hat ihren Nichten und Neffen das Geld in den Rachen geworfen, ohne dass die etwas leisten. Jetzt wird da auch noch so ein Sternekoch für viel Geld eingekauft, um Pudding de luxe zu kreieren. Und der kleine Mann ackert und schuftet für viel zu wenig Geld.«

Stitzmann war zweifellos ein Mann, der mit nichts hinter dem Berg hielt. Wie lange kannten sie sich jetzt? Zweieinhalb Minuten?

»Meinen Sie, dass Albertine Bernardy deshalb umgebracht wurde?« Vincent hielt auch mit nichts hinter dem Berg. »Möglicherweise von Unterdrückten wie Ihnen?«

Stitzmanns Gesichtszüge entglitten. »Das hab' ich nicht gesagt …«

»Kleiner Scherz«, Vincent berührte Stitzmanns Ellbogen. Der entspannte sich wieder.

»Aber etwas anderes kann ich Ihnen sagen. Die Firma strauchelt – der Pudding läuft nicht mehr wie früher. Die Nerven liegen blank.«

»Tatsächlich?« Vincent warf einen Blick aufs Spielfeld, wo eine ganze Meute den Ball verfolgte. Mit Koordination war da nicht viel.

»Gestern noch habe ich im Gasthof mit einem ehemaligen Kollegen gesprochen. Zwanzig Prozent Umsatzeinbruch, hat er gemeint.«

Vincent atmete tief aus. Interessant! Weniger der Umsatzeinbruch als vielmehr die Tatsache, dass Stitzmann gestern Abend im Gasthof gewesen war. Wann er dort wohl aufgebrochen war? Vielleicht gegen halb zwölf, kurz vor dem Anschlag auf Albert Bernardy?

Vincent konnte den Gedanken nicht weiterführen. Jemand tippte ihm auf die Schulter. Steffen. Er hielt ein Handy in der Hand, aber nicht das von Phillipp Bernardy.

»Man braucht nicht unbedingt ein Passwort, zumindest, wenn man Ihre Fotos sehen will.«

Vincent war irritiert. »Wie – kein Passwort?«

»Die Fotos sind auf einer SD-Karte gespeichert. Hab' ich mal in mein eigenes Smartphone gesteckt.«

Steffen lächelte ihn an. Vincent hatte den Jungen nie zuvor lächeln gesehen. Jetzt grinste er übers ganze Gesicht.

Vincent griff nach dem Handy und schaute aufs Display. Starrte aufs Display. Was er dort sah, hätte Steffen niemals sehen dürfen. FSK 18 – mindestens. Ein geöffnetes Tor – metaphorisch gesprochen.

Im selben Moment ertönte hinter ihnen ein Schrei. »Tor!«

Gottes Füße waren in Führung gegangen.

»Das war nicht mein Handy!«, stotterte Vincent. »Das hat mir eine Polizistin gegeben.«

Steffen grinste immer noch, er glaubte ihm kein Wort. In seiner Not wischte Vincent das Foto weg. Das, was jetzt kam, war noch viel schlimmer.

»Ist einiges drauf«, meinte Steffen trocken. »Ziemlich umfangreiche Sammlung.«

Vincent wischte weiter, jetzt endlich mal ein anderes Motiv. Ein Werbeemblem oder so was. Er suchte die aktuellste Aufnahme. Aufgenommen in der Nacht von Dienstag auf Mittwoch. Moment, war das nicht die Mordnacht? Er zoomte das Bild. Mit einem Mal stockte ihm der Atem. Er würde nicht warten, bis Wencke Tydmers auf den Sportplatz kam. Er musste zu ihr hin, und zwar sofort.

29. Wencke spielt Cluedo

Es gab dieses Brettspiel, bei dem ein Graf von Eutin von Professor Blohm mit dem Heizungsrohr im Billardzimmer erschlagen worden war, oder von Fräulein Ming mit der Rohrzange im Speisesaal. Früher, als Wencke noch gar keine echte Ermittlerin gewesen war, hatte sie das gern und oft gespielt. Und immer hatte sie sich das Haus, in dem das imaginäre Verbrechen geschehen war, so ähnlich vorgestellt wie diese Villa, in deren Foyer sie nun stand.

Vielleicht ein bisschen pompöser, denn besonders riesig war der Raum hinter der Eingangstür nicht, und man erkannte in jeder Ecke die Spuren der allmählichen Vernachlässigung. Es gab weder Kronleuchter noch goldene Türklinken, und das Hausinnere hielt nicht, was die Fassade versprach. Aber der etwas morbide Charme machte das wieder wett. Und es gab noch eine Gemeinsamkeit zwischen Spiel und Realität: Hier war ein Verbrechen geschehen. An Albertine Bernardy. Mit dem Kissen. Im Schlafgemach. Nur von wem?

Ein älterer Herr, der eine Art Hausmeister zu sein schien und Wencke freundlich begrüßte, als habe er sie bereits erwartet, lief los, um Johanna Bernardy zu holen, und kam kurz darauf mit einer Mittvierzigerin zurück, die anscheinend bequeme, naturbelassene Kleidung bevorzugte.

»Ich weiß, ich sehe furchtbar aus.« Stimmt, das sah sie wirklich: dunkle Augenringe, zerzaustes Haar, Mundwinkel, die zwar nach oben zeigten, aber wie angetackert wirkten. »Hier geht es zu wie im Taubenschlag. Vorhin war so ein ungehobelter Kerl hier, der mich regelrecht bedroht hat, weil er wissen wollte, wann ich mit meinem Auto wohin unterwegs gewesen bin.« Als Wencke nicht weiter darauf einging, fügte Johanna Bernardy noch eine ziemlich detaillierte Beschreibung dieses höchst verdächtigen Grobians hinzu, und Wencke wusste Bescheid. Sie war gespannt, was Wilsbergs Ermittlungen ergeben würden.

»Keine Sorge, ich bin ganz offiziell unterwegs«, beruhigte sie Johanna schließlich.

»Sie sind die Kommissarin, stimmt's? Mein Bruder hat Sie bereits angekündigt. Und mir erzählt, dass unsere Tante ermordet wurde. Glauben Sie mir, ich bin fix und fertig. Aber ich habe keine Ahnung, wer das getan haben könnte.«

»Die Obduktion hat noch ein paar weitere Fragen aufgeworfen, deshalb bin ich hier.«

Johanna kam nicht auf den Gedanken, Wencke weiter ins Haus zu lassen oder ihr vielleicht etwas zu trinken anzubieten. Schade, denn die letzten vierundzwanzig Stunden steckten ihr schon jetzt ziemlich in den Knochen. Zu viele Stunden im Auto und im Obduktionssaal, zu wenig aufbauende Erkenntnisse. Ein gemütlicher Sessel und eine Tasse Kaffee wären jetzt eine Wohltat. Doch Johanna Bernardy lächelte lieber.

»Ihr Bruder sagte mir, Sie hätten Ihrer Tante emotional am nächsten gestanden.«

Sie nickte voller Bedacht. »Oh ja, ganz bestimmt.«

»Dann können Sie mir auch sicher beantworten, was mit dem Kind geschehen ist.«

Das Lächeln geriet nun etwas zu breit. Es war klar, diese Grimasse versuchte zu kaschieren, dass Johanna überhaupt keine Ahnung hatte, wovon Wencke gerade sprach. »Kind?«

»Ihre Tante hat nachweislich mindestens eine Geburt erlebt. Doch soweit ich informiert bin, gilt sie als kinderlos.«

Jetzt fiel Johanna Bernardy doch noch die Kinnlade runter. Sie war so perplex, dass sie sogar vergaß, es hinter einem Friede-Freude-Eierkuchen-Gesicht zu verbergen. »Das kann nicht sein.«

»Kein Zweifel«, blieb Wencke stur.

»Das hätte Tante Albertine mir doch sicher erzählt.«

»Anscheinend nicht.«

Johanna Bernardy musste sich an der Wand festhalten. Jetzt wäre eigentlich genau die richtige Gelegenheit, das Gespräch ins Wohnzimmer zu verlegen, dachte Wencke. Schon ein simpler Stuhl und ein Glas Wasser würden sie glücklich machen, das konnte doch nicht so schwer sein. Doch die Frau blieb, wo sie war.

»Vielleicht eine Totgeburt?«, versuchte Wencke das Gespräch weiter in Gang zu halten.

»Wann soll denn das gewesen sein?«

»Das lässt sich bei der Obduktion leider nicht genau bestimmen.«

Plötzlich fuhr ein Zittern durch den Körper der Frau, es sah aus, als probe sie gerade für ein Krippenspiel die

Erleuchtungsszene der Jungfrau Maria. »Jetzt wird mir endlich alles klar!« Und da war es wieder, das süßliche Lächeln. Alle Achtung, diese Person durchlebte die Gefühlspalette in Rekordtempo und legte auch immer noch eine Schippe Kitsch obendrauf. »Das kann nur ich sein!«

Fast automatisch wurde Wencke besonders sachlich, war durch und durch Kriminalkommissarin, so ein Überschwang musste irgendwie ausgeglichen werden. »Wie kommen Sie darauf?«

»Wenn Sie mich so fragen: Ich glaube, ich habe es im Grund immer gewusst. Diese tiefe Bindung zu Albertine, diese unausgesprochene Zusammengehörigkeit, das ist weit mehr, als Tante und Nichte füreinander empfinden können. So fühlen nur Mutter und Tochter.« Tränen standen in den vorhin noch so müden Augen.

»Wir sollten vielleicht eine DNA-Analyse machen«, schlug Wencke vor, denn auf gefühlte Wahrheiten gab sie nur wenig. »Von Ihnen und Ihrem Bruder.« Unter den gegebenen Umständen war es schon sehr wahrscheinlich, dass die Sache irgendwann einmal vor einem Nachlassgericht enden würde, schließlich erbte in diesem Fall das Kind alles, ein Neffe oder eine Nichte gingen jedoch leer aus.

»Und Phillipp?«

»Ihren Cousin konnten wir bereits ausschließen. Er wird ja auch gerade rechtsmedizinisch untersucht, und die Blutgruppen passen nicht zusammen.«

Johanna atmete fast erleichtert aus. »Sie glauben gar nicht, wie glücklich mich diese Nachricht macht.« Dann nahm Johanna sie in den Arm, ganz kurz nur, zum

Glück, so als habe Wencke eben den Gewinnscheck einer Lotterie abgeliefert. Jetzt aber!

»Wenn es Ihnen nichts ausmacht, Frau Bernardy, ich war den ganzen Tag auf den Beinen und habe ziemlichen Durst. Könnten Sie mir etwas zu trinken –«

»Tut mir leid«, unterbrach Johanna Bernardy. »Ich bin jetzt wirklich unglaublich aufgeregt. Ich brauche Zeit für mich. Ich gehe spazieren. Ich muss mit allem klarkommen.« Das war der Ich-Rekord des Tages, eindeutig. Dann fügte sie – um auch mal auf die Befindlichkeiten anderer einzugehen – ein: »Das verstehen Sie doch sicher« hinzu und rauschte ab. Blöde Kuh!

Zum Glück war es spät genug, dass der Schankraum im *Düsterscheider Hof* schon geöffnet haben würde. Dienst hin oder her, sie würde jetzt gern ein Bier trinken, ein großes, frisch gezapft, nahm Wencke sich vor und stieß die Tür auf.

»Vorsicht!«, rief eine Stimme. »Mein Kopf!« Gerade noch rechtzeitig kam das hölzerne Türblatt zum Stoppen, sonst hätte sie Vincent Jakobs eine dicke Beule auf die Stirn gehauen. »Das war knapp!«

»Sagen Sie nicht, Ihr Spezialeinsatzkommando Smartphone war so schnell erfolgreich!«

»Ich könnte mir vorstellen, dass sich einer meiner Schüler mit solchen Sonderaufträgen durchaus sein Taschengeld aufbessern könnte.« Er grinste stolz wie der Trainer des amtierenden Fußballweltmeisters und hielt ihr das Handy entgegen, das aus der geschmolzenen Hülle gebastelt worden war. »Zugegeben, die Lösung des Problems war einfacher als gedacht, aber das erkläre ich Ihnen später. Jetzt würde ich Ihnen gern etwas zeigen.« Er holte ein anderes Smartphone heraus, das Display leuchtete auf. Neugierig beugte sich Wencke darüber.

»Das Foto wurde in der Mordnacht aufgenommen«, erklärte er. »Es ist etwas verwackelt und zudem schlecht belichtet. Da es aber das letzte Bild ist, das Phillipp Klotz aufgenommen hat, dürfte es schon etwas Bedeutendes zeigen.«

Die Aufnahme war wirklich nichts, womit man einen wichtigen Preis der Lichtbildkunst abstauben könnte. Wenn Wencke sich nicht täuschte, dann war es vom hinteren Grundstück der Villa aus geknipst worden, irgendwo an der rechten Seite des Gebäudes, von unten nach oben. Im Zentrum stand ein Fenster, das zwar im Dunkeln lag, jedoch waren keine Vorhänge vorgezogen, und das bisschen Restlicht einer sommerlichen Mondnacht fiel durch die Scheiben. Niemand würde sich sonderlich für dieses Bild interessieren, es war nicht schön und nicht spannend, nicht kontrastreich und erst recht nicht gestochen scharf. Doch wenn man wusste, dass dies wahrscheinlich der Moment war, kurz bevor oder kurz nachdem Albertine Bernardy ein Kissen auf das Gesicht gedrückt worden war, dann war das Foto wertvoller als eine Aufnahme von Helmut Newton. Zumindest Phillipp Klotz musste es geahnt haben. Denn er hatte die Person abgelichtet, die in dieser Nacht einen Mord begangen hatte.

Vincent schaute Wencke erwartungsvoll an. Doch sie konnte ihm nicht so schnell erklären, was diese Erkenntnis bedeutete. In Wenckes Kopf ging es nämlich gerade richtig zur Sache. Wenn Phillipp wusste, wer die Tante getötet hatte, dann musste er ... Schon schoss der nächste Gedanke quer: Es war klar, Phillipp hatte sich in Gefahr gebracht, denn einen solchen Mitwisser konnte man unter keinen Umständen dulden ... Bevor sich ihr plötzlich überdeutlich ein ganz anderer, ganz wichtiger Aspekt ins Bewusstsein drängte. »Ich kann Ihnen das jetzt nicht so schnell erklären, Herr Jakobs, aber ich glaube, Johanna Bernardy befindet sich gerade in ziemlich großer Gefahr.«

»Das verstehe ich wirklich nicht. Aber ich komme gern mit und helfe Ihnen, sie zu retten.«

Wären doch nur alle Menschen so unkompliziert wie dieser Mann, dachte Wencke. Dann öffnete sie die Tür, rannte zurück ins Foyer, dachte nicht daran, dieses Mal dort blöde wartend stehen zu bleiben, sondern lief weiter.

»Hallo?«, rief sie. »Frau Bernardy?« Keine Antwort.

Vincent Jakobs legte einen Finger auf die Lippen. »Da ist jemand!«

Tatsächlich, hinter der letzten Tür auf der rechten Seite waren Stimmen zu hören. Viele Stimmen, sie redeten durcheinander, laut und aufgeregt, es klang nach einer eher fröhlichen Runde.

»Vielleicht haben wir Glück, und Johanna Bernardy ist dabei, dann müssten wir uns keine Sorgen machen.«

»Schauen wir nach?«, schlug Vincent Jakobs vor, dann gingen sie zur Tür, klopften kurz an, was bei dem allgemeinen Geräuschpegel wahrscheinlich niemand mitbekam. Geschirrgeklapper war zu hören, Gläserklingen, offensichtlich befand sich dort die Küche, und wenn dort nette Menschen versammelt waren, dachte Wencke, bekam sie vielleicht endlich einen Schluck zu trinken. Sie drückte die Klinke und trat ein. Wieder dachte sie an Cluedo, an das lustige Detektivspiel, nur dass sie dieses Mal wusste, wer der Täter war.

30. Julius trinkt Heimat

Alkohol war keine Lösung – Frühburgunder schon. Julius füllte die Weingläser deshalb ordentlich voll. Und das von Britta Brandner noch voller. Gemeinsam mit Herbie Feldmann standen die zwei in der Küche der Villa Bernardy. Der Hausknecht ließ schwarze und weiße Perlen durch seine Finger gleiten, die ein Geheimnis bargen, das jahrzehnteelang im Schlamm versteckt lag.

»Die Trauben dafür wachsen bei mir hinterm Haus«, sagte Julius, für den der Wein flüssige Heimat war. »Hilft uns, das alles besser zu verdauen!«

»Dann bestelle ich gleich schon mal ein zweites Glas«, sagte Britta.

»Nein, Julius, du bekommst nichts«, bemerkte Herbie.

Britta blickte ihn an. Julius blickte ihn an. »Was spricht denn dagegen?«

Herbie machte ein Gesicht, als habe er eine Zahnwurzelentzündung. »Ich hab mit meinem … also …«

»Er heißt Julius?«, fragte Julius.

Herbie nickte. »Weiß auch nicht woher, er hieß immer schon so.«

»Und er steht da?«, Julius zeigte auf den Kühlschrank und schüttelte dann dort eine unsichtbare Hand.

»Du hast ihm gerade einen unerlaubten Tiefschlag versetzt und danach sein Herz mehrfach durchbohrt, aber er schätzt die Geste trotzdem.«

Sie lachten ein wenig. Das tat gut. Denn eigentlich war ihnen nicht nach Lachen zumute. Auch nach Anstoßen nicht, nach Trinken umso mehr. Das taten sie jetzt endlich.

Eben war ihnen aufgefallen, dass sie alle um die Merkwürdigkeiten in diesem Haus kreisten wie Wölfe um einen verwundeten und deshalb unberechenbaren Bären. Und dass es da noch andere wie sie gab, diesen Privatdetektiv Wilsberg zum Beispiel, oder den Journalisten Waldo. Doch jeder kreiste auf seiner ganz eigenen Bahn um den Bären, dabei würde man ihn nur erlegen können, wenn man gemeinsam zuschlug.

Nachdem er einen Schluck genommen hatte, begann Julius die Küche aufzuräumen, in der sich Nichte Johanna wie jeden Tag ihren Tee zubereitet hatte. Aufräumen war offensichtlich nicht Teil der ayurvedischen Lehre.

Plötzlich stand eine stupsnasige Rothaarige im Raum. »Wencke Tydmers, LKA. Ich bin hier wegen des Mordes. Weiß jemand wo Johanna Bernardy ist?« Die Pupillen der Rothaarigen zuckten wie verendende Mücken.

Julius füllte ein weiteres Weinglas und reichte es ihr. »Ich glaub, das brauchen Sie gerade.«

»Sie sind echt mein Retter.« Schnell nahm sie einen Schluck. »Der ist gut!«

»Kommt ja auch aus dem Ahrtal«, erwiderte Julius. »Wenn einer weiß, wo Johanna ist, dann Britta, die ist nämlich ihre Leibsklavin.«

Britta verzog das Gesicht. »Streu noch tüchtig Salz in die Wunde!«

Wencke Tydmers sah sie an. »Und? Wo ist sie?«

»Gerade zu einem ihrer Spaziergänge aufgebrochen, um zu ihrer inneren Mitte zurückzufinden. Und ich habe keine Ahnung, welchen Weg sie diesmal geht.«

Die Kripobeamtin schürzte die Lippen. »Verdammt! Ich hab' jetzt keine Zeit zu erklären, woher ich das weiß, aber sie schwebt in Lebensgefahr. Ich befürchte einen Mordanschlag, aber keinen in persona. Eher etwas, das schon vorbereitet wurde. Wie eine Bombe, oder eher Gift.«

Julius blickte auf die Zutaten für den Ayurveda-Tee. »Wenn ich sie vergiften wollte, und der Gedanke ist mir tatsächlich schon gekommen, würde ich das Zeug in den Ayurveda-Tee mischen. Der ist so aromatisch, dass es geschmacklich gar nicht auffiele.«

»Diese Johanna hat ja eigentlich immer nach dem Tee geduftet«, meinte Herbie. »Der muss es sein.«

»Also der Tee«, sagte Wencke.

Julius nahm die diversen Zutaten vorsichtig zur Hand und roch daran, ebenso an der leeren Kanne.

Die Kripobeamtin sah ihn fragend an.

»Er riecht extrem stechend«, antwortete Julius.

Wencke Tydmers zog eine Plastiktüte aus ihrer Hosentasche, bereit, die Beweisstücke einzupacken.

Doch Julius hielt ihre Hand zurück. »Er riecht genauso stechend und widerlich wie immer. Also vollkommen normal.«

Die Polizistin schüttelte enttäuscht den Kopf. »Dann müssen wir ihr Zimmer durchsuchen. Auch wenn wir nicht wissen, wonach Ausschau zu halten ist. Es muss etwas sein, von dem man weiß, dass sie es regelmäßig trinkt oder isst.«

Jetzt meldete sich Herbie zu Wort. »Einmal hab ich sie vom Garten aus ein Stück Plockwurst essen sehen. Ganz heimlich hinter dem Fenster. Und vielleicht war das ja kein einmaliger Ausrutscher. Julius meint, also mein Julius, dass hier doch immer Frikadellen verschwinden, oder Bratwürste. So richtig leckere Sachen. So was fällt dem verfressenen Kerl natürlich auf.« Er blickte zum Kühlschrank. »Und ob du verfressen bist!«

Julius Eichendorff bekam Lust, seinem Namensvetter eins von den Koteletts aus dem Kühlschrank anzubieten. Aber er wollte nicht, dass Herbie oder der andere Julius sich veralbert vorkamen. Dafür konnte er das Gespann viel zu gut leiden.

Britta schlug sich mit der flachen Hand gegen die Stirn. »Ich Schussel! Das ominöse Fleisch-Depot!«

»Ich höre«, sagte Wencke Tydmers.

»Albertine hat während einer Massage mal davon erzählt. Alle wüssten, dass Johanna heimlich Fleisch isst und einen Vorrat irgendwo bunkert, an den sie jederzeit rankann.«

Ohne ein weiteres Wort ging die vierköpfige Truppe schnellen Schrittes in Johanna Bernardys Schlafzimmer. Herbie untersuchte die Frisierkommode, Britta den Kleiderschrank, Julius das Bett und Wencke den Koffer.

»Hat einer was gefunden?«, fragte Wencke.

Alle schüttelten den Kopf.

Wencke wandte sich an Herbie. »Hinter welchem Fenster war das mit der Plockwurst?«

Herbie überlegte kurz, blickte aus dem Fenster, trat auf den Flur und zeigte dann auf den gegenüberliegenden Gang. »Ich stand im Teich, als ich sie gesehen habe. Dann muss es das Badezimmer da gewesen sein.«

Die vier stürmten hinüber, und Julius Eichendorff kam sich vor wie in einem Boulevard-Stück des Millowitsch-Theaters. Die hatte er Kind immer sehr gern gesehen. Wieder teilte sich die Gruppe auf. Wencke Spülbecken und Unterschrank, Britta Dusche und Wanne, Herbie Badezimmerschrank, und für Julius blieb nur das Klo. »Bei Fleischwaren müsste die Lagerstelle am besten kühl sein«, sagte er.

»Hinter einer Kachel oder so?«, fragte Britta und begann, diese mit den Fingerknöcheln abzuklopfen. Die anderen fielen ein, und es wurde ein vielstimmiges Gehämmere.

Doch die Kacheln klangen alle fest.

Enttäuscht lehnte Wencke sich gegen das Waschbecken und blickte gen Boden. »Wenn sie drogenabhängig wäre, wüsste ich sofort, wo wir suchen müssten.« Sie riss die Augen auf und blickte langsam nach oben. In die aufgerissenen Augen von Britta, Herbie und Julius.

»Spülkasten!«, sagten sie wie aus einem Mund.

Julius drehte sich um und hob den Porzellandeckel empor, während die anderen drei sich um das Klo versammelten. Schnell krempelte er den Hemdsärmel hoch und tauchte mit der Hand in das kühle Wasser.

Die Spitzen seiner Finger ertasteten Plastik, glitten tiefer hinein, umgriffen eine große Tüte.

Julius zog sie heraus.

Es war ein beeindruckender Fang: Bratwürste, Frikadellen sowie ein Stück Kasseler. Julius blickte zur Sicherheit abermals in den Spülkasten. Dort schwammen noch eine Dose Hausmacher Leberwurst und eine mit Schweinskopfsülze. Notrationen, falls kein Frischfleisch greifbar sein sollte. Im wahrsten Sinne des Wortes.

»Eine Frikadelle ist halbiert«, sagte Britta und deutete auf die Tüte. »Guck, hier. Sie hat sie säuberlich mit dem Messer durchgeschnitten. Wahrscheinlich muss sie gut mit ihren Vorräten haushalten.«

Julius band die Tüte auf und holte den halben Fleischklops heraus. Konzentriert roch er daran.

»Und?«, fragte Wencke.

»Das ist eine Frikadelle von mir. Aber sie riecht falsch.« Er senkte nochmals die Nase. »Ein leicht stechender Geruch. Den kenne ich auch. Aus meinem Gartenschuppen.« Sein Mund wurde trocken. »Rattengift.«

Julius riss auch die anderen Frikadellen auseinander und roch daran, dann an den Bratwürsten. »Das Gift ist überall drin.«

Wencke Tydmers hatte ihr Handy schon gezogen. »Scheiße, kein Empfang. Dann müssen wir Johanna Bernardy selber finden. Und zwar sofort. Hoffentlich ist es noch nicht zu spät.«

31. Die acht sprengen eine Feierstunde

Julius nickte anerkennend.

Junge, Junge, das nenne ich mal eine Feier! Guck's dir an, so viele gut angezogene Menschen. Einer ist sogar mit einem Rolls Royce vorgefahren. Toll hast du das hinbekommen, mein Bester. Alle können jetzt den schön bemalten Rasen bestaunen. Und die prächtige Schlammgrube.

Herbie Feldmann verdrehte die Augen. Nein, dieses Mal würde er sich nicht über Julius aufregen. Und wenn der sich noch so sehr lustig machte über diesen seltsamen Feierstundenzwitter, halb Firmenjubiläum, halb Totengedenken.

Dies würde ein großer Moment werden. Herbie wusste es, und Herbie war sich sicher: Julius ahnte es insgeheim auch.

Am Abend zuvor hatten sie sich alle in der Gaststätte versammelt. Jeder hatte beigetragen, was er zu dieser vertrackten Geschichte beizutragen hatte, und am Ende hatten sie ein paar lange Sekunden stumm dagesessen. Gut möglich, dass es nie zuvor einen Moment in Herbies Leben gegeben hatte, in dem er größeren Stolz empfunden hatte.

Herbie suchte Blickkontakt zu seinen sieben Mitstreitern. Längst nicht jeder der schätzungsweise zweihundert Anwesenden hatte einen Sitzplatz gefunden. Und so stand Julius Eichendorff auf der anderen Seite des Vorgartens, gleich vor seinem riesigen Buffet, zwei, drei Meter neben Britta Brandner. Siegfried Seifferheld saß in der letzten Reihe auf einem der weißen Klappstühle, darunter hechelte Onis gedankenverloren, schräg hinter Seifferheld stand Vincent Jakobs. Rechts neben dem Grundstückstor, auf Herbies Seite und ebenfalls in der letzten Sitzreihe, tuschelten Wencke Tydmers und Georg Wilsberg miteinander, und ein paar Meter hinter Herbie stand Markus Waldo und zwinkerte ihm gerade zu.

Ach ja, und Karl, der Hausmeister, der war natürlich auch da, und beobachtete die Szenerie mit einem – schwer zu sagen – süffisanten? ironischen? gequälten? Grinsen.

Eine tolle Truppe seid ihr. Quasi die acht … die acht … glorreichen …

Herbie lauschte.

Öööhm …

Herbie konnte es kaum fassen. Julius schien tatsächlich keine Spitze einzufallen.

Der andere Julius stand unter Strom. Klar, als Koch war er Stress gewohnt. Aber das heutige Flying Dinner setzte ihm weit mehr zu als ein ganz normaler ausverkaufter Abend im Restaurant. Julius rollte mit den Augen: Der örtliche Spielmannszug trötete gerade »My way« ins Horn. Wenn Julius vorher gefragt worden wäre, welche Stücke Albert Bernardy den Bläsern vorgegeben hatte, er hätte zehn Flaschen *Romanée-Conti* auf Sinatras Selbstbeweihräucherungsschnulze gesetzt.

Aber das war immer noch besser, als wenn sie den Pudding-Song einstudiert hätten.

Julius' Blick wanderte von den hoffentlich noch gut gekühlten Austern auf dem Buffet über die Stuhlreihen der Gäste. Oh Mann, hoffentlich ging alles gut. Und damit meinte er ausnahmsweise nicht die kulinarischen Herausforderungen. In diesem Moment endete »My way« … ging es jetzt los? … nein, die Bläser setzten wieder an … Julius schloss die Augen … der Pudding-Song begann. Der Spitzenkoch versuchte, an sein Grießflammeri zu denken.

»PiPaPoki« – Siggi Seifferheld hörte das Werbelied zum ersten Mal, beruhigend tätschelte er Onis' Kopf. Der Kriminalkommissar a.D. war froh, einen Platz am Ende der Sitzreihe ergattert zu haben. Stundenlang stehen, die Zeiten waren vorbei. Vorbei war jetzt auch das Werbelied, und tatsächlich begann nun das offizielle Programm, zumindest trat jemand ans Mikrofon – ein untersetzter Herr mit kleinem Pflaster auf der Stirn: Albert Bernardy. Er schien unter der prallen Mittagssonne zu leiden – seine Gesichtsfarbe erinnerte an das Innere der Wassermelonen, die Seifferheld zuvor auf dem Buffet entdeckt hatte.

»Meine sehr geehrten Damen und Herren, hochverehrter Herr Bürgermeister«, der Firmennachfolger nickte in die erste Reihe, »geschätzter Herr Pfarrer«, weiteres Nicken, »Herr Direktor Wagner von der Scheider Genossenschaftsbank, werte Geschäftsfreunde, liebe Bewohner unseres schönen Düsterscheid!« Albert Bernardy holte tief Luft, als wäre schon die Begrüßungsrede eine hohe Hürde gewesen. Onis hechelte laut, deutlich lauter als Albert Bernardy, Seifferheld kraulte ihn zwischen den Ohren.

»Die Schicksalsschläge, die der Familie Bernardy, meiner Familie, in den vergangenen Tagen widerfahren sind, suchen ihresgleichen.«

»Der Fluch!«, krächzte eine schwarz gekleidete Alte, die in der Reihe vor Seifferheld hockte. Ihr Sitznachbar, dieser seltsame Ufo-Experte, wenn Seifferheld sich nicht täuschte, tätschelte ihr beruhigend die Hand.

Albert Bernardy ließ sich von alldem nicht beirren. »Unsere Familie war immer von großem Zusammenhalt geprägt.«

Wie bitte? Britta Brandner musste husten. Hatte sie da in den letzten Tagen irgendetwas verpasst? Irgendetwas, das auf Zusammenhalt hindeutete?

»Nun aber hat das Schicksal uns auseinandergerissen. Unsere liebe Tante Tine ist tot – viel zu früh ist sie von uns gegangen – und auch mein lieber Cousin Phil …«

Mein lieber Cousin Phil! Britta zwang sich, mithilfe von Blitzyoga eine Schnappatmung zu verhindern.

»… ist auf dramatische Weise von uns gegangen. Ich bitte Sie deshalb, nun aufzustehen und eine Gedenkminute für meine liebe Tante und meinen tapferen Vetter zu halten.«

Allgemeines Stühleschieben. Dann war es wirklich sehr still – abgesehen vom Hecheln eines Hovawarts in der hintersten Reihe. Vorne senkte Albert Bernardy den Kopf. Vermutlich zählte er gerade bis sechzig.

Irgendwann hob er den Kopf, der nun noch röter war als zuvor, und Markus Waldo fragte sich, ob es röter hieß oder roter, und alle setzten sich wieder.

»In dieser schwierigen Phase wollen meine Schwester und ich zusammenstehen. Natürlich hatte die liebe Johanna ihr Kommen für heute angekündigt. Nun sehe ich sie nicht und bin, wie Sie sich vorstellen können, in allergrößter Sorge.« Albert Bernardy ließ den Blick schweifen, als wollte er demonstrieren, dass er noch immer suchte. Schließlich gab er es auf und fand neue Worte.

»Natürlich habe ich mich, der ich schon so lange dem Konzern beruflich verbunden bin, mehr als einmal gefragt, ob die Feier zum fünfzigjährigen Bestehen noch angebracht ist angesichts der Vorfälle der jüngsten Zeit. Aber seien wir ehrlich: Unsere liebe Tante Tine hätte es nicht anders gewollt!« Albert machte eine dramatische Pause – als er nach zwei Sekunden noch immer nicht fortgefahren war, verstanden die Zuschauer. Applaus setzte ein.

»Das Lebenswerk unserer Tante Albertine ist Vorbild und Auftrag zugleich«, fuhr Bernardy staatsmännisch fort. »Dieser Verantwortung möchte ich mich selbstredend stellen und auch in Zukunft meine ganze Kraft in den Dienst der Firma stellen.«

Ein Raunen ging durch die Menge, vereinzelt Applaus. Wencke holte tief Luft, es war an der Zeit. Sie stand auf: »Das werden Sie ganz sicher nicht, Herr Bernardy!«

Albert Bernardys Kopf fuhr hoch, Unruhe setzte ein. Wencke hob beschwichtigend die Hand. »Wie Sie vermutlich alle schon wissen, ist Albertine Bernardy keines natürlichen Todes gestorben. Sie wurde erstickt.«

Erneut aufgeregtes Gemurmel. Wencke wartete einen Moment, dann legte sie nach. »Genauer: Sie starb durch die Hand ihres Neffen!«

Albert riss die Augen auf. »Sie meinen doch nicht etwa mich?«

»Natürlich meine ich Sie!« Wenckes Stimme war fest. »Albertine hatte Ihnen mitgeteilt, dass Sie als Geschäftsführer nicht berücksichtigt werden. Das hat all Ihre Pläne durchkreuzt, da Sie sich doch als alleinigen Erben ihres Imperiums sahen. Offenbar schätzte Albertine Bernardy Ihre Fähigkeiten anders ein als Sie selbst. Sie standen von einem Moment auf den anderen vor dem Nichts.«

»Was für eine infame Unterstellung!« Alberts Einwurf mischte sich mit dem Gemurmel des Publikums.

»Keineswegs!« Britta Brandner trat einen Schritt vor. Gut, dass sie sich nicht länger zurückhalten musste! Die Köpfe der Gäste fuhren zu ihr herum.

»Albertine Bernardy hat mir, ihrer Physiotherapeutin, am Tag vor ihrem Tod erzählt, dass sie einem ihrer nächsten Verwandten bereits mitgeteilt hat, dass er keine Chance auf die Nachfolge hat.«

Albert schnappte nach Luft. »Und was veranlasst Sie zu behaupten, sie habe damit mich gemeint? Wenn dem tatsächlich so ist, dann hat sie meinen Cousin Phillipp gemeint. Phillipp, der sie – das wissen wir alle – zeit seines Lebens abgeschöpft hat. Der mit seinen kruden Ideen …«

»… in den Tod fliegen musste?« Wilsberg war neben Wencke getreten. Er überragte sie um gut einen Kopf. »Bernardy, Sie haben nicht nur Ihre Tante, sondern auch Ihren Cousin auf dem Gewissen. Phillipp hat Sie in der Mordnacht aus Albertines Zimmer kommen sehen. Anstatt sich an die Polizei zu wenden, hat er Sie unter

Druck gesetzt – im Glauben, so an zwei Drittel des Erbes zu kommen. Sie sollten ruhig weiter die Geschäftsführung machen – er wollte nur die Kohle.«

»Unterstehen Sie sich …« Alberts Augen traten ihm fast aus dem Kopf. »Haben Sie irgendwelche Beweise …?«

»Sie sind mit Johannas Auto zum Flugplatz gefahren. Ihres hätte man in der Eifel womöglich erkannt. Mehr noch wurde auf diese Weise Ihre eigene Schwester verdächtig, falls man Ihre Manipulation der Tankfüllung herausfinden sollte.«

»Das ist an den Haaren herbeigezogen«, Albert trat einen Schritt zurück, »wie können Sie es wagen …«

Wilsberg ließ sich nicht beirren. »Unglücklicherweise wird gerade die Zufahrtstraße zum Flugplatz neu gemacht, vielleicht haben Sie den Rollsplitt bemerkt, Herr Bernardy. An Johannas Wagen fanden sich Bestandteile dieses Übergangsbelags …«

»Dann hat Johanna …«, stieß Albert aus.

»Johanna hat ein Alibi.«

»Und deshalb bleibe nur ich?« Albert kam jetzt wieder vor. Er zeigte mit dem Finger auf Wilsberg und kniff die Augen zusammen. »Sie haben keinerlei Beweise für Ihre abstrusen Behauptungen.«

»Oh doch!« Vincent rief von ganz hinten. Er stand am Zaun zur Straße und hielt hoch, was er die ganze Zeit in seiner schwitzigen Hand gehalten hatte: Steffens Smartphone.

»Aus dem Flugzeugwrack wurde Phillipp Bernardys Handy geborgen. Der Fotospeicher offenbart etliche Bilder, die nicht jugendfrei sind. Aber er offenbart auch etwas noch Verstörenderes: Phillipp hat Sie nicht nur beobachtet, als Sie in der Mordnacht aus Albertines Schlafzimmer kamen, geistesgegenwärtig hat er auch gleich ein Foto gemacht. Die Uhrzeit verrät Sie, er hatte Sie in der Hand!«

Vincent trat zurück. Er hatte schon häufiger mit Mordfällen zu tun gehabt, aber diese Teamarbeit hier war etwas ganz anderes.

Albert schüttelte krampfhaft den Kopf. »Solche Fotos kann man manipulieren. Das weiß doch jedes Kind!«

Vincent überlegte, ob er noch einmal antworten sollte. Doch etwas hielt ihn zurück. In der Ferne hörte man jugendliches Quatschen. Eine große Gruppe. Oh nein, das konnte in diesem Eifeldorf nur seine Schulklasse sein – aber die wollten doch mit Renate Fobbe eine Schnitzeljagd machen.

»Ich sollte doch selbst umgebracht werden!« Albert Bernardy schrie jetzt zu Vincent herüber und zeigte auf sein Pflaster am Kopf. »Sie haben es doch selber gesehen. Sie haben gesehen, dass man mich niedergeschlagen hat. Dass man mich bei lebendigem Leibe begraben wollte. Da läuft offenbar irgendein Verrückter herum, der es auf die ganze Familie abgesehen hat.«

»Ein feiner Anschlag!« Seifferheld erhob sich mit etwas Mühe. Solidarischer Weise stand auch Onis mit auf. »Den Sie gekonnt inszeniert haben.«

»Wie bitte?« Albert Bernardys Kopf sah aus, als würde er gleich platzen.

»Sie wussten, dass eine Schulklasse in der Nacht unterwegs ist.«

»Und woher wusste ich das, bitte schön?«

»Von mir!« Vincent erhob wieder die Stimme, obwohl er mehr als nervös war. Tatsächlich war seine Klasse im Anmarsch. »Ich habe Ihnen während unseres Besuchs im Pudding-Museum davon erzählt.«

Seifferheld hatte sich nach hinten umgewandt, lächelte dem Lehrer freundlich zu und drehte sich nun zurück zu Bernardy, um seinen Vortrag fortzusetzen. »Dass die Klasse gegen Mitternacht unterwegs sein und irgendwann den Friedhof passieren würde, war zu vermuten. Sie haben rechtzeitig die Bretter vom ausgehobenen Grab entfernt, sich selbst eine Wunde zugefügt und dann, als Sie die Klasse näherkommen hörten, dramatisch in der Grube Platz genommen.«

»Grotesk!«, schrie Albert. »Wie kommen Sie darauf?«

Seifferheld warf Onis einen liebevollen Blick zu. »Mein Hund hat das Blut an der Kirchenwand erschnüffelt – und die Spur bis zum Grabaushub verfolgt.«

Zum ersten Mal war Albert sprachlos. Ein gutes Zeichen, fand Wencke. Sie erhob ihre Stimme. »Schlimm genug, dass Sie den Anschlag vorgetäuscht haben. Noch schlimmer, dass Sie auch Ihre Schwester umbringen wollten!«

»Wie sollte ich … wie könnte ich …«, stotterte Albert.

»Mithilfe von Frikadellen«, Julius hielt eine seiner Wildschwein-Frikadellen hoch. »Sie wussten, dass Ihre Schwester trotz veganer Schwüre ständig davon nascht. Und Sie wussten auch, wo sie ihre Sehnsuchtsbällchen versteckt. Ein offenes Geheimnis. Andere verstecken dort Drogen – aber vielleicht waren ja Frikadellen für Ihre Schwester genau das. Gott sei Dank haben wir den richtigen Riecher gehabt, sodass Ihre Schwester …«

»… lebt!« Überraschtes Aufschreien. Alle Köpfe schossen herum. Das Kreischen kam aus einer Ecke unter den Bäumen. Dort stand Johanna und hatte die Hände an die Stirn gelegt. »Du wolltest mich umbringen, mich – deine eigene Schwester!« Anklagend reckte sie ihm eine geöffnete Tupperdose entgegen, in der ein Schokoriegel, zwei hart gekochte Eier, eine zerknautschte Senftube und eine noch nicht angerührte halbe Frikadelle ruhten. »Gott sei Dank hat man mich gerade noch rechtzeitig an meinem Kraftort gefunden!«

»Oh, was für ein Glück! Wo bist du gewesen, Johanna? Ich bin ja ganz krank gewesen vor Sorge!«

»Spar dir das falsche Geheule! Man hat mich in einem Gasthof in Binscheid untergebracht. Ich habe die ganze Nacht kein Auge zugetan, weil ich immer nur nachdenken musste, über das, was du mir antun wolltest, und über das, was du …«

»Ich muss mir das alles nicht länger bieten lassen«, schnappte Albert.

»Sie müssen sich sogar noch viel mehr bieten lassen, Herr Bernardy«, fuhr ihm Wencke Tydmers über den Mund. »Überlegen Sie doch mal: Bis hierher haben wir Ihnen doch noch gar nichts Neues erzählt. Aber jetzt kommt der Teil, der Sie wirklich interessieren sollte. Obwohl es Sie vermutlich enttäuschen wird, denn Sie haben das alles getan für eine Firma, deren Fundament auf einem riesigen Betrug aufgebaut ist.«

In die Stille mischte sich erneut Gemurmel. Albert starrte Wencke an, dann seine Schwester, dann wieder Wencke.

»Ihre Tante hat den berühmten Poki gar nicht erfunden«, rief Britta Brandner. »Sie hat das Rezept von jemand anderem erhalten. Sie hat es … eingetauscht!«

»Absurd«, sagte Albert matt. Er schüttelte den Kopf.

Eine Hand ging hoch. »Absurd? Ich denke nicht!« Julius Eichendorff schwenkte das Rezept über seinem Kopf, das Originalrezept, das am Tag zuvor in der Bibliothek der Villa aus dem vergilbten Hauswirtschaftsbuch gerutscht war. »Dies ist das echte Originalrezept für ihren großartigen Pudding.« Eichendorff gelang es, die beiden Wörter »großartiger Pudding« so zu betonen, dass man sie nur als »widerliche Chemiepampe« hören konnte.

Die Köpfe der Festgesellschaft drehten sich zu dem Sternekoch – und gleich danach wieder einige Meter weiter nach links, zurück zu Britta Brandner, die nun ebenfalls ein Stück Papier hochhielt. »Und das ist ein Brief, den jemand vor sechsundfünfzig Jahren an Ihre Tante geschrieben hat. Möchten Sie die beiden Handschriften vergleichen, Herr Bernardy?«

»Wie soll ich das bitteschön machen auf die Entfernung?«, blaffte der Neffe.

»Es ist dieselbe Schrift«, bestätigte ein Gast, der in der Nähe von Julius und Britta saß.

»Stimmt«, rief ein weiterer.

»Und auf jeden Fall ist es nicht die Schrift Ihrer Tante, wie unschwer am angeblichen Originalrezept zu sehen ist, das in Ihrem Museum hängt«, sagte Britta. »Ihre Tante hat das Rezept im Tausch gegen etwas anderes erhalten.«

Albert Bernardy ließ Kopf und Schultern sinken, als wolle er kapitulieren vor so viel geballtem Unfug. »Und gegen was soll Albertine das Rezept eingetauscht haben?«, fragte er leiernd.

»Gegen ein Kind! Gegen das Kind, das Albertine geboren hatte!« Wenckes Stimme zitterte, wenn auch nur ein ganz kleines bisschen, sodass vermutlich nur Georg Wilsberg die Erregung wahrnahm. Jedenfalls suchte der Ermittler mit seiner rechten Hand Wenckes linke. Er berührte sie kurz, aber Wencke wehrte sie ab. Die Profilerin verspürte Wut. Wut auf diesen Albert Bernardy, der sich so verzweifelt gegen die Wahrheit wehrte. Und Wut auf Albertine Bernardy und deren herzlose Tat. »Die Autopsie hat zweifelsfrei ergeben: Ihre Tante hat ein Kind bekommen! Doch das Kind passte nicht in Albertines Lebensplanung. Mit der Firma ging es bergauf. Bäbbi hingegen konnte keine Kinder bekommen – wünschte sich aber nichts sehnlicher.«

Albert Bernardy lachte nun hysterisch auf: »Ein Rezept, ein Brief, und nun hat meine Tante auch noch ein Kind gehabt? Das sie eingetauscht hat? Gegen ein Puddingrezept? Merken Sie denn nicht selbst, wie komplett wahnsinnig das klingt? Haben Sie eigentlich auch nur den Hauch eines Beweises?«

Dein Auftritt, sagte Julius. *Vermassel es nicht!*

»Wir haben sogar fünf Beweise.« Wieder schnellten die Köpfe der Anwesenden in eine neue Richtung. Herbie hielt die fünf Perlen in die Höhe.

Vorsicht, mein Lieber, lass sie nicht fallen.

»Was jetzt? Steinchen? Das sind Ihre Beweise? Fünf Steine?«

»Keine Steine. Perlen«, sagte Herbie.

»Oh! Perlen!«, kreischte Albert und verursachte eine kurze Rückkopplung in den Lautsprecherboxen. »Ich bin überführt! Fünf Perlen!« Er schnaubte. »Würden Sie mir auch verraten, wo Sie die herhaben?«

»Aus dem Teich. Ich habe sie gefunden. Beim … ähm, beim Saubermachen.«

Jaha, nachdem du diese wunderschöne Lackfarbe in das Klein-Biotop gegossen und ganz ohne Kettensäge das große Eifeler Fischmassaker angerichtet hast, ergänzte Julius.

»Jetzt drehen Sie ja völlig durch! Was wollen Sie denn damit beweisen?«

Die Unruhe wurde wieder größer.

Ich bräuchte jetzt eigentlich auch ein Mikrofon, dachte Markus Waldo und rief: »Barbara Metzmacher ertrank in diesem Teich! Vor vierunddreißig Jahren!«

»Ja, genau!«, schrie Albert. »Bäbbi! Klar, und es war ein schreckliches Unglück!«

»Es war kein Unglück«, widersprach Britta.

Albert glotzte sie stumm an.

»Die Perlen stammen von der Kette Ihrer Tante Albertine. Sie hat Bäbbi umgebracht.«

Ein Stöhnen ging durch die Gäste. Albert ließ sich auf die Stufen der Eingangstreppe sinken. Jetzt, wo sich die Vorwürfe nicht mehr gegen ihn selbst richteten, schien er alle Kraft zu verlieren. Doch der Eindruck täuschte. Er sprang wieder auf. Seine Stimme überschlug sich mehrfach: »Wollen Sie jetzt auch noch das Andenken meiner Tante in den Schmutz ziehen? Wenn Sie glauben, dass ich das … wenn Sie denken … ich werde …« Er brach ab, was angesichts seines Gestotters wohl auch das Beste war. Er starrte Britta an, die erneut etwas in die Höhe hielt.

Ein Foto.

»Dieses Foto zeigt Ihre Tante Albertine. Die Kette ist deutlich länger als die, die sie später und auch an ihren letzten Tagen trug. Sie muss die Perlen verloren haben, als sie Bäbbi im Teich ertränkt hat. Bäbbi hat sich gewehrt. Die Kette ist gerissen. Fünf Kugeln fielen ins Wasser. Und die Spurensicherung wird gewiss noch einige mehr finden, wenn sie sich den Teich vornimmt. Es wird ein Leichtes sein, zu beweisen, dass die fünf Perlen von der Kette Ihrer Tante stammen.«

»Warum um Himmels willen sollte Albertine das getan haben?« Es war nicht Albert, der das fragte. Es war Johanna.

»Weil Bäbbi sie um Hilfe gebeten hat.«

Es war nun vollkommen still. Abgesehen vom Vogelgezwitscher und einem hechelnden Hovawart.

»Bäbbi bat um Geld. Geld für ihre Tochter. Für Albertines Kind. Jean, Bäbbis Mann, war kurz zuvor gestorben.«

Vermutlich der Einzige, der eines natürlichen Todes gestorben ist.

»Pst«, machte Herbie.

»Bäbbis Tochter, Albertines Kind, hatte eine große Chance bekommen. Eine Chance, die sie beruflich weitergebracht hätte. Ihre Tante lehnte ab.« Waldo machte eine dramatische Pause. »Es liegt kein Fluch auf diesem Haus. Mag sein, dass vor dreihundert Jahren eine junge Frau mit ihrem Neugeborenen von grausamen Menschen in die Kälte geschickt wurde. Das Leid jedoch, das danach folgte, wurde von Menschen verursacht. Von Albertine. Und von Ihnen.«

Johanna war inzwischen wimmernd auf einen Stuhl gerutscht. Aber da war noch ein leises Schluchzen zu hören. Waldo drehte sich um. Eine Frau stand auf der Straße, hinter dem Metallgitter des Bernardy-Anwesens, inmitten einer Gruppe Jugendlicher, die die Szenerie stumm betrachteten. Waldo musste lächeln.

Ein Mann erhob sich. »Weiß man denn nun, wer das Kind von Albertine war?«

»War? Es lebt noch«, sagte Waldo.

»Wer ist es?«, rief eine Frau.

Julius Eichendorffs Stimme ertönte: »Die Einzige, die in diesem ganzen Pudding-Clan kochen kann!« Julius schaute zum Eingangstor, Britta ebenfalls, die Gäste drehten sich auf ihren Stühlen um, viele standen auf.

Tränen liefen an Claires Gesicht herab. Stumm blickte sie auf die Villa.

Georg Wilsberg setzte sich in Bewegung, um die Cafébesitzerin aufs Grundstück zu bitten.

Da ertönte ein Ruf: »Er haut ab!«

Albert Bernardy rannte an der Vorderseite der Villa entlang und bog um die Ecke in Richtung Garten.

Weitere Rufe.

»Er rennt weg!«

»Er flieht!«

Seifferheld sah zu dem Hovawart hinab, löste den Verschluss der Leine und sagte: »Onis, fass!« Der Hund schaute sich um. Überall sprangen Menschen in die Höhe. Seifferheld musste zugeben, dass sein Befehl auf den Hund etwas verwirrend wirken musste. Er gestikulierte, da, Onis, hinterher. Und nun war Onis klar, was sein Herrchen wollte. Ja, er würde sich von seiner besten Seite zeigen. Er beschleunigte, das geht enorm schnell bei Hunden, und galoppierte – in Richtung Buffet. Seifferheld starrte seinem Tier entsetzt hinterher und erwartete einen beherzten Sprung in die Köstlichkeiten, doch Onis drehte bei und verschwand auf der anderen Seite hinterm Haus.

Vincent Jakobs hatte davon nichts mitbekommen. Als Seifferheld den Hovawart zur Jagd inspiriert hatte, drehte er sich zum Metallzaun, an dem seine Klasse aufgereiht stand, die Hände an den Gitterstäben, wie zum Fotoshooting für eine neue Knastserie. Ein schneller Blick, dann hatte er gefunden, wen er suchte. »Marvin!«, kommandierte Vincent.

Marvin war nicht die hellste Kerze auf der Torte, aber zweifellos die größte Sportskanone, die nicht nur Vincents Klasse, sondern die gesamte Schule aktuell vorzuweisen hatte. Die hundert Meter sprintete der Kerl in 10,76 Sekunden.

Und genauere Informationen benötigte der Junge auch nicht. Marvin schoss durch das Tor aufs Grundstück und nahm die Verfolgung auf. Die meisten seiner Klassenkameraden schlossen sich an, auch einige andere Gäste hatten dies getan, aber Marvin hatte die ersten schon überholt. Herbie und Waldo zum Beispiel, die daraufhin stehen geblieben waren. Schnaufend standen sie nun da und schauten den rennenden Menschen hinterher. Vincent Jakobs und Wencke Tydmers gesellten sich zu dem Duo, auch Seifferheld hinkte herbei, von links kamen Britta und Julius.

Um sie herum standen die Gäste in Gruppen und redeten aufeinander ein. Und wenn sie nicht redeten, dann beäugten sie das Septett respektvoll.

Die Gäste traten beiseite, um Georg Wilsberg und Claire Metzmacher durchzulassen.

»Ich …«, begann sie, aber weiter kam sie nicht. Die acht sahen sich stumm an. Lächelnd. Der eine mehr, der andere weniger. Aber niemand triumphierend.

Hoho, machte Julius. *Öhm …*

Doch, einer lächelte jetzt triumphierend.

Von hinten ertönte ein Ruf: »Herr Jakobs! Herr Jakobs!« Joyce näherte sich mit rotem Kopf und deutete mit dem Finger über die Schulter. »Marvin hat gewonnen.«

»Ich hatte mich auf ein paar ruhige Tage in der Eifel gefreut«, sagte Britta. »Und jetzt haben wir zwei Leichen.«

»Vier«, sagte Julius Eichendorff. »Bäbbi und Jean.«

Die anderen nickten.

»Sechs«, sagte Waldo. »Die Vermieter, die die Comtesse in den Tod geschickt haben.«

Seifferheld hob eine Hand: »Sieben! Das Kind der Comtesse.«

Alle nickten.

»Sieben Leichen, kein schlechter Schnitt«, sagte Wilsberg.

Aber was für eine hässliche Zahl, dachte Waldo.

Seifferheld merkte als Erster, dass Onis zurückgekehrt war. Er blickte nach unten, um den Hovawart über den Kopf zu streicheln, auch wenn der mit seiner Mission gescheitert war. Gescheitert? Seifferheld stutzte. Der Hund war nicht alleine. Nein, natürlich trug er nicht Albert Bernardy quer im Maul, aber etwas anderes.

»Aus, Onis«, befahl Seifferheld, und Onis gehorchte. Ein Fellbündel fiel aus seinem Maul. Die acht starrten zu Boden.

»Das monströse Kaninchen«, murmelte Herbie.

Sie sahen sich an und sagten wie auf Kommando: »Nummer acht.«

Julius Eichendorff grinste breit: »Freunde, ich würde sagen: Das ist der richtige Zeitpunkt fürs Dessert.«

Epilog

Jetzt war alles vorbei. Er drückte die Zigarette zwischen Daumen und Zeigefinger aus und warf den Stummel in die alte Keksdose auf der Werkbank. Draußen war es schon dämmrig. Die Tage wurden wieder kürzer.

Dann schob er das Regal mit den Farbdosen beiseite. Er musste sich sehr anstrengen. Das Alter begegnete ihm mittlerweile in jeder Lebenssituation. Alles wurde schwerer, mühseliger, dauerte länger. Gut, dass diese Sache nun endlich zu Ende gebracht worden war.

Ein ahnungsloser Betrachter hätte die kleinen Scharniere gar nicht bemerkt, mit deren Hilfe sich ein Stück der dahinterliegenden Bretterwand wie eine Tür öffnen ließ. Sie ließ sich nur schwer bewegen, unter lautem Quietschen. Es war keine Tür, durch die täglich jemand ein und aus ging.

Der Raum dahinter war dunkel, und doch konnte man dank des Lichts, das durch die Ritzen und Spalten in der Bretterwand hereinfiel, ein paar Schemen erkennen. Er ertastete den alten Drehschalter rechts neben sich, und im nächsten Augenblick leuchtete eine gelbliche Deckenlampe auf. Auf dem alten Schreibtisch stapelten sich Papiere und Aktenmappen. An einer großen

Holztafel, die gegen die Backsteinwand gelehnt stand, klebten unzählige Fotografien und Notizzettel.

All das würde er jetzt zu der Tonne hinter der Bruchsteinmauer schleppen und verbrennen. Für einen kurzen Moment dachte er daran, dass es womöglich sogar leichter war, den ganzen Schuppen abzufackeln. Das Feuer würde auf das verdammte Haus übergreifen und …

Aber halt, das Haus hatte ja jetzt jeglichen Schrecken verloren. Die Chancen standen sogar recht gut, dass neues Leben darin einzog. Und Verstand, Güte und Lebensfreude.

Nein, er liebte es ordentlich, und deshalb würde er hier in diesem vergammelten Schuppen die nächsten Tage damit zubringen, alten Schrott und überflüssigen Krempel auszusortieren. Er freute sich auf diese befriedigende Tätigkeit. Am Ende würde endgültig alles aufgeräumt sein.

Als er begann, die ersten Fotografien von der Holztafel zu lösen und in einen Pappkarton zu werfen, erinnerte er sich an die Gesichter, die ihm in den vergangenen Tagen allenthalben in der Villa und an anderen Stellen in Düsterscheid begegnet waren. Der Koch, die Profilerin, der Lehrer, der pensionierte Kommissar, der Journalist, die Physiotherapeutin, der Detektiv und der Spinner. Er musste grinsen. Schon damals, kurz bevor er begonnen hatte, sich diese Sache auszudenken, hatte er das Gefühl gehabt, dass die Idee zwar absurd klang, dass sie aber unweigerlich zum Erfolg führen musste.

Der Polizei hätte er mit seiner Geschichte gar nicht zu kommen brauchen. Es war ja nicht mehr gewesen als ein Verdacht. Allerdings war es in ihm im Laufe all der Jahre zur Gewissheit herangereift.

Die Acht war immer schon seine Glückszahl gewesen. Er hatte begonnen, nach acht Leuten Ausschau zu halten, die ihm dabei helfen konnten, die Sühne für die schreckliche Tat herbeizuführen. Zeitungen, Radiosendungen, endlose Briefwechsel und ungezählte Telefonate mit Menschen von überall her. Er beherrschte dieses Internet nicht, sonst wäre vielleicht alles viel schneller gegangen. Aber am Anfang der langen Reise zur Wahrheit hatte er noch das Gefühl gehabt, endlos viel Zeit zu haben. Das hatte sich irgendwann geändert. Seit er die siebzig überschritten hatte, hatte er sich oft überlegt, dass er es vielleicht am besten selbst machen sollte. Dass er das Gesetz selbst in die Hand nahm. Er hätte kein Kissen gewählt, sondern Wasser. So, wie sie es getan hatte.

Gut, dass es nicht so gekommen war.

Er hatte sie alle hierhergelockt, und sie hatten ihre Aufgabe zu seiner vollen Zufriedenheit erledigt. Ohne zu wissen, dass er sie überhaupt beauftragt hatte. Natürlich war auch ein bisschen Glück im Spiel gewesen, und er hatte hier und da ein wenig nachjustieren müssen, aber das hatte er von Anfang an mit einkalkuliert. Bei so vielen unterschiedlichen Charakteren, so vielen andersartigen Begabungen und Temperamenten hatte das einfach klappen müssen. Was der eine übersieht, springt dem anderen ins Auge. Und was der andere sich nicht traut, macht der eine mit links. Eigentlich ein todsicheres System.

Als er den ersten Karton gefüllt hatte, ging er nach draußen. Die Türen ließ er offen stehen, heute Abend würde ihn hier niemand mehr stören.

Er trottete durch die merklich abgekühlte Abendluft zur Bruchsteinmauer. Es gab einen kleinen Durchlass, in dem ein halb verrottetes kleines Holztor hing. Beim Öffnen fiel es fast auseinander. Gleich dahinter stand die rostige alte Tonne. Er warf den Karton hinein und holte seinen Tabakbeutel hervor. An die Tonne gelehnt rauchte er noch eine Zigarette und lauschte in die Nacht.

Der Fluch. Er schnaufte leise und schüttelte den Kopf. Eine jahrhundertealte Geschichte, die die Leute immer noch in Atem hielt.

Es gab keinen Spuk, so viel stand fest. Auch wenn er selbst schon ein paarmal das Gefühl gehabt hatte, die düstere Comtesse gesehen zu haben. So etwas verbot er sich. Das war dummes Zeug.

Als er zu Ende geraucht hatte, drückte er den Stummel zwischen Daumen und Zeigefinger aus und warf ihn ebenfalls in die Tonne. Dann schüttete er Feuerzeugbenzin über den Pappkarton. Als er ein kleines Büschel dürres Gras anzündete und hinterherwerfen wollte, erhellte der Schein für einen kurzen Moment die Fotografien aller acht Detektive, die wie durch Zauberhand zuoberst gelandet waren.

»Danke«, murmelte Karl Reuschenbach und entzündete das Feuer.

In der Ferne machte ein Tier ein leise weinendes Geräusch.

Nur ein Tier.